星【せな】那

枷
【かのん】
音

「お願い、助けて。
このままだとわたし、
都市伝説に殺されちゃうの！」
文乃【ふみの】

逸【いつる】流

立仙暴利

【りっせんしょうり】

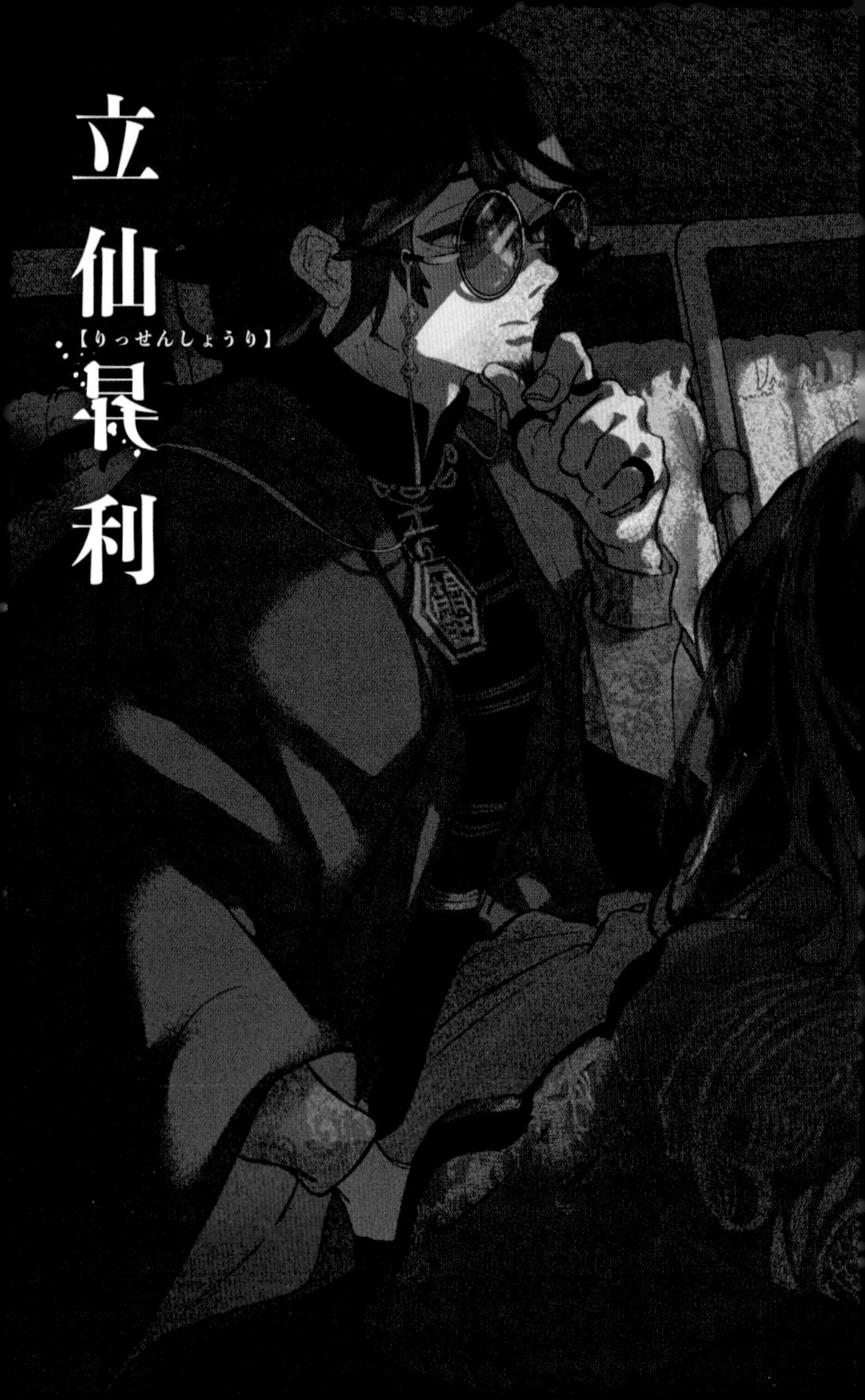

叶音【かのん】
19歳。人の精神に潜る異能を用いて、恐怖を祓う仕事をしている。

逸流【いつる】
10歳。叶音と同じ能力を持つ少年。彼女のサポートを行う。

立仙昇利【りっせんしょうり】
叶音が働く探偵事務所の所長。胡散臭いけれど世話焼き。

星那【せな】
明るく美人な女子高生。叶音に除霊を依頼しにやってくる。

文乃【ふみの】
星那の友達。星那の事を献身的にサポートしている。

禍吐ツヅリ【まがつきつづり】
物語によって恐怖を育てる、正体不明の動画配信者。

SICK《シック》
－私のための怪物－

characters

■■■　三七〇日前　■■■

首をへし折った時の、細い骨の砕ける感触が、手から消えてくれなかった。

施設の隅にある調理場の扉を開くと、空は既に真っ暗だった。町外れのここは街灯も少なくしんと静まり返っている。夜空の黒は濃く、眩《まばゆ》い月や沢山《たくさん》の星の輝きを仰ぎ見る事ができた。

調理場から出てきたのは、一人の少女だった。年は十代の中頃。夜に溶けるような艶《つや》やかな黒髪に、黒目。しかしその目には、年齢には似つかわしくない荒《すさ》んだ色味があった。

夜空を見上げながら、少女は無意識に、自分の手のひらを服の裾にごし、と擦《こす》りつけた。

「……はじめて殺した」

ぽつりと溢《こぼ》した言葉が、白い靄《もや》になって漂う。少女はまた服の裾で手を拭《ぬぐ》う。ごし、ごしと。さっき入念に洗ったから、羽毛や、力を入れすぎて少し抉《えぐ》った肉や血は、少女の爪の間にだって残っていない。だというのに少女の手には感触が残っていた。ぱき、という骨を割る衝撃が。録音でもされたみたいに。

頭上に浮かぶ月は、右側がほんの少し欠けた円状をしていた。空気が冷たく澄んでいるから、表面の影模様までハッキリと見る事ができる。

施設で執り行われる『祝祭』は、一年で最も月の輝く日と定められていた。主には十月の満月の日だ。施設に住む大人と子供二百人余りが一緒になって、沢山のご馳走《ちそう》を食べ、音楽を奏《かな》で歌をうたい、娯楽に興じる。

子供達にとっては、授業も奉仕も免除され、お菓子をいくら食べても叱られる事のない、天国のような一日だった。少女も去年までは、そんな風に無垢《むく》に祝祭を楽しんでいたのだが。

「はじめて殺した……大人になるって、やっぱり大変なんだな」

もう一度、先ほど体験した事実を呟《つぶや》き、服の裾でごし、と手を拭う。

施設では十五歳から大人として扱われる。施設に守られ祝祭を楽しむ子供から、施設を守り子供達を楽しませる大人の側に回るのだ。慣例として、新たに大人の仲間入りをした人は祝祭三日前からのご馳走の準備に混ざる事になっている。

少女は今夜、一羽の鶏を殺した。細く長い首を絞め、頸椎《けいつい》をへし折った。施設の牧場で、自分よりもずっと幼い子供達と一緒に餌《えさ》をやり、名前を付けて可愛《かわい》がっていた鶏達だった。

少女が殺すのを最後まで見守った大人達は、誰もが通る道だ、こうして大人になっていくんだと少女を励まし、後の準備は自分達がやるからと休みを与えてくれた。

確かに少女は茫然自失《ぼうぜんじしつ》で、ひどく疲れていた。包丁でも握ろうものなら自分の指を切ってしまいそうだ。けれど早々に休みをもらえた事には、大人達の優しさを感じると同時に、まだまだ未熟だと見なされているような気もした。少女は深呼吸を一つ、寒空に白い霧を漂わせる。

「はやく受け止めなきゃ。これが生きるという事だって、シスターも言っていたもの……どうか肉体の枷《かせ》を解かれし汝《なんじ》の魂が、空上におわす主の下に至れますように」

頭上の眩《まぶ》しい月を見上げた少女は、目を閉じ、自分が奪った命に対して静かに祈りを捧げた。

祈り終えると、それで緊張の糸が解けたように疲れが押し寄せてきた。少女は宿舎に向けて歩きだす。欠伸《あくび》がこみ上げてくるのが、自分が薄情な人間になったように感じられて嫌だった。

施設は山を見下ろす小高い丘の上にあった。広い芝生の中に、子供達の宿舎、学堂、教会など様々な施設が点在している。街灯は各施設の周辺を照らすだけに留《とど》められ、少女はしばらく、月明かりだけが照らす芝生をさくさくと踏みしめて夜闇を歩く。

無意識に服の裾で手を拭《ぬぐ》いながら夜空を眺めていた少女は、宿舎に近付くと視線を下ろし、ふと足を止めた。

子供達が寝泊まりをする平屋の周囲は花壇で囲まれている。今はコスモスを植えており、まもなく花を咲かせようと蕾《つぼみ》を膨らませていた。

その花壇の、明かりの届かない暗い隅っこの方に、一人の少年が腰掛けていた。

「あの子……」

少女よりもずっと幼い子供は、膝《ひざ》を抱えて俯《うつむ》いている。その肩は微《かす》かに震えていた。芝生をそよがせる風の音に「くす……ひっく」とささやかな啜《すす》り泣きの声が混じる。

ひとりぼっちで座り込む男の子は、放っておくと夜闇に溶けて消えてしまいそうな気がした。

少女はしばらく立ち止まって男の子を見つめていたが、やがて困ったような嘆息一つ。さくさくと芝生を踏んで、男の子の傍《そば》に立った。

「せっかく綺麗な夜空なのに、見上げないなんて勿体《もったい》ないわよ、逸流《いつる》」

「……叶音《かのん》おねえちゃん」

　少女——叶音が言うと、逸流と呼ばれた男の子は顔を上げて彼女を見る。幼い無垢《むく》さを感じさせる大きな目は潤み、柔らかい頬には涙の線が通っていた。

「なんでこんな所で泣いてるの？　同室の子とケンカした？　それともつまみ食いがシスターにバレて怒られた？」

「……ほうっておいて。ひとりにしてほしいの」

「強がって背伸びするんじゃないの。あたしに見つけてもらえて安心してるくせに」

　叶音がにっこり笑うと、逸流は涙目をぷいと逸《そ》らして、組んだ膝の上に顎《あご》を乗せた。寒さから、膝を抱く白い手はふるふると震えている。

　叶音はやれやれと溜息《ためいき》一つ。ことさら大袈裟《おおげさ》に、「よっこらしょ」なんて声まであげて、逸流の隣に座り込む。足をだらんと芝生の上に投げだし、夜空を見上げて言う。

「あーあ、祝祭の日は楽しみだなー」

「……」

「勉強しなくていいし、たっくさんのお菓子をお腹《なか》いっぱい食べられるし、真夜中までゲームして遊んでもいいんだなー。あー、ほんっと楽しみだなあー」

大袈裟《おおげさ》にそう言い、叶音《かのん》はちらりと隣を見る。逸流《いつる》はやはり落ち込んだまま、正面の、芝生が風にそよぐだけの夜闇を見つめている。

「……寒いわね。十月だけど、夜はすっかり冬になっちゃったみたい」

「……」

「……寒いと、心がさみしくなっちゃわない？」

「……うん」

逸流は膝《ひざ》を抱えたまま、こくりと小さく頷《うなず》いた。反応をもらえた事にほっとしながら、叶音は優しく言葉を続ける。

「あんまり夜更かししてると、明日の授業がつらいわよ。早く寝た方がいいんじゃない？」

「寝たくないの。寝ると、こわい夢を見ちゃうから」

「どんな夢？　よかったらあたしに教えてくれる？」

逸流の膝を抱く腕に、ぎゅっと力が籠《こ》もった。逸流のくりくりとした瞳が震え、また涙が溢《あふ》れてくる。

「お父さんとお母さんの夢。二人が、遠くの空に行っちゃうの……僕をひとりぼっちにして」

「それは……」

叶音は思わず押し黙る。

パパとママはお星様になったのよ——施設のシスターが、そう逸流に教えていた事を思い出す。苦難を乗り越え、主に会うために空の上に昇っていったのだ。今はもう手の届かない場所に行ってしまって、会う事はできないけれど、いつも夜空に浮かんであなたを見つめてくれている。だから寂しく思う事なんて何もない……シスターはそう表現して逸流に語っていた。

「寂しくないなんて嘘だよ。お父さんも、お母さんも、どこにいるの？　どうして僕をひとりぼっちにしちゃったの？」

逸流はぎゅうっと膝を抱き締めて言う。

親のいない苦しみは珍しい事ではない。この施設には、そういう身寄りのない子供達ばかりが集まっている。かつては叶音も逸流のように、二度と家族に会えない悲しみに暮れ、夜空の下で涙を溢れさせた事があった。

叶音は逸流を元気づけるために作った笑みを消し星空を見上げる。

「シスターは、苦難は私達の魂を強くする試練だって言うわ。苦難によって私達は強くなって、肉体の枷《かせ》を解かれた時に主の元に辿《たど》り着く事ができる」

だから、悲劇とは歓迎すべきものだ。だって自分の魂を磨くために、神様が授けてくれた贈り物なのだから。それが、叶音と逸流が教わる神様の教えだった。

「……なんて言われてもね。つらくない訳がない。寂しいに決まってるわよね。あたし達から大切な人を取り上げるなんて、とてもとても酷《ひど》い事よ」

「……」

逸流《いつる》は顔を伏せて何も応えない。同情や理解では、悲しみに暮れる少年の心に寄り添う事はできないと、叶音《かのん》は身に染みて知っていた。

だから叶音は、代わりに逸流を笑わせる事にした。

ふっと唇の端を持ち上げて笑顔を作り。ぴんと指を一本立てる。

「はい、それじゃあ逸流に問題です。あんたの横には、いま誰がいるでしょうか？」

「え？」

いきなりの問いかけに、逸流が顔を上げて叶音を見た。彼は涙で赤くなった目をぱちぱちと瞬《またた》かせて、戸惑いながら答える。

「……叶音おねえちゃん？」

「ぴんぽん。そう、逸流の傍《そば》にはあたしがいます。宿舎に戻れば友達がいるし、勉強を教えるシスターさんもいる。大人の人も、いっぱいあたし達を守ってくれている」

ことさら明るく笑って、それから叶音は涙の浮いた逸流の顔を覗《のぞ》き込んで、言った。

「だからね、逸流。あなたは絶対に、ひとりぼっちにだけはならないのよ」

「……」

「もしひとりぼっちになる悪夢を見てしまうのなら、あたしが一緒にベッドに入って、逸流の手を握っていてあげる。ぎゅ〜〜〜って、強く。夢でもハッキリ分かるくらいに」

「おねえちゃん……」

「そうすれば、悪夢なんて見るはずない。でしょ？」

叶音は立ち上がり、逸流に手を差しだした。

顔をあげた逸流からは、もう悲しみの涙は消えていた。彼の瞳には手を差し伸べる叶音と、その背後に輝く満天の星々という、見惚《みと》れるほどの美しい光景が映っているはずだった。

「さあ、宿舎に入りましょう。今日はあたしの部屋に来ていいわよ。くたくただから、ぐーすかぴーってあたしの寝息で寝られないかもしれないけど」

「ふふ……うんっ」

逸流はその夜はじめて笑った。笑って、こくんと首を縦に振って、叶音の手を取る。

長く外にいた逸流の手は冷たかった。けれど叶音の手の温度が伝わって、すぐにその奥の、じんわりとした温かさが感じられるようになる。

温かくて柔らかい、とてもとても小さな手。

心にいつの間にか空いていた穴が、温かな感情で埋められていくような心地になった。

叶音は逸流を立ち上がらせ、宿舎に向けて並んで歩く。逸流が腕を引いて身体《からだ》をぴっとりくっつけてくるので、歩きにくいわよと苦笑しながら。それでも歩調をしっかり合わせて。

「ねえ、叶音おねえちゃん」

「ん？」

名前を呼ばれて、叶音は逸流を見た。

幼い男の子は、叶音《かのん》の手をぎゅっと握って小さな身体《からだ》を寄せ、ガラス玉のように無垢《むく》な瞳で彼女を見上げて、言った。

「ずっと、この手を離さないでいてね」

「ええ、もちろんよ。あたしが絶対に、逸流《いつる》をひとりにさせないから」

迷いも怯《おび》えも吹き飛ばすように、叶音は力強く約束した。

繋《つな》いだ手が更にぎゅっと強く結ばれる。

幼い手の温もりと柔らかさが、叶音の手に伝わる。

守られる側から、守る側へ。これが大人になるという転換なのかと、叶音は漠然と理解する。

少年と繋がる手には、鶏の首をへし折った時の感触が貼り付き、消えてくれてはいなかった。


今まさに一つの命を縊《くび》り殺した手でも、人を笑顔にする事ができる。

どこか収まりの悪い世界の真理の一つを、叶音は十五歳の時に理解した。

それは叶音の心が粉々に磨《す》り潰《つぶ》され、彼女から幸せの全てを取り上げる惨劇が起こる、一年前の事だった。

プロローグ　パラサイイ・キル

　ある日、ゆっくり落ちる夢を見た。

　そこはどこかの繁華街だった。通りは閑散としていて、まるで人気《ひとけ》がない。その空っぽな通りを、俺は上空から俯瞰していた。

　並び立つ商業ビルの屋上から飛び降りたらしい。頭を下にして、ひどくゆっくりと落ちていく。スーパースローカメラで録った映像みたいだ。腕を動かそうと思っても、固まりかけのコンクリートの中で藻掻《もが》くみたいにのろのろとしか動かせない。

　じわじわと地面が迫る。全てがスローになった世界で、俺の意識だけが正常だった。ゆっくりとしか動かない身体《からだ》に閉じ込められ、俺は全てを体験する。内蔵を搾《しぼ》り上げられるような怖気《おぞけ》も、全身に吹き付ける冷たい突風も、絶望的な重力加速も。夢とは思えないほど克明に。

　止める術《すべ》など無かった。ゆっくりとした時間の中で俺ができたのは、迫り来る地面から目を背けるために、腕を前に突き出すだけ。そして、すぐにそれを後悔する事になる。

　俺はゆっくりと、ゆっくりと、地面に激突した。

　前に翳《かざ》した腕が、まず粉々にひしゃげた。スーパースローの中で半開きにしかならなかった指が、一本一本別々の方向にねじ曲がっていく。手首から先がソーセージみたいに簡単にへし折れて吹き飛んでいく。二の腕の中の大きな骨がガラスみたいに砕けて、地面に触れた先から、折り畳むみたいに潰れていく。ゆっくり流れる時間は、俺に悲鳴を上げる事すら許さなかった。

俺の顔面が地面に触れ、最初に鼻と頬が壊れた。頬の皮膚が裂け、血の赤が波紋のように地面に広がる。頬骨が砕ける衝撃が頭蓋骨《ずがいこつ》を震わせる。砕けた破片が顔の内側に潜り込んで肉を裂く、自分の知らない箇所に激痛が訪れる。

眼球が水風船みたいに破裂する。歯が花火みたいに勢いよく弾《はじ》けて口内を蹂躙《じゅうりん》する。あらゆる骨が粉微塵《みじん》になっていく音が体内に響く。

スーパースローの地獄の中、俺は心の中で叫び続けた。ぐしゃぐしゃになっていく肉体に閉じ込められて、墜落の恐怖をえんえんに浴びせかけられる。

地面が頭蓋骨を砕き割って脳を挽《ひ》き潰《つぶ》したと同時に、ようやく俺は悪夢から解放された。悲鳴を上げながら飛び起きた俺は、自分の身体を掻《か》き抱いて子供みたいにガタガタと震え、ベッドの上で何分もそのままじっとしていた。

悪夢だとしても異常な、すさまじい恐怖に満ちた夢だった。

それが俺が、高い所が怖くなったきっかけだった。

それ以来、俺は屋上に行けなくなった。開けた高い場所にいると、不意に突風が吹いて俺を吹き飛ばし、柵《さく》の外に放り出されるのではという妄想が俺を襲った。

吹き抜けの階段が怖くなった。下を見たくなくて、常に壁際を這《は》うように歩いた。

少しでも高い所から地面を見下ろすと、夢で体験した、身体《からだ》が破裂し頭からぐしゃぐしゃに潰れていく末路がフラッシュバックして、絶叫してその場で後ずさらずにはいられなかった。

こんな精神で、マトモな生活なんて送れる訳がない。

悪夢に植え付けられた墜落死の感覚が、俺の心を歪《ゆが》めてしまった。

そして、悪夢はその一回では終わらなかった。

夢は不定期に、発作のように訪れた。どことも知らない山の崖《がけ》から。高速道路の高架から。谷にかけられた橋の上から。あらゆる場所から俺は墜落し、死んだ。

夢で俺が身を投げる高度は、少しずつ高くなっているみたいだった。

やがて、階段を上る事すら恐ろしくなった。高い所に行くという行為それ自体が『落ちる』事に直結すると気づいてしまったのだ。エレベーターなんて論外だ。ケーブルが切れたら真っ逆さまじゃないか。住んでいたアパートも、部屋が二階だからという理由で引っ越した。

絞首台までの階段を一段一段上るように、高所恐怖症は夢を見る度に劇的に悪化した。

ほんの僅《わず》かな傾斜でも足が竦《すく》む。転ぶ事が怖くなり、歩く事さえままならなくなる。

些細《ささい》な段差すら上れなくなって、外に出る事もできない。眠って、墜落する夢を見る事が怖くて、まともな生活を送れない身体はどんどんやつれていく。

高度を上げ続ける夢は、とうとう激突する事がなくなった。俺は暗い闇の中をえんえんと落ち続ける。俺にとってそれは、もっとも苦しくて恐ろしい悪夢だった。身を投げた時の、内臓を絞られるような怖気《おぞけ》や、延々と加速し続ける恐怖が、終わることなく俺を苛《さいな》み続けた。

その頃になると、俺はもう、地面にへばり付いていても安心できなくなった。

果たして俺の足は、地面に触れ続けてくれるだろうか。足が浮かびあがり、落下したりはしないだろうか――そんな不安が消えなかった。落ちる場所なんてどこにもないはずなのに。

誰も俺の恐怖を理解してくれなかった。当たり前だ、自分でさえ意味が分からないのだ。どうしてこんなに『落ちる』事が怖いのか。この異常な恐怖は、どうして更に異常な方向に、止めどなく膨れあがっていくのか。

地面にへばり付きながら、落ちたらどうしようと身を震わせる。床の埃《ほこり》を舐《な》めるような恰好《かっこう》で日々を過ごす。

人間じゃなくなっていくみたいだ。人としての、生きる権利を奪われていくみたいだった。

壊れていく俺は、頭の片隅で悟っていた。

この恐怖は、いずれ俺を殺すだろう。

際限なく膨らみ続け、俺の脳をまっ黒に塗り潰してしまうのだろう。

その妄想は確信を伴って俺の脳裏にこびりつき、とうとう形を取って俺の目の前に現れた。


夢の中で俺は、最初に落ちた繁華街にいた。

閑散とした路《みち》に、俺は地面に足を付けて立っている。

人はおらず、代わりに何かが目の前にいた。ふつうじゃない、恐ろしい何かが。

ひと目見た時は、木だと思った。そいつは全身がくすんだ茶色をしていて、カラカラに乾いていたから。それに足下からは沢山《たくさん》の細い管が伸びていて、アスファルトにがっしりと食い込ませていたから。

だが、それはゆらゆらと揺れていた。蠢《うごめ》いていた。木の枝のように見えたのは全て乾いた人の手だった。老人のように乾いて茶色い、千手観音《せんじゅかんのん》みたいに生えた何十本もの手を上空に突き出し、海に揺られる海草みたいにゆらゆらと揺らしていた。

身体《からだ》と同じくくすんだ茶色の顔には、一点だけ色があった。顔のほとんどを埋める大きな目と開かれた口。その三つの空洞だけ、ぞっとするほどの濃い青色が占めていた。

化物はゆらりと身を動かし、青色の目で俺を見る。吸い込まれそうなほど深い青。どうしてか身動きもできず、俺はその空洞に満たされた青色に強引に向き合わされる。

青色に意識を吸い寄せられる。

青色に、どこかで見た事があるような既視感を抱く。

化物はゆらゆらと揺れたまま、その青色を湛《たた》えた顔を、ゆっくりと上に傾けていく。それに引き摺《ず》られるように、俺の顔も動く。上を見上げる。

首の骨が折れるほど傾いて、真上を見る。見開いた目がそれを認めた瞬間、俺は既視感の正体に気が付いた。

――ああ。

空だ。

一面の青が、俺の頭上に広がっている。

俺は全てを理解してしまった。化物の目が湛えていたのはこの青だったんだ。どこまでも広がる青。果てしなく深い青。美しく悍《おぞ》ましい――吸い込まれるほどの、青。

ああ、あれはもっとも恐ろしいもの。

頭上に広がるこの青は、俺が落ちる死の色だったんだ。

その瞬間、俺の身体が浮き上がった。違う。落ち始めた。地面から足が離れる。引力に導かれてぐんぐん加速する。とてつもない恐怖に叫ぶ事もままならない。俺は心の中で壊れるほど絶叫しながら、果てしない青の中に落ちていき――

横合いから飛び込んだ影が、今まさに空に落ちようとしていた男性に激突した。

影はそのまま男性を抱き受けて軌道を斜めに変え、手にした鞘《さや》から日本刀を抜き放ってビル壁に突き刺した。刀ががががっとコンクリートを砕いて縦に続く線を引き、やがて制止する。

「――っぷぅ。ギリギリセーフ！　危ない所だったわね」

地上からおよそ二十メートル、空に向けてぶら下がる恰好《かっこう》で制止した少女は、抱きかかえた男性の無事を確認し、緊張に溜《た》めていた息を吐いた。

派手な恰好《かっこう》の少女だった。年の頃は男性よりもやや年下か。真っ赤なスカジャンにミニスカート。耳にはたくさんのピアス。背中にかかるくらいのセミロングの黒髪はまばらに金のメッシュを入れており、黒と金の入り交じった前髪をヘアバンドで掻《か》き上げている。

手にした刀も相まって、漫画の中から飛び出してきたようだ。そんな少女は、気の強さを感じさせる凜《りん》とした目を抱き受けた男性に向ける。

「本当に危機一髪。精神核を砕かれたら手遅れになるところだったから」

「あ、あなたは？」

「え？　ああ、この領域のあんたがあたしの事を知ってる訳ないか……悪いけど、自己紹介している時間はないの。あたしはこれから鬼退治の仕事だから」

カラリとした声でそう言うと、少女は頭上──本来は地面であるはずの場所に居る怪物に視線を向ける。

「────るぉ」

樹木のような化物は、そんな呻《うめ》き声を漏らすと、空色の目を少女に向ける。

その瞬間、ぐんっと少女の身体《からだ》に重力がのし掛かった。ビル壁に突き立てていた刀が壁を裂き、少女と男性をさらに一メートルばかり上空に向けて落下させる。

「うわああ!?」

「重ッ――あたしも落下対象に入れたって感じかしら。人ひとり抱えたままはキツいわね」

少女はそう思案すると、明後日《あさって》の方、どこともしれない場所を見て声を張り上げた。

「逸流《いつる》！　これ、ちょっと預かっておいて」

「いつる？　誰？　ていうか、これって何？」

「すぐに分かるわよ、ミスター『これ』さん」

男性が浮かべたその疑問に、少女はただにっこり笑う。

そうして彼女は何の感慨もなく、繋《つな》いでいた男性の手をぱっと離した。重力が男性を絡《から》めとり、真っ青な空目がけ落ちていく。

「え？　あ、うわあああああああああああああ!?」

「は――い！　呼ばれて飛び出て、僕が来たよ！」

場違いなほど明るい声が空に響く。

ぽんっと音を立てて空中に扉が開き、そこから少年が飛びだしてきた。少女よりもずっと幼い、十を越えるかという年齢の男の子だ。彼はふわふわの黒髪や小さな身体をすっぽり覆うパーカーを、上空に吹き荒《すさ》ぶ風にばたばたとはためかせている。

少年は無邪気な瞳をキラキラ輝かせながら空中を泳ぎ、男性の身体を受け止めた。そのまま二人一緒に、空をくるくる回りながら落ちていく。

「わわわ、わわわわわわぁ……!?」

「ちょっと目が回るかもだけど、我慢してね。一名様ご案内でーす！」

突然の事態に混乱しながら落ちていく男性は、回転しながら落ちていく青い空に、一つの扉が浮いているのを見た。扉はひとりでに開き、奥の真っ白な空間を露《あら》わにする。

扉に向けて落下しながら、逸流《いつる》と呼ばれた少年は、ビルにぶら下がる少女を見た。

「大丈夫そう？　僕も手伝った方がいい？」

「余計なお世話。あの程度のフォビア、あたしにとってはお茶の子さいさいなんだから」

「りょーかい。頑張ってね、叶音《かのん》！」

逸流は元気よくそう挨拶《あいさつ》をして、抱えた男性と一緒に扉の中に飛び込む。扉はひとりでに閉じると、ぽんっと音を立てて消えてしまう。

遺された少女――叶音は息を整える。

空に向けて宙ぶらりんのまま、頭上二十メートル先……本来は地面であるはずの場所に根を張り揺らめく、壊れた重力の元凶を睨《にら》み付けた。

「待たせて悪かったわね、恐怖の病巣フォビア。いよいよあんたをぶっ殺す外科手術の時間よ」

「――ろぉぉ」

戦いの火蓋を斬《き》ったのは、フォビアと呼ばれた化物だった。

フォビアは樹木のように広がる身体《からだ》を動かすと、繁華街の路肩に停めてあった乗用車に目を向けた。空色の視線を向けられた自動車はふわりと浮き上がると、ぐんぐんと速度をあげて叶音に向け落ちてくる。

叶音が刀を握る方とは反対の手を虚空《こくう》に翳《かざ》すと、どこからともなく鞘《さや》が現れた。叶音はその鞘を掴《つか》み、自分がぶら下がるビルの窓硝子《まどガラス》に叩《たた》き付けた。ビシッと音を立てて亀裂《きれつ》が走る。

「せえ、のっ」

叶音は刀に手をかけ、ブランコを漕《こ》ぐみたいに身体を揺らす。ひび割れた窓硝子に両足を思い切り叩き付け、砕き割りながらビルの中に飛び込んだ。そのすぐ後、ビル壁に自動車が激突。破片を撒《ま》き散らしながら青い空へと落ちていく。

「さ、一旦仕切り直してっはひゃあ!?」

ビルに飛び込んだ叶音は天井に足を付けようとするも、その足がつるっと宙を蹴《け》った。

ビル内部に入った瞬間に、正しく地面に向かう重力が復活したのだ。叶音は素《す》っ頓狂《とんきょう》な声をあげて落下し、床に顔面を強《したた》かに打ち付ける。

「へにゅっ!?　――オーケー理解した。視線を向けた相手の重力を、視界にいる間だけ反転させるのね」

赤くなった鼻をさすりながら、叶音は立ち上がる。叶音が飛び込んだ階層はどこかのオフィスらしい。統一された白いデスクやチェアが整然と並んでいる。

部屋の隅から様子を窺《うかが》うと、フォビアは叶音が視界から外れた事で見上げる事をやめ、樹木のように伸びた茶褐色の身体をゆらゆらと揺らしている。

「動きだす気配はなし。能力からして、地面に身体《からだ》を固定してないと、自分も空に落ちてしまうって所かしら」

フォビアは、樹木の根のように広がった脚をがっしりとアスファルトに食い込ませている。その様子は、自分だけは何としても助かりたいという病気めいた必死さを感じさせた。

フォビアは繁華街の中心に陣取っている。所々に街灯や荷受けの自動車があるばかりで、周辺に障害物となるものはない。視線を合わせただけで空に落としてしまう相手に近付くのは容易ではなさそうだ。

そう状況を分析した叶音《かのん》は、続いて自分が手に握る日本刀に目を向けた。鋭い鈍色《にびいろ》に煌《きら》めく刀身の波紋は、僅《わず》かに血を吸ったような赤を走らせている。

「逸流《いつる》。あんたが寄越してくれたこの幽骸《コープス》、どういう能力があるって言ったっけ？」

ひとり言のようにそう呟《つぶや》く。

すぐに、どこからともなく逸流の声が響いてきて、叶音の疑問に答えてくれた。

『《形無鬼《かたなきおに》の偽憤刀《ぎふんとう》》！　手にした人の闘争心を何倍にも引き上げてくれるよ。それに一度刀を抜くと、絶対に手から離れてくれないんだ！』

「へえ」

叶音はぐっと振り上げて、刀を投擲《とうてき》した。ダーツのようにまっすぐ向かいの壁に突き刺さろうと飛翔した刀は、しかし五メートルほど進んだ所で急速に失速したかと思うと、投げたよりも強い勢いで叶音の手元に戻ってきた。

まるで見えないゴム紐《ひも》で叶音の手首に繋《つな》がっているようだ。叶音は戻ってきた刀を危なげなく受け取ると、ヴンッと一振り。手のひらに収まる刀の感触と、自分の手自身に感じる、ふつふつと込み上げてくるような力の昂《たか》ぶりを自覚し、頷《うなず》く。

「闘争心を何倍にも、ね。どうりでさっきから腹の底がムカムカすると思った。イラつくなりに便利そうな幽骸じゃない、気に入ったわ」

『でも、相手は見ただけで叶音を空に落としてくるよ。どうやって戦うの？』

「どうも何もないわよ。ようは視線を遮ればいいんで、しょ！」

そう言うと叶音は、虚空《こくう》から現出させた鞘《さや》に刀を収めると、それを野球バットのように振って、傍《そば》にあったオフィス机を思い切り吹き飛ばした。常識外の膂力《りょりょく》で吹き飛ばされた机は窓硝子《まどガラス》を砕き割って落下し、フォビアのいる繁華街に轟音《ごうおん》を上げて落下する。

叶音は立て続けに鞘を振るい、並んでいたデスクや椅子、備品の数々を叩《たた》き落とす。

あっという間にフォビアの前には、備品が散乱したバリケードが構築された。

隙間《すきま》だらけではあるが、目的は侵入を防ぐ事ではなく、視線を躱《かわ》す遮蔽物《しゃへいぶつ》を作る事だ。

叶音は一階まで勢いよく階段を駆け下りる。傍で逸流があはは っと楽しげに笑った。

『障害物競走だね！　楽しそう！』

「楽しくないわよ、負けたら空に墜落死なんだから」

『僕が合図するね。位置について、よーいどん！』

「はしゃぐなったら、もう！」

　ゴキゲンな子供の声を叱責《しっせき》しながら、叶音《かのん》は合図と同時に玄関のガラスを蹴破《けやぶ》り、勢いよく繁華街に飛びだした。

「──ろぉ」

　瞬間、弾《はじ》かれたようにフォビアが動き、空色の目を叶音に向けようとする。しかし見た対象を空に落とす視線は、叶音との間にあったデスクによって遮られる。

　ふわ、と眼前のデスクが空に向けて落ちていく。叶音はぐっと上体を屈《かが》め、豹《ひょう》のような前傾姿勢で疾走する。フォビアの空色の目が叶音の影を追いかけ、遮蔽物《しゃへいぶつ》を次々と空に舞い上げる。姿が露《あら》わになるより先に次の遮蔽物へと身を隠し、化物の視線の動きよりも早く疾走する。

　とうとう遮蔽物がなくなりフォビアの空色の目が叶音を捉えたのは、叶音が目指していたゴール、繁華街の街灯の一つをはしっと摑《つか》んだ時だった。

　空に向けて落ちていこうとする身体《からだ》を街灯に縋《すが》り付かせ安定化させて、叶音はフォビアを見る。互いの距離は十メートル。茶褐色の身体を揺らめかせる様がどこか苦しげに見えて、叶音はにやりと笑う。

「もう目と鼻の先ね。あとは近くのビルを適当に潜っていけば──」

「──るぉぉぉ」

叶音の勝利宣言を遮る、怪物の唸《うな》り声。

叶音に向けていたフォビアの目と口、三つの空洞を埋めていた青色が、更に深い色に染まった。墜落恐怖症を患っていない叶音さえも、思わず吸い込まれそうな悪寒《おかん》を感じる。

悪寒はすぐに物理的な危機感に変わった。

上空へ落ちる重力によって叶音が縋り付いていた街灯が引っこ抜かれたのだ。ボコッという音と共に訪れた浮遊感。コンクリート塊の付着する根本を見て叶音がぎょっと目を丸くする。

「ちょ、さすがにそれは想定外なんだけど!?」

慌てた叶音は、街灯から飛び移り、ビル壁に刀を突き立てて身体を固定させる。

ほっと一息吐《つ》くも、フォビアの攻勢はそれで終わらない。

フォビアはぞわわっと身体を揺すり、空色の目を、今度は叶音のぶら下がるビルに向けた。

その途端、ズズ――という振動が、突き立てた刀越しに叶音に伝わってくる。

「ちょっとちょっと、嘘でしょ。冗談じゃないったら……！」

ひく、と頬を引きつらせる叶音の顔に、パラパラと石礫《いしつぶて》が当たる。

そして、重力に負けた地盤がとうとう崩壊した。繁華街の石畳《いしだたみ》が砕き割れ、大量の土砂を撒《ま》き散らしながらコンクリートの巨塊が引っこ抜かれていく。

ビルが空に向けての落下を始めた。当然、ぶら下がったままの叶音を乗せて。

こうなればもう、どこかに縋ってやり過ごすどころの話ではない。このままでは叶音はビルと一緒に空の彼方《かなた》へと墜落してしまう。見えない天井に叩《たた》き潰されるのか、それとも宇宙の外にまで放り出されるのか――いずれにせよそこに待つのは死で間違いないだろう。

「落ち着けあたし――いや落ち着くな！　ここまで来たら、後はぶちかますだけでしょ！」

叶音《かのん》は刀の柄《つか》を両腕で握ると、両足をビル壁に押し付ける。

そのまま両足に思い切り力を籠《こ》め、刀を引っこ抜きながら真横に勢いよく跳躍した。

空中を飛び、フォビアに接近する。空色の目が追いかけてくる。地上はどんどん遠ざかり、叶音は上向きの重力に捕らわれて空へ落ちて行こうとする。

叶音はギッと歯を食いしばると、空中で身を翻《ひるがえ》し、手にした刀を思い切り振り上げた。

「おぉ――らあああああああああああ!!」

腹の底から声を張り上げて、叶音はありったけの力を籠めて刀を投擲《とうてき》した。弾丸のようにまっすぐ飛翔した鈍色《にびいろ》の刃は、フォビアのすぐ傍《そば》の地面に深々と埋没する。

叶音は投げつけた右手をそのまま翳《かざ》した。地面に突き刺さった刀がカタ、と震える。

《形無鬼の偽憤刀《かたなきおにぎふんとう》》――対象者の手から離れる事を許さない刀が、その力を噴出させる。

空に落ち行く叶音の身体《からだ》が、ぴたりと空中に制止した。地面に突き刺さって動きを封じられた《偽憤刀》が、叶音の右手を捉え、重力よりも強い力で彼女を引き摺《ず》り戻す。

さながら張り詰めたゴムを弾《はじ》くような勢いで、叶音は地面に向けて跳んだ。巻き起こった突風に金の混じった黒髪を靡《なび》かせながら、叶音は地面に根を張るフォビアに一瞬で肉薄する。

「のうのうと根を張る時間はおしまい。伐採の時間よ、寄生虫！」

そして叶音《かのん》は、地面に突き刺さった刀を摑《つか》み、地面から引き抜くと同時に振り抜いた。弧を描くような鮮やかな一閃《いっせん》は、フォビアの足下を薙《な》ぎ払い、地面と繫《つな》がる幹の部分を叩《たた》き切る。

叶音の目論見《もくろみ》通り、フォビアの能力は自身にも影響を与え、茶褐色の身体《からだ》が青空に向けて落ちて行こうとする。しかし、怪物はただでは死なない。

「ろ――ろろろろろぁぁぁぁぁぁぁぁぁ」

「な……うぐっ！」

その瞬間、これまで波間に揺らめくように緩慢だったフォビアが、弾《はじ》かれたように動きを速めた。何十本もの腕で叶音を絡《から》め取り、巻き添えに上空に引き摺《ず》り落とす。

道連れを狙うつもりか。フォビアは無数の手を使って叶音を縛り付ける。乾いて木の皮のようになった表面に、ぞっとするほど深い空色の空洞を三つ抱えたフォビアの顔は、間近で見れば本能的な恐怖を湧き上がらせるものだった。

しかし叶音は、纏《まと》わり付いてくる無数の腕を力任せに振りほどくと、その恐ろしいフォビアの顔面に、硬く握りしめた拳骨《げんこつ》を叩き込んだ。

「ろぶぉぁ!?」

「ええい、鬱陶《うっとう》しい！　穢《けが》らわしい恐怖の病巣、一人で落ちる度胸もないのね！」

叶音は《偽憤刀《ぎふんとう》》を振るい、身体を絡め取っていた腕を断ち切ると、フォビアを蹴《け》り飛ばした。青空を背景に枯れ木のような身体を蠢《うごめ》かせる化物に向け、手にした刀を振りかぶる。

「この一撃で、奇天烈《きてれつ》な恐怖もおしまいよ！」

叶音は全身全霊の力を込めて、《偽憤刀》をぶん投げた。

高速で回転しながら飛翔した刀は――しかし、フォビアが身を捩《よじ》らせた事で、化物の胴を僅《わず》かに切り裂くだけに終わる。

「るるるるるるるるぉぉぉぉぉああああああ」

フォビアが不気味な咆哮《ほうこう》を上げ、刀を失い無防備の叶音に大量の腕を差し向けた。

彼女を再び絡め取り、終わりない空への墜落という末路に引きずり込もうとする。

その時には既に戦いの決着が付いていた事を、フォビアは最期《さいご》まで気づくことはなかった。

「おしまいって言ったでしょ。地に足付けてしゃきっと生きてる人間の邪魔をすんな、化物！」

捨て台詞《ぜりふ》を吐く叶音が見ていたのは、フォビアの背後。自分が投擲《とうてき》し、その『必ず使用者の手に戻る』能力によって迫りくる、回転する刃。

叶音目掛けて猛烈な勢いで飛来した《形無鬼の偽憤刀《かたなきおにのぎふんとう》》が、軌道上にあったフォビアの頭部を薪割《まきわ》りのように真っ二つに切り裂いた。回転する刃はそのまま叶音の眉間に吸い込まれる直前、彼女の白刃取りによって受け止められる。

「――――」

頭部を両断されたフォビアは、もはや呻《うめ》き声をあげる事もしなかった。顔面の空洞を埋めていた空色がみるみる色褪《いろあ》せ、命も狂気も感じないまっ黒な空洞に変わる。乾いた茶褐色の身体《からだ》はボロボロと崩れ、破片が上空の深い青に吸い込まれていく。

フォビアは消滅した。同時に、空間を支配していた『空に落ちる』恐怖もまた消滅する。

ふっ――と、叶音《かのん》の身体が重力に引かれた。辺りの一番高いビルも越え、地上数百メートルの所にいた叶音は、今度は正しく地面に、硬いアスファルトに向けて真っ逆さまに落ちていく。

ぐんぐんと速くなる重力加速。金の混じった黒髪や赤いスカジャンをはためかせる猛烈な突風。迫る激突の気配を感じながら、叶音は叫んだ。

「逸流《いつる》――――――――!!」

「は――――い!」

元気いっぱいの返事はすぐにやってきた。

再びぽんっと音がして虚空《こくう》にドアが現れると、そこから逸流が飛びだしてきた。

彼は叶音にひしっと抱き付くと、パーカーの襟紐《ひも》をぱくっと咥《くわ》えて、ぷうっと息を吹き込んだ。するとフードが風船のようにぐわっと膨れ上がり、二人を支えるパラシュートになった。

ふわふわとした挙動で落ちた叶音と逸流は、危なげなく着地。役目を終えたパラシュートは、逸流がぱんっと手を叩《たた》くと、これまた風船のように一気にしぼんで元のパーカーに戻る。

「楽しかったー！　ねえねえ、今の凄《すご》かったね叶音！　映画のクライマックスみたい！」

「はいはい、凄かったわね。助けてくれてありがとう、逸流」

「えへへ、どういたしまして。叶音もすごくかっこ良かったよ」

逸流は瞳を輝かせて興奮気味に両手を振る。叶音はそのハイテンションな様子を適当にあしらい、彼のふわふわの髪をよしよしと撫《な》でてあげる。心地よさそうに目を閉じて頭を擦《こす》り付ける逸流は、人なつっこい子犬のような愛らしさを感じさせた。

叶音は逸流の髪をひとしきり撫でてから、繁華街をぐるりと見回す。

「フォビアの気配はなし……もういいわよ逸流。あの人を戻してあげて」

「了解！」

逸流が手を叩くと、またしても突然扉が現れ、そこから先ほどフォビアに襲われていた男性が現れた。恐る恐る扉の向こうから踏み出して、自動車や瓦礫《がれき》が散らばる繁華街を眺め回す。

「怪我《けが》はない？　調子の悪い所は？　精神核に傷が付くと無視できない失調になるから、何かあったらすぐ言ってね」

「あ、ああ。怪我は、ないけれど……」

彼は眩暈《めまい》がしそうになる気持ちを、頭を振って矯正する。

彼はただただ困惑していた。今自分が見た怪物も、空に落ちるなんて異常な経験も、目の前の攻撃的な恰好《かっこう》の少女も、何もかも自分の常識の外側にあった。

「というか、そもそも君達は何なんだ。ここは本当に現実なのか？」

「もっともな疑問ね。不条理極まりない出来事ばかり起こったもの、心中は察するわ」

叶音《かのん》はそう言うと、慰《なぐさ》めるように男性の肩をぽんと叩《たた》く。

それから彼女は、にっこり微笑《ほほえ》んでみせた。

気の強い彼女の見せる年頃の少女らしい可憐《かれん》さに、男性は思わず息を呑《の》む。

「でも、詳しい説明は『浮上』した後にしましょう。ここにいると大変な事になるから」

「……大変な事？」

聞き返すと、叶音は微笑《ほほえ》んだまま、ぴっと上空を指さしていた。

つられて上を見上げた彼は、それを目にする。

吸い込まれそうなほど深い青を湛《たた》えた空。

塗り潰されたような青色に、ぽつぽつと黒い点が浮いている。それはみるみる内に大きくなり、色と輪郭がハッキリ分かるようになり――巨大な影になって空を埋めつくす。

それはフォビアによって上空に舞い上げられていた、車に机に椅子、根元から引き抜かれたビルそのものだった。

「うわあああああああああああああ!?」

「さ、戻るわよ逸流《いつる》」

「はーい！」

大絶叫をあげる彼と対照的に、叶音は何気ない様子で逸流に声をかける。

目を見開き驚愕《きょうがく》の声を上げていた男性の、頭の片隅に僅《わず》かに残っていた理性が、ふと気付く。

――あれ。

――空が、ぜんぜん怖くない？

その瞬間、頭の中身をぐんっと引っ張り出されるような衝撃が走る。

視界が一気に黒く染まった。見上げた青空も、そこから落ちてくるビルの崩落音も消え去る。

しかし、男の意識は消えていなかった。急激な視界の転換に対する驚愕が落ち着くと、やがて自分が目を開けて黒を見ている事に気付く。背中を沈める柔らかい感触に気付く。

彼はアイマスクを着けて、ベッドに寝かされているらしかった。その状況を、どこか他人事《ひとごと》のような心地で自覚する。

「……、…………ここは？」

「おはよう。ずいぶん刺激的な夢だったわね」

すぐ傍《そば》で声をかけられる。

アイマスクを外されると、薄暗い部屋の天井を背景に、一人の少女が顔を覗《のぞ》き込んでいた。

メッシュを入れた黒髪に、ヘアバンドにピアス。少女を認めて、彼は名前を呟《つぶや》く。

「……叶音、さん」

「気分はどう？　頭が重かったり、身体《からだ》のどこかに痛みを感じたりしない？」

「だ、大丈夫です。あれ？　俺、なんであなたの名前を知って……それに俺、さっきまで街にいたはずで……ここは一体……？」

ようよう身を起こす。男性は保健室にあるような簡易的な診療ベッドに寝かされていたらしい。部屋のカーテンは全て閉じられており、目の前の叶音《かのん》の顔がぼやけてしまうほど薄暗い。

叶音は困惑する男性に向けて言った。

「あなたは夢を見ていたのよ。人通りのある繁華街、背の高いビル、抜けるような空――それらはあなたの精神が反映された心の世界なの」

「……」

「まあ、そういう顔にもなるか。いきなりこんなこと言われても混乱するだけよね」

叶音は苦笑するように微《かす》かに肩を揺らす。薄暗がりの中で、彼女はぴっと指を一本立てた。

「一つずつ整理しましょうか。あなたはこれまで、恐怖に取り憑《つ》かれていた。高所恐怖症――いいえ、墜落恐怖症と呼ぶのが適切な病症だったわ。最初にここに来たあなたは、階段を一段上ることにも身が竦《すく》んで立てなくなるほどの恐怖を感じ、何よりも空を恐れていた。頭上に広がる空に落ちて死んでしまうと、真に迫った声であたしに語った」

「ああ……」

言われて彼は思い出す。そうだ、自分は落ちる事が怖くて怖くてしょうがなかった。

だから彼はここに来たのだ。ネット上の信憑性《しんぴょうせい》も疑わしい噂《うわさ》を見つけて、藁《わら》にも縋《すが》る思いで。

そんな風に思い出していると、叶音がふっと笑った。

「いま、思い出したでしょ。三十分前まで心が潰れそうだった恐怖を、まるで他人事《ひとごと》みたいに」

「え？　あ……あれ、そういえば」

その指摘は、男性をひどく狼狽《うろた》えさせた。何をしても離れてくれなかった、脳にこびり付くようだった恐怖が、今はどこか遠い昔の思い出のように感じられる。

閉じられたカーテンの傍《そば》に立つ叶音は、彼の動揺に対する答えを語る。

「フォビア。それがあなたの心を狂わせていたものの名前よ。まあ、あたしが勝手にそう呼んでるだけなんだけど」

「フォビア……？」

「あたし達とは違う次元、精神の世界に生きる存在。人の精神力を餌《えさ》とし、重篤《じゅうとく》な恐怖症状を植え付ける事で心を壊し、エネルギーを喰《く》らって成長する怪物――あなたはそんな奴らに、墜落する恐怖を植え付けられたのよ。でももう大丈夫」

最後にそう言った叶音は、暗闇でもはっきり分かる微笑《ほほえ》みを浮かべていた。

「あなたのフォビアはあたしが除去した。あなたの精神に潜って、恐怖の根源を直接殺した」

「恐怖を、殺す……」

「さあ、悪夢の時間はおしまいよ。顔を上げて、存分に仰ぎ見ましょう？」

叶音は部屋の隅に行くと、窓を覆い隠していた暗幕に手をかけ、サッと勢い良く引いた。

一気に眩《まばゆ》い光が差し込んできて、彼は思わず手で顔を押さえた。

それから顔を上げて、今度は目を見開いて立ち尽くす。

窓の外に広がっていたのは——何の変哲もない空だった。深みのある澄み渡った青色に、柔らかな白い雲。数羽の小鳥がチチと囀《さえず》りながら連れ立って飛んでいる。

それは、つい先ほどまでの彼が、殺されると本気で恐怖する対象だった。

その恐怖はもう、彼の中のどこにもない。

「……なんて、綺麗なんだろう」

洗い落とされたようにまっさらな心で仰ぎ見る空は、彼の心をどうしようもないほど強く揺さぶった。見惚《みと》れて固まる彼の目から、ぽろりと涙の粒がこぼれ落ちる。

何か月ぶりに仰ぎ見る空は、どこまでも広く澄み渡っていた。透き通るような青色は美しく、包み込まれるような安心感を彼に抱かせるのだった。

叶音《かのん》は部屋の隅に佇《たたず》んで、彼の様子を眺めている。

隣に立った逸流《いつる》が、叶音の服の裾を引っ張り、嬉《うれ》しそうに微笑《ほほえ》んだ。

「笑顔になってくれてよかったね。叶音、ヒーローみたい」

「ヒーローなんかじゃないわよ。あたしはただ寄生虫を駆除しただけ。それに、ヒーローは慈善事業でしょ？　ならやっぱりあたしは違うわよ、ちゃんと見返りを頂くもの」

そう返した叶音は、男性が涙を拭《ぬぐ》ったタイミングで、おほんっと咳払《せきばら》いして話を切り出した。

「それで。感動の時間が終わったら、お金の話をしてもいいかしら？　本日は、立仙《りっせん》霊能探偵事務所にご相談頂きありがとうございました。しっかり効果を実感できたから、眉唾《まゆつば》だなんてケチは付けませんよね」

「もちろんだよ。本当にありがとう。ここに相談に来て本当に良かった」

男性はすっかり感激した様子で、叶音に深々と頭を下げる。

それから男性は、顔を上げて改めて叶音の顔を見た時、はたと何かに気付いたように目を見開いた。

「……ん？」

「どうかした？　あたしの顔に何かついてる？」

「いや……さっきまでは恐怖でそれどころじゃなかったんだけれど。その顔と髪の毛に、恰《かっ》好《こう》。夢で小さな子供と一緒にいて……」

「逸流です！　十歳です！」

逸流が元気よく手を上げる。

男性はしばらく思案すると、やがて叶音の方を見て、恐る恐る切り出した。

「君、もしかして……『スパルタ姉ちゃん』？」

ビシッと音が出るほど一瞬で、叶音が凍り付いた。

その反応で確信したか、彼は一層息巻いて叶音に詰め寄る。

「や、やっぱり、あのネットミームの!?　何十人もが見ている同じ夢。知らない子供が現れて、最後にガラの悪い姉ちゃんに怒られながら連れてかれていくっていう、あの女の子でしょ、君！」

「ちょ、待――いきなり近――」

男性は有名人を目撃したみたいに興奮している。私生活もままならないほどの恐怖から解放されたお陰《かげ》か、テンションが変な方向に振り切れているらしかった。その様子はといえば大きな五歳児という他ないほど鬱陶《うっとう》しく、纏《まと》わり付かれる叶音《かのん》の眉がひくひくっと痙攣《けいれん》する。

「すごい、八尺様《はっしゃくさま》とかきさらぎ駅に出会ったようなものだよ！　うわあ、あの都市伝説は本当だったんだ！　ちょっと、写真撮っていいかな？　あと動画も！　よかったら仲間にも紹介して――がぺっ」

「ええい、鬱陶しい！　ちょっと離れろっての！」

とうとう我慢の限界が来て、叶音は男性を突き飛ばした。さっきまでの丁寧な態度はなりを潜め、むっと顔をしかめてビッと人差し指を突き付ける。

「ひ、人をスパルタなんて呼ばないで。その呼び名すっごく不名誉なんだから！　大体ね、女の子を不気味なネットミームと横並びにして、あんたにはデリカシーってもんが――」

「叶音、叶音」

顔を赤くして捲《まく》し立てる叶音の服の裾をちょいちょいと抓《つま》んで、逸流《いつる》が名前を呼ぶ。

そうして逸流は、前方――ぐったりと崩れ落ちた男性を指さして、言った。

「あの人、落ちてる」

「え？　……あたし、ただ突き飛ばしただけなんだけど？」

「顎《あご》、綺麗に決まってたよ。叶音の動き、アクション映画みたいで凄《すご》かった！」

「言ってる場合か！　ああ、まさか《偽憤刀《ぎふんとう》》の副作用が残ってた!?　加減を忘れるなんて未熟な……どうしよう、救急車呼んだ方がいいかな？」

「大丈夫じゃないかな、気絶してるだけっぽいし」

狼狽《ろうばい》する叶音。逸流はしゃがみ込んで、男性の顔をちょいちょいとつつく。

「……今度はこれがトラウマになっちゃったりして」

「やかましいわ！　もう、せっかくカッコ良く決めたと思ったのに。まさか依頼人を昏倒《こんとう》させるなんて、あたしってばなんて大馬鹿なぁ……！」

特大のやらかしに、叶音は金の混じった黒髪をくしゃっと摑《つか》んで唸《うな》る。

綺麗に意識を刈り取られた男性を、窓から差し込む陽光が照らしている。

輝く日だまりに照らされた彼の顔は、強制的に気絶させられたとは思えないほど穏やかな笑みを浮かべている。まるで長い長い悪夢がようやく終わったかのように、彼は安らかに胸を上下させ、心地よい微睡《まどろ》みを堪能《たんのう》するのだった。

一章　被視妄想と電影怪奇

人が生きているのは、現実だけではない。

地に足を着けて生きる世界とは別の、変幻自在な世界が存在している。

そこは、一人一人の脳の中。

憧れ、希望し、夢見て。時に現実から逃げるために。人の精神は現実ならざる世界を構築し、そこへ自らを飛び立たせる。あらゆる条理から切り離された自由かつ完全個別の精神世界は、それを知るごく一部の人々から、俗に〈ゾーン〉と呼称されていた。

例えばその幼い少女は、夜更けの勉強机から、意識を宇宙に飛ばしていた。

国際宇宙ステーション《ISS》は、少女の憧れの場所だった。少女は将来は宇宙飛行士になって、その世界中の技術の粋《すい》が集まる誰よりも高い所で暮らしたいという夢を抱いていた。

周りで宇宙飛行士になりたいという夢を見ているのはほとんど男の子で、女の子では少女を除いて一人もいなかった。だから少女は何となく気恥ずかしくて、友達にも内緒《ないしょ》にしていた。

胸の内に密《ひそ》かに秘めた熱い想いは、脳内に空想の宇宙という〈ゾーン〉を生み出し、毎晩のように少女をその無重力に浮かぶ叡智《えいち》の神殿へと連れて行った。今夜も少女は勉強机に座りながら、シャーペンを顎《あご》に触れさせて天井を見上げ、予習に疲れた頭を宇宙に飛び立たせる。

〈ゾーン〉の中では、少女は素敵な大人になって、NASAの青いジャンパーに身を包んでいる。『美しい女性宇宙飛行士』として地球では大人気だ——という設定だ。ＩＳＳの複雑な機械も、無重力の感覚にもすっかり慣れたもので、空中で優雅なダンスを踊る事だってできる。

少女の精神が生み出した〈ゾーン〉で最も好きなのは、宇宙基地の窓から覗《のぞ》く地球だった。球面の端から太陽が差し込み、真っ青な海を照らし出す。その上に渦巻く雲は一つとして同じ形はない。大地の起伏は何千キロという高度によって均《なら》され、自然という絵の具を分厚く塗った油彩画のような、奇妙で神々《こうごう》しい感覚を抱かせる。

昔の名前も忘れたドキュメンタリー番組で偶然目にし、少女を宇宙に駆り立てたその光景は、少女の精神が構成する〈ゾーン〉の最も大事な要素だった。沢山《たくさん》の本や動画を見て得た知識が、妄想の地球の球面景色を、妄想とは思えないほど鮮明に描き出す。

勉強机に座りながら、少女の無意識は、昼のアメリカ大陸が見たいと思う。南部のテキサス州、ヒューストン。憧れの世界最大の宇宙ロケット打ち上げセンターを上空から眺めたかった。可憐《かれん》な大人に成長した彼女は、無重力下で軽やかに身体《からだ》を回し、憧れであり大好きな景色を見ようと、ＩＳＳに開いた窓についと目を向ける。

——少年が、窓に貼り付いていた。

「……え？」

少女は声を上げた。妄想の宇宙飛行士も、勉強机で夢想に耽《ふけ》る少女も、どちらもが面食らう。

少年は、ゆったりしたパーカーという明らかな普段着だった。そんな恰好《かっこう》で彼は外にいた。

妄想とはいえ本物同然にイメージされた、宇宙空間に。

少年は驚く少女の様子に満足したのか、にこやかな顔でひらひらと手を振ると、無重力下でくるりと身を翻《ひるがえ》し、まるで海を泳ぐ魚のように窓から離れていく。

同時に少女の後ろ、ＩＳＳの内部に響く、ドタドタという騒音。

「待ちなさい逸流《いつる》――！　こら、勝手に〈ゾーン〉をうろつくなって言ってんでしょうが！」

黒髪に金のメッシュを入れた鮮やかな少女が、凄《すご》い剣幕で叫びながら少年の後を追っていた。

「邪魔してごめんね！　すぐここから出ていくから！」

「え？　え？　きゃあっ」

戸惑っている内に、金メッシュの彼女は、風のような速度で少女の傍《そば》を通り抜けた。少女は勢いで無重力の空間をぐるりと一回転。再び視線を向けた時には、もうすっかり小さくなった赤いスカジャンが、ＩＳＳの細い廊下を通り抜けていくのが見えた。

ＮＡＳＡの青い制服を乱れさせた宇宙飛行士は、無重力にふわふわと浮かびながら、ただ呆《ぼう》然《ぜん》と、見えなくなった二人が走り抜けた先を眺め続ける。

ぱち――と空想から目を覚ました少女は、問題用紙を広げた勉強机を眺めて、手にしたシャーペンの頭で自分のほっぺをむにと押して見せるのだった。

「……なに、いまのヘンなの」

「あはは、すごいすごい。ふわふわ浮いてるよ、本物の宇宙みたい！」

「待ちなさいってば！　いい加減止まりなさいよ、このわんぱく！」

叶音《かのん》は逸流を追いかけ、今日も〈ゾーン〉を駆け巡っていた。

無重力の国際宇宙ステーション《ISS》。逸流を追いかけてその最後尾に到着した叶音は、外宇宙へと繋《つな》がるエアロックに飛び込む。けたたましいアラートが鳴る事も構わず、外に通じるハッチに手をかける。

逸流を追いかける一心だった叶音は、宇宙の基礎の基礎すら忘れていた。ハッチを開いた途端に、宇宙ステーション内部に充満していた空気が宇宙の真空に吐き出され、叶音を思い切り船外に吹き飛ばす。

「ふひゃあ!?　きゃあああああああああ――あう、へにゅっ！」

叶音は空気に掻《か》き混ぜられるように回転し、引き摺《ず》られ――突然固い地面に叩《たた》き付けられた。勢いのままに何度もバウンドしながら転がり、がしゃあん！　と何かを巻き込みながらようやく停止する。

叶音が顔を上げると、そこは舞台の上だった。どこかの文化ホールらしい。森の中に建つ西洋の屋敷を模した舞台セットが組み立てられ、そこに置かれた木箱の一つに叶音は突っ込んだらしかった。

舞台は今まさに上演の最中だった。バルコニーの少女に向けて手を差しだしていた、中世の服に身を包んだ男性は、その恰好《かっこう》のまま、突然現れた叶音《かのん》に驚き固まってしまっていた。

スポットライトが当てられる中、男性はぱちぱちと何度も瞬《まばた》きして、叶音に言う。

「……ジュリエット？」

「ち、違うから。あたし、そういうシェイクスピアとか全然関係ない奴だから！」

「もー叶音、みんな見てるのに、そういう冷めるような事しちゃダメじゃない」

「あんたが何でダメ出しすんのよ！　ああもう大切な劇の邪魔してすみませんほんっとうにすみません、すぐ退散しますから！」

叶音は困惑するロミオ役にぺこぺこと頭を下げ、それから観客席の最後部に立つ少年をキッと睨《にら》み付ける。逸流《いつる》は元気いっぱいに叶音に手を振ると、ホールの後ろの扉を開け、光で満ちたその中へ駆け出す。

「こっちだよ。えへへ、次はどんな景色が待ってるかなっ」

「こら止まれ、本当に怒るわよ！　うぅ、恥ずかしい恥ずかしい……！」

飛ぶような速さで舞台から降りて駆け出す叶音。彼女の顔は羞恥心《しゅうちしん》で真っ赤だ。少しでも早くここから逃げ出したいというように、逸流が潜った扉へ身を投げ入れる。

文化ホールという誰かの精神が生み出した〈ゾーン〉を抜けて、また別の〈ゾーン〉へ。

〈ゾーン〉とは本来、その人の精神だけが存在を許される固有の領域。人の意識が象《かたど》り遊ぶひとりきりの箱庭だ。

　その一人一人固有の〈ゾーン〉を自在に行き来する特異能力の持ち主が、叶音と逸流という二人の少年少女だった。そして、そのうち節操というものを一切持ち合わせていないのが逸流だ。男の子らしい腕白《わんぱく》さに付き合わされ、叶音はいつも精神世界での鬼ごっこを繰り広げている。

　今回の〈ゾーン〉の往来は、五回目でようやく終わった。文化ホールの扉を潜った先は、どこかの暗い路地を投影させた〈ゾーン〉だった。距離を置いてぽつぽつと灯《とも》る街灯の下で、逸流が叶音を待っていた。

「ぜっ、ぜぇっ……い〜つ〜る〜〜〜〜〜〜〜……！」

「お疲れ様、叶音！　今日も楽しかっふぁへぇ〜〜〜……」

　肩で息をしながら逸流に詰め寄った叶音は、のんきな笑みを浮かべた逸流のほっぺたを、むに〜っと思い切り引っ張った。

「コンっのゆるゆるもちもちほっぺめ！　他人の〈ゾーン〉に無闇に入り込むなって何べん言えば分かんのよ！」

「あんまり怒っていると、幸せが逃げへいっひゃふよぉ〜〜、あいへへ……！」

「誰のせいよ誰の！　あのねえ。あんたが好き勝手に遊びまくるせいで、あたしは『DV姉ちゃん』なんて不名誉な名前のミーム扱いされてるのよ。自分の無軌道っぷりを反省しなさい！」

「そんな風に呼ばれる原因は、叶音《かのん》がこうして僕を叩《たた》くから……あ、あう、はうっ」

「言い訳、しないの、この、おばかっ」

叶音は逸流《いつる》の額に連続デコピン。これにはたまらず逸流もおでこを押さえる。

叶音はデコピンした指をズビシッと突き付け、今度こそ肝に銘じろと言わんばかりに凄《すご》む。

「〈ゾーン〉は精神の映し鏡。空間のあらゆる物がその人の精神に密接に絡《から》んでるの。不用意に引っこ抜いた花の一輪が性格を変えてしまう事だってあるし、危険な思想を持つ〈ゾーン〉は、あたし達に危害を加えてくる事だってあるんだから」

「心配しなくても、僕は平気だよ。何が起きても大丈夫――あうっ」

「あたしはあんたの安全じゃなく、あんたがいつか精神に悪さする事故を起こさないかを心配してんのっ。〈ゾーン〉を行き来する危険をきっちり認識して、節度を弁《わきま》えなさい。まったく」

相変わらず危機感のない逸流の額をぴしっと弾《はじ》いて、叶音は溜息《ためいき》を吐《つ》く。

一口に〈ゾーン〉といっても、睡眠時の夢から退屈な授業時間のちょっとした妄想まで幅広く存在している。共通しているのは、そこが自分の頭の中だけの独立した領域だという事だ。

そんな極めて個人的な心象風景に、全く面識のない少年少女が現れるのは相当に奇妙な経験だろう。避けられない『ＤＶ姉ちゃん』の拡散の気配に、叶音の気分は重くなるばかりだ。

「はぁ、こんなお子ちゃまに振り回されて、あたしは何してるんだか……ほら、満足したなら帰るわよ。これ以上手間かけさせないでよね」

「はーい」

すっかり遊びつくして満足したのか、逸流は今度は素直に応じて、叶音が差しだした手をぎゅっと握り込んだ。そのまま二人は〈ゾーン〉を抜けだそうとして――

「……ひっ」

息を呑《の》むような悲鳴が、二人の動きを止めた。

二人は声がした方に視線を向ける。同時に叶音は、自分達が今居る〈ゾーン〉を観察する。

改めて見れば、そこは不気味な景色だった。極端に街灯の少ない狭い路地。叶音から見て左側は石垣があり、その上には細い板が覗《のぞ》いている。頂点が三角形の少しぎざついた形のそれは、卒塔婆《そとば》だ。隣にあるのは墓地らしい。吸い込む空気は生ぬるく、苔生《こけむ》した嫌な味がした。

〈ゾーン〉は、その人の性格や心境を如実《にょじつ》に反映させる。

いま叶音達が居る精神世界を支配するのは、間違いなく恐怖心だった。

不気味な雰囲気の路地の先に、声の主はいた。スーツを着たサラリーマンだ。二人から一つ離れた街灯の下で、腰が抜けたように倒れている。

恐らくこの〈ゾーン〉の所有者だろう。叶音が声をかける。

「あの、大丈夫ですか？」

「つみ、見るな」

サラリーマンの震える唇から放たれたのは、怯《おび》えきったそんな声。生まれたての子鹿のように全身をガクガクと震わせる。

「見るな、見るな……頼む、俺を見ないでくれぇぇぇぇぇぇ！」

「あ、ちょっと」

サラリーマンは叫び声を上げると、叶音《かのん》と反対方向、暗い路地の向こうへと走り去ってしまった。叶音は呆気《あっけ》に取られて、男が消え去り静まり返った路地を眺める。

同じくきょとんとした逸流《いつる》が言う。

「行っちゃったね。あの人、何に怯《おび》えていたんだろう？」

「あたし達……じゃ、ないわよね」

叶音は自分の身体《からだ》を見下ろす。〈ゾーン〉の影響で見た目が化物になってる、なんて事はない。しかし男の怯えた目は、確かに自分達に向けられていた……そう考えて、叶音は気付く。

違う。ただ方向が同じだっただけだ。

男が見ていたのは、叶音達の後ろだ。

「ッ――！」

弾《はじ》かれたように叶音が振り返る。

薄暗い路地は背後にも続いていた。墓場の脇の道に、街灯が心細い明かりを落としている。

その遠くの明かりの下を、サッと何かの影が横切った。

「走るよ、逸流」

「うん」

叶音が短く言い、逸流が頷《うなず》く。弛緩《しかん》した空気を吹き飛ばし、二人は不気味な路地を駆ける。

あっという間に影が見えた街灯まで辿《たど》り着くが、叶音が見た影は消えていた。苔臭《こけくさ》い陰気の充満した路地は不気味に静まり返っている。

油断なく周囲に視線を回しながら、叶音は手を繋《つな》いだ逸流に聞いた。

「どう、逸流。何か感じる？」

「ううん。確かに怖い空気だけど、危ない気配とかは全然」

「そう、あなたが言うなら間違いないか……単なる不安の表出かしら。それにしては、ずいぶん真に迫る恐怖が充満しているけれど」

叶音は納得し、緊張を解いた。繋いだままだった逸流の手を、改めてぎゅっと握り直す。

「戻りましょ。危険がなくても、居心地が悪い事には変わりないわ」

「そうだね。それに、もう朝がやって来たよ。おはようの時間だ」

そう言って、逸流が叶音を引っ張った。

ぐんっと後ろ側から強く押されるような感覚がして、叶音の視界が暗転する。

「……」

次に叶音が知覚したのは、マットレスの感触と、瞼《まぶた》の向こうから差す朝の日差しだった。

寝起きの煩《わずら》わしい感覚から、自分が〈ゾーン〉から現実へ浮上した事を知る。

目を開けると、そこは寝室だった。窓から差し込む陽光が、閉じたカーテンの隙間《すきま》から白い線を毛布に落としている。

叶音《かのん》の目の前の毛布がもぞ、と動いた。それは叶音の顔の方に移動してくると、すぽんっと男の子の顔を飛びださせる。

同じく起きたばかりの逸流《いつる》は、小さな手で寝惚《ねぼ》け眼《まなこ》をくしくしと擦《こす》って叶音に挨拶《あいさつ》した。

「ん……おぁよ、かのん……今何時？」

「ちょっと待って……六時五十分ね」

枕元のスマホを手にとる。逸流がうぁーと気怠《けだる》げな呻《うめ》き声を漏らして叶音の肩を揺すった。

「たいへんだ、朝の占いが始まっちゃうよぉ。早く起きて叶音」

「たいして大変じゃないでしょ。ちょっと待って。一応、最後に見た〈ゾーン〉を昇利《しょうり》さんに連絡しておくわ」

逸流をすげなくいなして、叶音はメールを開く。すると着信が一件入っていた。

そのメールに目を通した途端、叶音に僅《わず》かに残っていた眠気は吹き飛んだ。

「偶然かしら……それにしては、見計らったようなタイミングね」

「どうしたの、叶音。お仕事の連絡？」

目を擦り、今度こそぱっちりと目を開いた逸流が聞いてくるのに、叶音は静かに頷《うなず》いた。

人の〈ゾーン〉に巣くい、重篤《じゅうとく》な恐怖症を引き起こしながら精神を喰《く》らう寄生体。

「殺しの依頼よ……今回は、視線恐怖症ですって」

フォビアが姿を現したのだ。

◇

立仙《りっせん》霊能探偵事務所は、郊外の路地にひっそりと居を構える、名前の通りの探偵事務所だ。

築三十年はくだらない煤《すす》けたビルの入口には立て看板が立てられ、手書きの事務所名に加えて『あなたの恐怖、取り除きます！　※人でも幽霊でも可　※※相談無料サービス中！　※※※イケメン霊媒師《れいばいし》があなたの心に寄り添います』という何度も継ぎ足された文言が書かれている。

その路地には他にも、中国語しか通じない精肉店や、どこから拾ってきたかも分からない物を並べた雑貨屋、ペンキで『目覚めの指南』としか書いていない謎の立て看板、ブツブツと小言を呟《つぶや》くお爺《じい》さんが店先のベンチにいつも座っている薄暗いラーメン屋などがあり、いかがわしい店の見本市のような様相を呈している。

そんな場所に居を構える『霊能』なんて名前のついた事務所だから、その雰囲気はさながら、いかがわしい店達の総大将といったところだった。通りにはそもそも人通りが少なく、事務所の前にやって来る人は皆無といっていい。

チラシも配らず、きょうびＷｅｂサイトすら存在しない。その事務所の存在を知る手段といえば、もっぱら掲示板サイトのオカルト板くらいのものだ。

それが幸いしてと言うべきか——探偵事務所のドアを叩《たた》くのは、いつも決まって、藁《わら》にも縋《すが》るほど追い詰められた『本物』達だった。


不穏に廃《すた》れた外装と比べて、探偵事務所の内装はかなり整頓されていた。執務机に、沢山《たくさん》の専門書が並んだ本棚、スケジュール表が張り付けられたホワイトボード、部屋の中央に用意された机とソファの応接セット。いかにも個人経営の探偵事務所といった様相だ……古びたビル特有の埃臭《ほこりくさ》さと、専門書の全てがオカルト関係である事と、スケジュール表がほとんど真っ白であることを除けばだが。

その埃臭い探偵事務所には今、息を詰めるような緊張が張り詰めている。

「ふーむ……」

緊張の大元は、応接室に座る一人の男性だった。換気扇のファンの音が響く静かな事務所に、彼の低い唸《うな》り声と、顎髭《あごひげ》を撫《な》でるぞりぞりという音が響く。

年の頃は三十くらいか。上背が高く、ややがっしりとした身体《からだ》つきも相まって、ソファに座ると独特の威圧感を感じさせる。

しかし、その威圧感を全て塗り潰すほどに、男の恰好《かっこう》は奇天烈《きてれつ》だった。俗に漢服と呼ばれるような、やたら装飾過剰な和装。丸い大きな色の薄いサングラス。首には古代文明を感じさせるネックレスを大量にジャラジャラと着けている。例えるなら綺麗な色を全部混ぜた結果できた灰色みたいな、あらゆる方面で奇を衒《てら》った末路と表現すべきアンバランスな恰好をしていた。

男は、大きな色の薄いサングラスから覗《のぞ》く濁った目をさらにぎゅうっと細めて、机の上に広げたタロットカードを眺めて「んん……」とか「むむぅ……」みたいな唸り声を上げている。

その様子を、対面から二人の女子高生が見つめていた。

「……」

「っ……ごくり……！」

サイドポニーが可憐《かれん》な活発そうな少女と、黒縁の眼鏡に花柄のヘアピンを着けた大人しそうな少女。そのうちサイドポニーの少女は、ぐっと固唾《かたず》を呑《の》んで、タロットカードを睨《にら》む男性を見つめている。

「むむぅ……！」

「……ねえ、星那《せな》？　タロットってこういうやつだったっけ？」

「しっ、静かにしなきゃダメだよふみふみ。あ、ホラ、何か閃《ひらめ》いたみたいっ」

「いや、タロットって閃きとか必要ないものだと思うんだけど……」

星那と呼ばれたサイドポニーの少女が、戸惑う眼鏡の少女の腕をきゅっと掴《つか》む。まさに彼女の言う通り、男性は深く唸った後、カッと目を見開いた。

「——そこっ！」

漢服の袖を閃《ひらめ》かせ、男性がタロットの一枚を素早く捲《めく》った。

捲られたカードを三人一緒に覗《のぞ》き込む。代表して眼鏡の少女が、絵柄を読み上げた。

「……『吊《つ》られた男』の逆位置」

「ふふん。さあどうだい？　――これが君がさっき捲ったカードだろう、星那《せな》ちゃん！」

「あっはー、ぜんぜん違います！」

「な!?　馬鹿な、僕の千里眼が外れただって!?」

「いやだから！　タロットってそういう物じゃなくないですか!?」

眼鏡の少女が思わず叫んだ。そのまま彼女は、先ほどまでの神妙な態度が嘘のように狼狽《ろうばい》した彼に、キッと疑いの眼差《まなざ》しを向ける。

「何のつもりなんですか。いきなりタロットを取り出したと思ったら、微妙な芸を披露《ひろう》して」

「げ、芸とはなんだい失敬な！　これは、僕の霊験《れいげん》あらたかな所を見せるために用意した大変にスピリチュアルな超能力で――」

「それを失敗してるから言ってるんですよ。っていうか、引いたカードを当てる芸ならトランプとかでやればいいでしょ。タロットってこう、絵柄と向きから人の将来を占ったりするものですよね。スピリチュアルを披露するなら、普通にタロットをすればいいじゃないですか」

「それは、覚える事が沢山《たくさん》あって難し……あーちょっと待った愛想を尽かさないで！　占いだね？　任せてくれ、霊能探偵である僕は占いだって得意だ大得意だとも！　ええと、最近新調したばかりの水晶玉がこの辺に……！」

冷や汗を浮かべた男性は口早に捲《まく》し立てると、事務所の隅に乱雑に積まれた、誰もが見た事のある通販サイトのマークがついた段ボール箱に顔を埋めて占い道具を探し始める。

事務所の扉を開いて叶音《かのん》が顔を見せたのは、ちょうどそんなトンチキなやり取りの最中だった。彼女は段ボール箱に頭を突っ込む漢服姿の男性を見つけるや否《いな》や、まるで父親の生着換えを目撃してしまったような殺気立った顔になった。背後からぴょこっと顔を出した逸流《いつる》が笑う。

「あはは、しょーりさんが段ボールから生えてるみたいっ」

「……お客さんの前で何アホ晒《さら》してんですか、昇利《しょうり》さん」

「やあ、おはよう叶音ちゃん。ちょうどいいタイミングで来てくれたね！」

叶音が声をかけると、昇利と呼ばれた男性が段ボール箱から顔を上げて応える。

何を隠そう立仙《りっせん》霊能探偵事務所の所長にしてワンマン経営者、立仙昇利は、段ボール箱から引っ張り出した水晶玉を手に、ふんすっと胸を張って言う。

「ちょっとそこで見ていてくれたまえよ。今から彼女達に、僕が霊能力者である事を証明してみせるんだからね——オホンッ。いいかい星那ちゃん、文乃《ふみの》ちゃん。取り出したるこの水晶玉、なんとアステカの霊峰から切り出された、決して溶けない氷を加工して作られたものなんだ。古代の霊の魂がこの中に封じられていて——」

「嘘くさい演技は百歩譲ったとしても、そういうパフォーマンスは、せめて〇マゾンのシールを剥《は》がしてからやれっての、バカ所長」

「え？　ああしまった⁉　いや、このシールは違……○マゾンのアステカ支店から取り寄せたんだよ！　僕達、霊能力者の間だけに伝わる闇ルートがあってだね……！」

「あの、そもそもアステカは地名じゃなくて文明の名前なんですが……」

そう指摘したのは、ソファに座る一人、文乃《ふみの》と呼ばれた眼鏡の少女だ。

最初から嫌疑の目を向け続けていた文乃は、騒ぎ続ける男性の様子にとうとう呆《あき》れ果て、隣のサイドポニーの少女、星那《せな》の服の袖をちょいと抓《つま》む。

「星那、やっぱり帰ろう。このうさんくさい人が霊能探偵とか、絶対嘘だよ」

「えー？　わたしはこの空気感、楽しくてわりと好きだよ？」

「楽しいかもしれないけれど。こっちは真剣に相談に来てるんだよ？　このままじゃ私達、きっと嘘八百ばかり言われて、高いお金を払わせられるに決まってるよ」

星那はおかしそうに笑っているが、文乃は敵愾心《てきがいしん》も露《あら》わに昇利《しょうり》を睨《にら》み付ける。

今すぐにでもここから立ち去りたいといった風だ。叶音《かのん》は昇利を押し退《の》けて二人の前に立つ。

「星那さんに、文乃さんだったわよね？　不安にさせてごめんなさい。あのうさんくさいバカは、お察しの通り何の霊能力もない只《ただ》のバカよ。賑《にぎ》やかしのテレビ程度に聞き流していいから」

「すみませんが、もう結構です。これ以上つまらない事を話して、依頼料を取られでもしたら堪《たま》ったものじゃありません」

Vamazones

「文乃《ふみの》ちゃん、待ってくれ。僕らの事務所は相談まではタダだよ。看板に偽《いつわ》り無しだとも」

「偽りアリアリじゃないですか。看板にやたらめったら書いてた全部が嘘じゃないですか。イケメン霊媒師《れいばいし》なんてどこにいるっていうんですか？」

「え。いやほら、僕……イケメン霊媒師……」

昇利《しょうり》が自分の事を指さし、全く反応をもらえなかったのでスンと肩を窄《すぼ》めてしまう。逸流《いつる》が彼に近付くと、項垂《うなだ》れた昇利の頭をよしよしと撫《な》でて慰《なぐさ》めてあげた。

文乃と呼ばれた眼鏡の少女は、迷いを振り切るように頭《かぶり》を振って、隣の星那《せな》の手を取った。

「本当に失礼。私達は本気で助けて欲しかったのに、ふざけてばかりで……！　付き合わせてごめんね星那、行こう」

「ストップ」

席を立とうとした文乃は、目の前に突き出された叶音《かのん》の手にびくりと動きを止めた。

真っ赤なスカジャンを羽織り、髪に金のメッシュを入れた少女は、近くで見ればかなりの威圧感がある。文乃はごくりと息を呑《の》み、それからキッと睨《にら》みつける。

「な、なんですか。何を言われても私は騙《だま》されたりなんか——」

「後ろの窓の外。向かいに見えるビルの屋上」

なんの脈絡もなく、叶音は張り詰めた声でそう言った。

「——ひっ」

返ってきたのは、短い悲鳴。

それを漏らしたのは文乃ではなく、その隣でやり取りを眺めていたサイドポニーの少女、星那だった。さっきまで昇利のトンチキな行動に笑っていた人と同一人物とは思えないほどに、一気に顔を青ざめさせる。

「振り向かないで、星那さん。あなたはまだ見られているわ——昇利さん、カーテンを閉じて」

「あ、ああ。分かった」

只《ただ》ならないものを感じたのだろう。昇利は打って変わった真剣な口調で窓際に寄ると、周辺を具《つぶさ》に確認してから、さっとカーテンを閉じた。

「……何もいなかったようだけれど」

「いたのよ。彼女にとっては、だけどね」

叶音は身体《からだ》に溜《た》めていた力を抜き、改めて今回の依頼者——星那に向き直る。

「今ので大体の事情は察したわ。あなたは恐怖に取り憑《つ》かれている。そしてあたしは、あなたに纏《まと》わり付く恐怖に対するプロよ」

「……」

「だから、詳しく教えて頂戴《ちょうだい》。そうすればあなたの恐怖は、あたしが必ず殺してあげるから」

叶音は力強く宣言する。

きっと、今までずっと内心で堪えていたのだろう。星那は怯《おび》えに瞳を震わせながら、叶音の手を握り、自分が苛《さいな》まれる恐怖をこう表現した。

「お願い、助けて。このままだとわたし、都市伝説に殺されちゃうの！」

◇

最初に星那《せな》が取り出したのは、自身のスマホだった。彼女は動画サイトを開くと、一本の動画を映した画面を対面に座る叶音《かのん》の前に滑らせた。

画面では、薄暗い背景にスポットライトが落ち、笑みを浮かべたアニメ調の男性を照らし出している。

「何これ？」

「ＶＴｕｂｅｒ。知らないの？　イラストや３Ｄモデルを使って配信するスタイルの動画投稿者だよ。役になりきるタイプとか覆面アーティストとか、様々な配信者がいて楽しいんだ」

「や。さすがに存在は知ってるけど……」

問題はなぜ急にこれを見せてきたか、という点だ。叶音は質問を止めて、動画に目を向ける。

再生ボタンをタップすると、男はスポットライトの中、厳《おごそ》かな声で語り出した。

『夜道を歩いている時、誰かに見られている気がして、つい早足になる。皆さんにもそういう経験があるのではないでしょうか。日常に蟠《わだかま》る闇の中から、何かが自分を見ている気がする

――その恐怖は、決してあなたの気のせいではないかもしれません。さあ、今宵《こよい》も語るといたしましょう。あなたの傍《そば》ににじり寄る、恐怖の物語を』

流麗な男性の声で語るVＴｕｂｅｒは、奇術師やサーカス団の団長を彷彿《ほうふつ》とさせる派手なビジュアルをしていた。頰には網目模様のスピーカーが埋め込まれている。

見るからに噂《うわさ》好き、しゃべり好きといったデザインをした奇術師は、怪しげに語りだす。

『ある少女の話です。彼女が学校へ向かう路《みち》は何本かありましたが、いちばん近いのは、墓地の傍を通る道でした。場所柄いつも人が少なく物寂しい雰囲気の道でしたが、少女の家は門限が厳しく、一分でも破るとこっぴどく怒られていました。そのため少女はたびたび、墓地の傍の暗い道を一人きり、いつも小走りで通り抜けていました。お化けなんていない。危ない事なんて起こらない。そんな風に自分に言い聞かせながら』

ブンッと音を立てて、語る男性の背後に巨大なディスプレイが現れた。そこに物語の舞台の映像が投影される。

傍で見ていた逸流《いつる》が、あっと声を上げた。叶音の袖をくいと引く。

「叶音、これ……」

「ええ、そうね。あたしが知らないだけで、結構人気の配信者なのかしら」

映し出された光景には既視感がある。

街灯がぽつぽつと灯《とも》る路地。墓の傍の路。

それは、数時間前に二人が入った〈ゾーン〉で見たものと、そっくり同じ景色だった。あのサラリーマンの心象風景は、この動画に影響を受けたものなのだろうと叶音《かのん》は推察する。

『その日の夜も、友達と遅くまで話し込んでしまった少女は、墓地の傍《そば》の路《みち》を歩いていました。ぽつぽつと街灯が灯《とも》るだけの暗い道に、少女の靴音だけがと、と、と、と響きます。時折少女は後ろを振り返ります……この道を通る時、いつも誰かに見られている気がするのです』

カメラは少女の主観視点だった。カメラが素早く動いて背後を振り返ると、街灯が一つ灯るだけの薄暗い夜道が映る。

『少女は足早に道を歩きながら、何度も振り返ります。もちろん背後に感じる視線は、少女の不安から来る錯覚でした。振り返っても誰もいるはずがない。そう確かめて、自分を落ち着かせる。ただそれだけの行為のはずでした……その夜、その瞬間までは』

画面の中で、少女は何度も振り返る。その度に画面がぐるりと転換する。代わり映えのしない不気味な道が何度も何度も切り替わり――ある瞬間、ぴたっと停止する。

画面に変化が起きていた。薄暗い路に、歪《いびつ》な影が佇《たたず》んでいる。

『街灯の下に、何かがいました。明らかに人間ではない何かが』

『顔ほどもある異様に大きな一つの目が、街灯の光を浴びて爛々《らんらん》と輝いていたのです』

突然、雷鳴のようなエフェクトが走り、血走った眼球が画面に映し出された。隣で画面を覗《のぞ》き込んでいた逸流《いつる》が、驚いてびくっと身体《からだ》を跳ねさせる。

画面が激しく揺れ、一気に暗転した。アスファルトを蹴《け》りつけて、必死に走る音。

『少女は悲鳴を上げて逃げました！　腕を振り回し、一度でも立ち止まったら死んでしまうとでもいうように！　走って走って——そして気が付いた時には、家のすぐ傍まで来ていました』

『辺りの民家には明かりが付き、犬を散歩させている人もいました。少女は恐る恐る振り返りますが、化物なんてもちろん存在しません』

『少女は何度も深呼吸し、自分に言い聞かせます。何か悪い夢を見たんだ。きっとそうに違いない……そうして少女は心を落ち着かせ、家路を急ぐのでした』

明朗な声の語りが緩やかにフェードアウトする。

しかし、物語は続いていた。暗転した画面いっぱいに浮かび上がってきたのは、先ほど画面に映し出された、血走った巨大な眼球。

『恐怖はそれで終わりませんでした。それからも少女は視線を感じました。前よりもっと強くハッキリと。怖い墓地の傍の道以外でもです』

『振り返ると、目玉の化物が少女を見つめていました。塀の影や木の下、時に通行人の後ろに隠れて、巨大な眼球がこちらを見つめているのです。瞬《まばた》きを一つすればその姿は掻《か》き消える。けれどしばらくしたら、再び猛烈な視線を感じる。忘れる事を許さないというように、いつもいつも——そして、振り返った目玉の化物との距離は、徐々に近付いているようでした』

『距離はどんどん縮まっていく。ついには目玉の化物は、少女が目を開けている限り存在するようになりました。少女は自分を見つめる目玉を指さし叫びます。あそこに化物がいる！　殺される！　なのに化物は、少女以外の誰にも見えませんでした。化物はどんどん近付いてくる。眼球が、少女の視界をどんどん埋めていく。目を背けられない。やがて眼球が自分の視界を埋めつくし、そして──！』

画面に映った目玉が、どんどん巨大になっていく。血走った黄ばんだ目、黒い蛇が大量にのたうつような混濁した瞳孔《どうこう》。それらが画面の端を越えて大きくなり、画面を埋めて迫り──

ブツッと一気に暗転する。

刺すような沈黙の後、語り部が静かに言葉を紡ぐ。

『……ある朝。少女を起こしに部屋を開けた両親が見つけたのは、とうに息絶えた少女の変わり果てた姿でした。ベッドの上で、少女の顔は見るに堪えないほど惨《むご》い姿に崩され、死の瞬間にどんな表情を浮かべていたかさえ分からなくなっていました』

男性の声が、物語をそう結んだ。重い沈黙が画面に落ちる。

暗転した画面に、一筋の光が落ちた。スポットライトが徐々に明るさを増し、中央に座す奇術師めいた語り部の姿を映し出す。

物語を終えた男は、胸の前で両手の指を重ね、愉快げにくつくつと喉を鳴らす。両頬にスピーカーを埋め込んだ口が、にまぁっと不気味に吊《つ》り上がる。

『皆様も、夜道を歩く時は十分気を付けてください。そして背後に視線を感じる時は、十分覚悟をするように。それはあなたの不安が与える錯覚かもしれないし、この化物――《覗《のぞ》き鬼》が、あなたに狙いを定めて、後を付けているのかもしれません』

「……ふぅん」

叶音《かのん》は鼻を鳴らして、動画の停止ボタンを押した。停止した画面の向こうでは、派手な装飾をしたＶＴｕｂｅｒが、挑発的に歪《ゆが》んだ笑みをこちらに向けている。

率直に言って、不愉快な動画だった。語りは上手《うま》いようだが、演技臭さや人を嘲笑《あざわら》うような態度が癇《かん》に障《さわ》る。

語る怪談も、叶音からしてみれば稚拙《ちせつ》な、子供騙《だま》しのようにしか感じられない。流行《はや》りの技術を使って、くだらない話をしているだけのように思えた。正面に座った星那《せな》が、ぴっと画面を指さして話を切り出すまでは。

「わたし、これに襲われてるの」

「……何ですって？」

「だから、これだよ。《覗き鬼》！　この人が語っているのはわたしの事なんだよ。このままじゃわたし、《覗き鬼》に殺されちゃう！」

息巻いてそう言う星那。その顔は青ざめ、嘘や冗談を言っている様子ではない。

叶音は詰め寄ってくる星那を手で制し、あくまでも冷静に言う。

「いきなり『動画のホラ話に殺される』なんて言われても混乱するわ……ちゃんと聞くから、

順を追って説明してくれない？　あなたの身の回りに何が起きたのか」

「そ、そっか。そうだよね……」

言い聞かせるような叶音《かのん》の言葉に、星那《せな》は気を取り直した。

星那はすぅ、はぁと深呼吸すると、改めて真剣な表情で、自分の胸に手を置く。

「ほら、わたしってカワイイでしょ？」

「……、…………ん、まあ」

喉元まで出掛かった（急に何言い出すんだコイツ）という言葉を呑《の》み込んで、叶音は頷《うなず》く。

任せておくと脱線すると思ったか。星那の隣に座った文乃《ふみの》がおずおずと話を引き継いだ。

「すみません。星那ってちょっと流れる時間が人と違う所があって……でも、カワイイのは実際にその通りなんです。星那は半年くらい前に読者モデルにスカウトされたんですよ。すごく評判がよくて、事務所の専属として正式に契約もしているくらいで」

「へえ。すごいのね」

「そうなんです。星那はすごいんです。雑誌の表紙だって飾った事があるんですよ」

叶音の素直な感想に応じたのは、なぜか星那ではなく文乃の方だった。誇らしげに胸を張って、縁の大きな眼鏡をきらりと光らせる。

確かに、改めて見れば星那は美人だった。ぱっちりした目に、制服越しでも分かるメリハリの利いた身体《からだ》つき。それに、潑剌《はつらつ》とした印象のサイドポニーには艶《つや》やかなキューティクルがあり、わざとらしさを感じさせない自然なメイクも上手《うま》い。素材の良さを更に活《い》かす努力を惜しんでいないのが見て取れた。

星那は褒められて照れくさそうにするも、すぐにその表情を陰《かげ》らせる。

「でも、ちょうどデビューして二か月経《た》った頃、初めて雑誌の表紙を貰《もら》ったくらいからかな……やたら視線を感じるようになったんだ」

「有名になったって事じゃない？　雑誌に載れば、ある程度は目を向けられるものじゃない？」

「ううん、そういうのじゃないの。いや～な視線って、何となく分かるじゃない？　男子と話す時、胸を見られてるとか結構分かるでしょ？」

「そうだよ。星那の隣の席の遠藤《えんどう》くんなんて、授業中にチラチラと星那のおっぱいばかり盗み見して、いやらしいったらないよ。本当に最低。ありえない」

「何で星那さんより文乃さんの方が怒ってるの？　……ええと、ともかく」

叶音はこめかみを掻《か》いて、話を前に進めるために質問する。

「その視線が本当だとして、相談するのはまずウチじゃなくて警察じゃないですか？」

「もちろん、その辺はふみふみに相談して対策してもらったの」

「ふみふみ？」

「あ、私です。星那、友達みんなにあだ名を付けてるんですよ」

「ニックネームは仲良くなる近道だからね。ふみふみも、わたしをせなせなって呼ぶようお願いしてるのに」

「いやそれ、名前二連呼してるだけだし……ええと、星那《せな》に相談されてから、モデルの事務所を経由して、警察に届けを出しました。しっかりと対策をしてもらったのですが」

説明を引き継いだ文乃《ふみの》は、重々しく溜息《ためいき》を吐《つ》く。きっと、考えうる対策はほうぼうやり尽くしたのだろう。思い出す文乃の顔には徒労が滲《にじ》んでいた。

「効果は全然ありませんでした。ストーカーが捕まる事もなければ、それらしい人が見つかった事もない。それなのに星那は、ずっと見られ続けていると言うんです」

「視線を感じる回数が、どんどん多くなっていくの。最初は一週間に一回くらいだったのが、二日に一回になって、一時間に一回になって……その頃には何となく気付いてた。わたしに付き纏《まと》っているのは、人間じゃないんだって」

星那はぶるり、と身を震わせた。

「振り返った時に、それが見える事があるの。おっきな目玉をした何か。ものすごく長い腕がゆらゆら揺れて、それがわたしを狙ってるみたいに見えて……そんな怖いのが、物陰《ものかげ》からわたしの事をじぃ――――っと見つめているの」

星那は机の上のスマホを指さす。画面では、奇術師めいた風体《ふうてい》のＶＴｕｂｅｒがこちらを挑発するように笑みを浮かべている。

「ハッと気付いた。いつか見たこの動画の事を急に思い出したの。ああ、同じだって。この動画の女の子と同じ《覗《のぞ》き鬼》に、わたしは襲われている。これはわたしの物語なんだよ」

指先を震わせながら、星那が言う。言葉にするとそれが本物になってしまうというように、何度もえずきそうになりながら、言葉を絞り出す。

「だ、だとしたらわたし、このままどんどん視線が近付いて、目玉の化物がやってきて……こ、殺されちゃうかもしれない。その一言までは星那の口から出てこなかった。

これまでの元気は、彼女がマトモでいようと努力して維持したものだったのだろう。気力を出し尽くした星那は、ソファにぐったりと身を沈めた。文乃が慌てて彼女の肩に触れる。

「星那……！」

「ごめんね、ふみふみ。最近はもう、眠るのも怖くて……意識を飛ばして、目を開けた瞬間、アレが自分を覗き込んでいると思うと、わたしもう……！」

声が震え、大きな目から涙が溢《あふ》れてくる。きっとそれが頬に落ちれば、その下からは、化粧で隠した目の隈《くま》が暴かれる事だろう。

吐き出された星那の恐怖が、暗い影になって探偵事務所に充満していた。

重苦しい沈黙を破ったのは、後ろで聞いていた昇利《しょうり》だった。彼は思案げに顎《あご》を撫《な》で、ソファに座る赤いスカジャンの少女に目を向ける。

「君の所見はどうだい、叶音《かのん》ちゃん？」

「そうですね……間違いないと思います。ストーカー被害で受けた心の傷が、この怪談と混ざって生まれた妄想でしょうね」

「っ違う、妄想なんかじゃないよ！　あのお化けは絶対にいるの！　だってあんなにっ、あんなに怖いものが嘘なはずないよ……！」

「嘘吐《うそつ》きだと言っている訳じゃないの。あなたが見ているそれは確実に現実には存在しないもの。だからといって安心なんてできない。人は、妄想に殺される事だってあるんだから」

星那《せな》を手で制し、叶音《かのん》は真剣な目でそう言う。

蜂に刺された事で酷《ひど》いアレルギー症状を経験した人は、それ以来、蜂を見ただけでアレルギー症状を再発したりする。誤ってアイロンに触れて大怪我《おおけが》をした経験のある人は、アイロンに軽く手を近づけただけで、火傷《やけど》をしたように手が赤く染まる事もあるらしい。人間の思い込みは、時に身体《からだ》の生理的反応まで騙《だま》して現実を改竄《かいざん》するほどの、とてつもない力があるのだ。

そして、『奴ら』はこの力をこそ糧《かて》にするべく、人間を狙う。

「星那さんの心には、フォビアって名前の病魔が巣くっている。心に取り憑《つ》いたフォビアは、あなたが動画に感じた『見られる』恐怖を増幅させて、恐怖症をもたらしている。このまま放置していれば、あなたは自分が本物と信じる化物に殺される事になるわ」

星那が息を呑《の》む。傍《そば》の文乃《ふみの》も顔を青くし、星那の肩にきゅっと縋《すが》り付く。

叶音が語った結末は、決して現実ではない。フォビアは精神体であり、現実の肉体へは干渉を行わない。

星那は化物には殺されない。妄想の化物に襲われ、死んだと信じる事で死んでしまうのだ。

そしてその結末は、このまま放置していれば確実に起こりうる末路だった。

「だからこそ。あなた達が今日ここに来てくれたのは幸運だったわ」

叶音は改めて姿勢を正し、藁《わら》にも縋る思いでオンボロ事務所の扉を叩《たた》いた二人の少女の目を、まっすぐ見つめた。

毅然《きぜん》と。嘘や誤魔化《ごまか》しなど一つもないと聞いただけで分かるように。叶音は宣言する。

「これ以上あなたの心を蝕《むしば》ませない。心に巣くう寄生虫は、あたしが必ず殺してみせるわ」

◇

立仙《りっせん》霊能探偵事務所は主に二つのスペースに分かれている。四十平米ほどの部屋のまん中はパーテーションで仕切られ、入口に近い方が、先ほどまで叶音達のいた事務所となっている。

もう一つのスペースは、一見すると学校の保健室や病院の個室に似ていた。飾り気のないベッドが一つに、パイプ椅子が幾つかあるばかりの簡素な場所だ。後はせいぜい、客が来ない時に昇利《しょうり》が寛《くつろ》いでいる、テレビとボロいソファがある程度。

そのソファの傍に立って、立仙昇利はぽむと手を打ち、対面の叶音に笑みを向けた。

「さあ叶音ちゃん。いつもの通り、任務の前のブリーフィングの時間だよ！」

「ぶりーふぃんぐー！」

「うるっさ……二人が見てるんですよ、もう少し静かにしてください」

昇利《しょうり》の弾むような声に、逸流《いつる》が元気いっぱいに応じる。幼い少年はボロいソファの背に座る恰好《かっこう》で、楽しげに昇利と叶音《かのん》を交互に眺めている。

「ぶりーふぃんぐ。カッコイイ響きだよね。スパイになったみたい！」

「盛り上がる事なんて何もないわよ。あたしはただ、いつものようにフォビアを殺すだけです。癌《がん》を摘出する手術と一緒で、何の感慨もありはしない」

「まただ謙遜《けんそん》しちゃって。手術というなら、叶音ちゃんが今からするのは、世界中の誰にも真似《まね》できない神技だよ。もっと誇るべきだと思うな」

「しょーりさんの言う通りだよ。もっとヒーローっぽく、決めゼリフとか考えたらいいのに」

昇利に逸流が応じる。反論も面倒臭くて、叶音は鼻を鳴らして無理矢理話題を打ち切った。

二人の底抜けに明るい性格は、彼女にとってはまるで真夏の太陽のように鬱陶《うっとう》しい。

これから始まるブリーフィングと称された時間だって、叶音としてはやる意義をさっぱり見《み》出《いだ》せていない、めんどくさい儀礼だと思っていた。

「さて、叶音ちゃん。体調は大丈夫かな？　昨日の睡眠は何時間？　よく眠れたかな？」

「六時間。野ウサギと追いかけっこする、じつに爽快《そうかい》な夢を見ましたよ」

「えー、いいなぁ。僕もウサギさんをもふもふしたかったー」

逸流が羨《うらや》ましそうにそう拗《す》ねる。叶音はそのデコを叩《たた》いて「お前の事じゃい」と言いたくなったが、話が進まなくなるためぐっと堪《こら》える。

立仙《りっせん》霊能探偵事務所は、元々は昇利が個人で運営する、身辺調査や行方不明者の捜索などを受け持つ普通の探偵事務所だった。名前に『霊能』と銘打つようになったのは、叶音が助手として働き始めた時、彼女の能力を十二分に活用するための事。

つまり昇利自身には、霊能力などという特別な力は何もない。〈ゾーン〉という精神の領域も、そこに踏み込む叶音の能力も、理解できているかは甚《はなは》だ怪しいものだ。

だからブリーフィングなんて言っても、昇利にできるのは叶音の体調を窺《うかが》うくらいだった。

「お腹《なか》は空いてない？　喉は渇いてないかな？　脳を働かせるには甘い物がオススメだよ。あそうだ、この前出たコンビニスイーツが非常においしいらしくてね。今からコンビニまでひとっ走り行ってこようか」

「毎度毎度、いちいち気を遣わなくていいんですよ。親戚のおじいちゃんじゃないんですから」

「そんな事言いながら、スイーツの話をした時、眉がぴくってしたけれど？」

「……いや、別に。そんなのぜんぜん、興味ないですし」

「クリーム大福だって。もっちり生地の中にはカスタードがたっぷりつまって、とろけるくらい甘いんだとか」

「わぁ。想像するだけでおいしそうっ」

逸流《いつる》がうっとりと目を輝かせて、口に広がるカスタードの幸せな甘さを夢想する。

叶音《かのん》は唇をきゅっと引き結んで、頬が緩みそうになるのを押さえた。

「子供じゃないんだから、自分の機嫌くらい自分で取れます。おいしいスイーツの情報は感謝しますけど、今度自分で買いますから」

「自分で買ったものより、人からプレゼントされた方が嬉《うれ》しくないかい？　甘いものなら尚更ね。好意は遠慮なく受け取らなきゃ損だよ……それじゃあ、はい。いつものやつをしよう」

叶音の苦言を笑顔で流して、昇利《しょうり》は両手を差しだした。叶音の顔が更に渋くなる。

「……」

「任務の前には必ずコレをする。君を事務所で雇う時に約束しただろう？　約束を破る人は、大人とは呼べないんじゃないかなぁ」

「……」

昇利は、何かを差しだすような恰好《かっこう》で開いた両手を叶音に向けている。胡散臭《うさんくさ》いインチキ霊媒師《れいばいし》然とした昇利のにこにこ顔に、叶音の胸にむず痒《がゆ》い気持ちが募《つの》る。

「叶音」

「分かった。分かりましたよ……はい」

ソファで見ていた逸流に諭《さと》すように名前を呼ばれて、叶音はとうとう根負けした。

広げられた昇利の両手に、自分の両手をぽむと置く。昇利の手が閉じ、叶音の手が包まれる。

大人の男の人の、ゴツゴツとした大きな手。ぎゅっと握り込まれて、痺《しび》れるような心地良さがする。そんな風に感じる自分に呆《あき》れながら、叶音は言った。

「今日も必ず無事に戻ります――いってきます」

「いってらっしゃい。今日も元気に、正義の味方をやっておいで」

「だから、そんなのじゃないですってば……」

「僕も頑張るよ。しょーりさんが買ってきてくれるクリーム大福のために！」

昇利がはにかみ、叶音の手を更にぎゅっと握りしめる。逸流がぐいっと身を乗り出して、昇利の両手の上に手を置き、やる気に満ちた宣誓をした。

お決まりの儀礼をこなした叶音は、ぱっと手を放して昇利から身を引いた。

緩んだ空気を深呼吸して再び引き締め、ベッドに座る星那《せな》に視線を向ける。

「待たせてごめん。いよいよ始めるわよ」

「ううん、大丈夫。でも、具体的には何をするの？」

不安げに星那が聞く。傍《そば》にいる文乃《ふみの》も緊張の面持ちで叶音を見つめている。

「有《あ》り体《てい》に言えば除霊。あたしの感覚としては狩りよ。これからあなたの、〈ゾーン〉と呼ばれる精神の領域に入り込み、そこに巣くうフォビアを殺すわ」

「……痛い？」

「これっぽっちも痛くないわ。星那さんは何が起きたかすら分からないはずよ。次に目が覚めた時には、全てが悪い夢だったみたいに晴れやかな心地でいるはず。だからほんの少しだけ、あたしに心を委《ゆだ》ねてちょうだい」

「こ、心を……」

安心させようと、叶音《かのん》は笑みを浮かべる。

しかし星那《せな》は何か心配事があるのか、ベッドに腰掛けた恰好《かっこう》でもじもじと身体《からだ》を揺する。

「何か心配な事があるの？　気になる事があるなら、今のうちに言ってちょうだい」

「ふぇ？　だ、大丈夫！　心を委ねるんだよね。へーきへーき」

星那は慌てた調子で手を振ると、目を閉じてすぅ、はぁと深呼吸。

それから彼女は意を決して、叶音に向けて両手を伸ばした。

「ど、どうぞ！」

真っ赤な顔で、目を瞑《つぶ》り。身体をぷるぷるさせながら、そんな事を言う。

「…………えっと、何？」

「や、やっぱりハグ程度じゃダメかな？　でも、ここから先はわたしも初めてというか、未体験ゾーンなので緊張するんだけど……」

「星那、無理しないでいいからね。はじめてが怖いなら、まずは私で試してもいいんだよっ」

顔を赤らめる星那。なぜか傍《そば》で見ている文乃《ふみの》が、食いつくような勢いで星那の手を握る。

何だかヘンな勘違いをされているとようやく気付いた叶音が、ブンブンと首を横に振った。

「いや、いやいや違うから、そういうのじゃないから。あなたの〈ゾーン〉と繫《つな》がるための、ほんの少しの縁があればいいの。手を繫いでもらえればそれで十分」

「あ、そんなのでいいんだ。じゃあいいよ。つなごつなご」

「……むぅ」

星那はどこか拍子抜けした様子で、叶音と手を繫いだ。文乃は何か不満があるのか、表情を曇らせて繫いだ手に視線を向けている。

叶音は星那の手に意識を向ける。白くすべすべとした、滑《なめ》らかな少女の肌。自分の方が年上とはいえ、同じ女性でこんなにも違うものなのかと驚かされた。

改めて綺麗な子だと思う。明るく陽気な彼女の手は、きっと普段はもっと温かいのだろう。

叶音と結びついた手は、冷たく、握ると小刻みな震えが伝わった。

心に巣くう怪物が、彼女の手から温もりを奪っている。それを憂《うれ》い、叶音は決意を固くする。

——この恐怖を取り除く。

——フォビアは、必ず殺さなければ。

叶音は目を閉じると、星那と繫いだもう片方の手を伸ばし、彼を呼んだ。

「……いいわよ、逸流《いつる》。連れていって」

「りょーかい」

弾むような声と一緒に、逸流の小さな手が叶音の手を握り込んだ。

ずるり、と身体《からだ》の中身を引き摺《ず》り出されるような感覚。薄膜を破るような僅《わず》かな抵抗感の後に、意識が肉体から分かたれる。

閉じた瞼《まぶた》の向こうに見えていた闇が更に深くなった気がする。ぐんっと強く押される感覚がし、叶音《かのん》の意識は深い闇の中に吸い込まれ、あらゆる感覚が遠ざかり——

「……」

叶音は唐突に、白い空間に立っていた。

そこは広大な部屋だった。横に長く縦も高い正六面体の部屋は、一辺が五十メートルほどはある。その全ての面が、塗り潰されたように真っ白だった。

広大な部屋には、様々な物が陳列されていた。等間隔に立てられた台座に飾られた不気味な紋様の仮面。壁の一角を占める黒々とした海を描いた巨大な絵。その他にも刀や鎧《よろい》、古代の喫煙具など、統一感のない物が整然と並べられている。

「〈博物館〉へお帰りなさい、叶音！」

ぽんっと破裂音がしたかと思うと、突然虚空《こくう》から逸流《いつる》が現れた。

着地した逸流は、サッと手を動かす。その動きに連動するように、白い壁の一角に突然モニターが現れた。様々な数字や模様が、子供がクレヨンで書いたような筆跡で描かれている。

叶音が目を離している隙に、逸流の恰好《かっこう》は変化していた。糊の利いたスーツを着た逸流が、手にした長い指し棒で画面をぴっと指す。

「今日の〈博物館〉の予報は安定！　心模様はすっきりとした晴れ。開門率は〇・〇三％。ほどよく自立したカッコイイ心持ちでいられるでしょう！」

「幽骸《コープス》の保存状態も良好。博物館のクリーニングも行き届いて穢《けが》れのない真っ白だね。今日みたいな日は、乗り物にのって館内ツアーなんてどうでしょう！」

逸流がぱっと身を翻《ひるがえ》して叶音の視界から消えると、後ろからブロロ……というエンジン音がする。振り返ると、遊園地にあるような小さな列車型の乗り物がやってきて、叶音の傍《そば》で停車した。濃紺の車掌服を着た逸流が、ぴしっと敬礼してベルをキンキンと鳴らす。

叶音が指で眉間を押さえて、唸《うな》るように言った。

「……逸流。その早着換えとか止めてくれない？　頭がこんがらがって酔いそうになるのよ」

「えー。トムとジェリーみたいで面白いのに……あ、それとも一人乗りの方がよかった？あれもあるよ、セグウェイ！」

そう言った逸流の声は、叶音の後ろから聞こえてくる。振り返ると、いつものパーカー姿に着換えた逸流が、一昔前に流行《はや》った一人乗りの二輪車に乗って現れた。叶音が更に唸る。

「遊んでる暇はないんだから。出したもの片付けなさい」

「ちぇー。叶音もたまには遊んでくれてもいいのに」

文句を言いながらも逸流は素直に従い、セグウェイからぴょいっと飛び降りた。手をぽむと鳴らすと、小さな列車や壁のモニターが瞬《まばた》きのうちに消え失《う》せる。

この真っ白な博物館が、叶音《かのん》と逸流《いつる》の〈ゾーン〉だった。本来は一人一人が固有に持つ精神空間を、二人は共同で一つ所有している。そして〈ゾーン〉に対する適応力は、叶音よりも逸流の方が圧倒的に優れていた。

今の叶音達は肉体を離れ精神の領域にいる。言わば明晰夢《めいせきむ》を見ているような状態で、肉体的な限界や物理法則は本来存在しない。しかし人は自分が生きるフォーマット——下向きの重力や、時間の流れ、自分の身体《からだ》の本来の形など——を無意識に踏襲《とうしゅう》する。

しかし逸流には、そのフォーマットは存在しないらしかった。何もない所から道具を取り出すなどお茶の子さいさい。瞬間移動したり、自分の身体を自在に変化させたりもできる。

この博物館も、叶音は全貌《ぜんぼう》を把握《はあく》しきれていないが、逸流にとっては自分の庭のようなものらしかった。彼は博物館の広々とした白い廊下を楽しそうに駆け回り、叶音に聞く。

「さ、今日はどの幽骸《コープス》を持っていく？　どれも調整はばっちり済んでるよ！」

「そうねえ……」

叶音は歩きながら陳列された品々に目を通す。

ガラスケースに収まった一振りの日本刀の前で、叶音は立ち止まった。刀身の中に血を吸い込んだような赤い線の走った刀だ。叶音が手を伸ばすと、ガラスがひとりでに消える。

「《形無鬼《かたなきおに》の偽憤刀《ぎふんとう》》、気に入ったの？」

「……ああ、うん。そういう名前だったわね」

「あはは。ほんの一週間前なのに忘れ上手だね。まあ、そういう仕組みになってるんだけどさ」

日本刀を手にすると、溶岩のように熱い激情が胸の内から込み上げてくる。

虚空《こくう》に向けて日本刀を投擲《とうてき》すると、数メートル進んだ場所でぐっと停止し、猛スピードで叶音の手元に戻ってくる。それをバシッと受け取り、叶音は頷《うなず》く。

「うん。いま思い出したけど、やっぱり手に馴染《なじ》むわね。使い勝手もいいし、フォビアをぶっ殺すってあたしの気持ちによく応えてくれる」

叶音は威勢を示すように刀を振りはらい、ヴンと空気を唸《うな》らせる。

幽骸。フォビアが時折残す遺骸《いがい》を叶音はそう呼んでいる。言わば概念体であるフォビアの存在の結晶で、そこにはフォビアが有していた能力——精神的な疾病が内包されている。

例えば《形無鬼の偽憤刀》の元となったフォビアは、人に取り憑《つ》くと『自分は本当はすさまじく強いんだ』という誇大妄想をもたらす能力があった。大小様々な種類が存在するフォビアの中では、低級で比較的ありふれたやつだ。しかし《偽憤刀》の元となったそれは、何人もの人の精神を食い荒らし度を越した成長を見せていた。取り憑いたうちの一人は、馬鹿にされたという理由から勤めていた会社の上司を殴り殺す事件を起こした。通報があり警察がやって来るまでの十数分間、彼は上司に馬乗りになり、休む事なく拳を振り下ろし続けていたらしい。遺体は猛獣に襲われたかのように滅茶苦茶《めちゃくちゃ》で、男の両拳は再起不能になるまで潰れていたとの事だ。自分の肉体が砕けることも厭《いと》わない、煮え滾《たぎ》るような怒りと破壊衝動。刀には、それを引き起こすフォビアの疾病が内包されている。

博物館に陳列されているのは、全て叶音《かのん》が殺したフォビアの幽骸《コープス》を加工したものだった。先の通り幽骸にはフォビアが持つ恐怖症状が内包されており、〈ゾーン〉に置いておくと癌《がん》細胞のように精神を蝕《むしば》み続ける。これを叶音は『博物館の展示物』として隔離し、意図的に記憶を消す事で影響を抑えていた。

ちなみに、幽骸を加工しているのは逸流《いつる》だ。どのような技術で武器や宝石の形に変えているかを叶音は知らない。気が付いたら博物館の陳列物が増えている。こういう点でも、逸流の〈ゾーン〉への適応力は叶音を大きく上回っている。

「あ、そうだ。叶音にオススメの幽骸があるよ。この前作ったばっかりのやつ！」

「ひょわっ!?　ちょっと、普通に歩くから、いきなり空中に吊《つ》り上げるな！」

空中に浮遊した逸流に抱え上げられ、叶音はさながらクレーンゲームの景品のような気分で、一つのガラスケースの前まで連れて行かれる。

ケースの中には、真っ青な色をしたブーツがあった。逸流がワクワクしながらそれを取り出し、叶音の足下に置く。陳列する際に記憶の封じ込めを行っているため、叶音にはどんな幽骸なのか判然としない。

「きっと叶音も気に入ると思うんだ。さ、履いてみて……なんでムスーってしてるの？」

「あんたがそんな顔をする時は、大抵碌《ろく》でもない事だって決まってるからよ」

「むぅ、違うよー。ホントに凄《すご》く良いのができたの。傑作なんだよ！　あまり疑われるとシュンとしちゃうなぁ」

「……まあ、そこまで言うなら試してやってもいひゃあっ!?」

叶音が溜息《ためいき》を吐《つ》きながらブーツに足を埋めた瞬間、ぐりんっと彼女の身体《からだ》が反転し、天井に向かって真っ逆さまに落ち始めた。

「うわっと!?　ちょ、大人しくしなさいよこの——わっ、た、ひゃああっ——んっぎゃう！」

叶音は、まるで足に括《くく》りつけられた紐《ひも》を振り回されるみたいに空中をでたらめに跳ね回ったかと思うと、不意にバランスを崩して、元の地面にびたんっと物凄い勢いで張り付いた。

うつ伏せに倒れて動かなくなった叶音の傍《そば》で、逸流が元気いっぱいに両手を広げる。

「《墜落する青》！　この前叶音が倒した墜落恐怖症のフォビアを、靴の形に加工したんだ。上手《うま》く制御すれば、自分の好きな方向に落下する事ができるよ」

「なるほど……逸流、ちょっと耳貸しなさい」

「なに、叶音？　——はうっ！」

しゃがみ込んで顔を近づけた逸流のおでこに、叶音のデコピンが炸裂した。

「な、何するのさぁ」

「こっちのセリフよばか！　あんた、こうなる事が分かった上で面白がって何も言わなかったでしょ。そういう悪どい考えは分かるんだからね！」

おでこを押さえて涙ぐむ逸流《いつる》の鼻先にビシッと指を突きつけて叱った叶音《かのん》は、改めて自分が足を通した空色の靴の爪先で床を叩《たた》く。

触れた事で思い出す。空に落ちる恐怖に取り憑《つ》かれた男性の依頼を受け、殺したフォビアだ。つい一週間前の事なのに、一旦忘却して思い出すそれは、古いアルバムを捲《めく》るように実感を欠いている。

幽骸《コープス》には、フォビアが有していた墜落恐怖症も内包されている。靴を履いた瞬間、叶音は断崖絶壁に立つような足の竦《すく》む気持ちを感じていた。並の人間がこの靴を履いたなら、恐怖心に取り憑かれ永遠に上空に落ち続ける事だろう。

これに加えて叶音は《偽憤刀《ぎふんとう》》も装備し、副作用である苛立《いらだ》ちにも苛《さいな》まれていた。さすがに精神がささくれ立っているのを感じる。

「でも、このぐらいなら丁度いいか。ヒリつきも、戦いのスリルと思えばむしろ高揚する」

叶音が調子を確かめていると、チーンというベルの音が博物館に響いた。

いつの間にか、壁にエレベーターの扉が現れていた。上部のランプが煌々《こうこう》と灯《とも》っている。

「星那《せな》のゾーンとの接続完了。いつでも行けるよ」

「ご苦労様、逸流……それじゃ、役目を果たしにいくとしますか」

「うんっ。いってらっしゃい、叶音！」

まるでそれが当然であるかのように、二人はどちらからともなく手を繋《つな》いだ。

逸流の小さく柔らかな手をぎゅっと握り込む。

しばらく感触と温もりを味わってから、叶音はエレベーターにひとりで乗り込んだ。音を立てて扉が閉まっていく。隙間《すきま》から逸流が手を振って見送ってくれるので、叶音も手を振り返す。

ゴウンと音を立てて扉が閉じ、エレベーターが動き出す。

落ちていく。こことは違う別の場所へ。

扉が閉じても、叶音はしばらく、逸流に向けて振った手を持ち上げ続けていた。

腕を下ろすと同時に、彼女の顔から笑顔が消える。

代わりに滲《にじ》むのは、乾いた血のようにどす黒い殺意。

エレベーターがガタガタと震えだす。まるで大気圏に突入するロケットのよう。〈ゾーン〉をまたぐ衝撃にも叶音は動じない。

「……フォビアは全て殺す」

底冷えするような声で、叶音は唱えた。

「精神に巣くう寄生虫どもを根絶やしにして、あたしという恐怖を刻みつけてやる。生まれてきた事を後悔させて、生まれ変わりすら願わないほど徹底的に壊す」

それは、まるで諳《そら》んじた詩を読み上げるように流麗で、感情というものが欠如していた。いちいち感情を揺らがせる必要がないほど、確固たるものとして魂に焼き付くほど深く刻まれた叶音の信念がそれだった。

エレベーターの振動がどんどん激しくなる。頭上の照明がチカカッと瞬《またた》き、視界が明滅する。明滅。白と黒。有と無。此処《ここ》と彼方《かなた》が交互に偏在し、混じる。

「世に蔓延《はびこ》る恐怖は、あたしが全て根絶やしにしてやる」

照明が落ち、一寸先も見えない闇が落ちる。ズンと音を立ててエレベーターが停止する。

チン、という軽やかなベルの音が、実体のない恐怖との戦いを告げる合図だった。

◇

ドアが開かれると、堰《せき》を切ったように騒音が雪崩《なだ》れ込んできて、思わず叶音《かのん》は顔をしかめた。

そこは繁華街だった。広い道路が交わる交差点を、大勢の人が行き交っている。ビルは全面ガラス張りで、軽く見上げた高さに巨大なディスプレイが嵌《は》め込まれている。

渋谷《しぶや》のスクランブル交差点を彷彿《ほうふつ》とさせる眺めだった。叶音の頭の中で、〈博物館〉からモニターしている逸流《いつる》の声がほぁ〜と歓声を上げる。

『ここが星那《せな》の〈ゾーン〉なんだ。こんなに人がいっぱいで賑《にぎ》やかなの、初めて見るかも』

「あの子は本当に、もの凄《すご》く明るくて人好きする子なんでしょうね。読者モデルにスカウトって話だったけど、どうやら星那さんにとっては天職みたい」

行き交う人々は思い思いの恰好《かっこう》で着飾っていた。大胆におへそを見せたストリートファッシヨンから重厚なゴシックロリータ風まで様々。老若男女問わずみなオシャレで、似通った恰好の人を見つける方が珍しい。ビルの壁面に飾られたディスプレイは、とびきり美人のモデルが化粧品やアクセサリーの紹介をするコマーシャルが流れていた。

〈ゾーン〉にはその人の性格が如実《にょじつ》に投影される。〈ゾーン〉における他者の多さは、本人の社交性の表われだ。本物の渋谷もかくやとばかりに賑わっているこの光景は、星那の人好きする性格と、モデルらしいファッションへの情熱がよく表われている。

『あ、見て叶音。星那が映ってるよ』

逸流の声に視線を上げれば、壁面ディスプレイのCMに星那が映っていた。ネックレスのCMらしい。鎖骨を大胆に見せる大人びた恰好をして、カメラに蠱惑的《こわくてき》な視線を向けている。

「WATCH ME, PLEASE《わたしを見ていて》」

ディスプレイ上の星那は、思わず見惚《みと》れるような視線を向けて、愛を囁《ささや》くようにそう言った。

通行人の一部が足を止め、星那のコマーシャルを写真に収めていた。よくよく見れば通行人の一部は、星那がCMで着けているのと同じネックレスを着用している。

これら〈ゾーン〉に投影されている要素の数々は、星那の無意識が形を成したものだ。モデルとして成功したい。他者へ影響を与える存在になりたい。そういう、控えめながらも強い承認欲求。

「前には自分がスーパーヒーローになって喝采《かっさい》を浴びる〈ゾーン〉もあったし、それに比べればかわいいものか」

『素敵な〈ゾーン〉だね。夢に向かってまっすぐ一直線！　って感じ』

逸流《いつる》がそう表現するのに、叶音《かのん》も頷《うなず》く。

そもそも人間の本性の部分が表出する〈ゾーン〉なのだから、下世話な欲求をまざまざ見せられる事だってある。星那《せな》の心が見せる景色は清らかで、色彩に溢《あふ》れた輝かしいものだった。

だからこそ叶音は、そこに紛れる穢《けが》れた異物の存在を敏感に感じる事ができる。

人波に沿って歩いていた叶音は、交差点の中央で立ち止まった。

鞘《さや》に納めた刀に、そっと手を添える。

『――叶音』

「分かってる……見られてるわね」

先ほどから叶音は、ずっとある感覚に晒《さら》されていた。後頭部、髪に触れるギリギリの所で常に指をさされているような、耐えがたいほど強い『見られる』感覚に。

振り返る。沢山《たくさん》の人混みに視界を遮られていても、ソレの姿はすぐに見つける事ができた。

巨大な眼球。その言葉が何よりもフォビアの姿を形容する。叶音よりひと回り大きい人型。その頭部には鼻も口もない。ただただ巨大な眼球が頭とすげ替えられたように存在し、じっと叶音を見据えていた。

眼球は瞼《まぶた》の裏側のような、血管の浮いた瑞々《みずみず》しい肉で包まれており、そのグロテスクな肉がフォビアの全身を構成している。身体《からだ》は巨大な眼球とは不釣り合いに茎のように細い。しかし地面に垂れるほど長い腕の先端には、ひとつが叶音の腕ほどもある巨大な鉤爪《かぎづめ》が付いていた。

視線が交錯した瞬間、フォビアは痙攣《けいれん》するように身体を震わせ、長く伸びた腕を叶音に向けて突き出した。

「シ――――！」

叶音は目にも留まらぬ速さで抜刀し、顔面に向けて迫る鋭い鉤爪を切り払った。ギィン！と硬い金属のぶつかり合う音。鉤爪には傷一つなく、フォビアが更に叶音に迫る。

胴を狙う低い軌道で鉤爪が振るわれる。叶音が後退して避けても鉤爪は止まらず、そのまま通行人の一人を引き裂いた。小洒落《こじゃれ》たスーツに身を包んでいた男性は、身体から噴き出した鮮血でスーツを真っ赤に染め変え、刷毛《はけ》で塗ったような血痕《けっこん》を交差点に塗ってぐったりと沈黙する。

「通行人がいてもお構いなしか。ま、寄生虫に倫理観なんて備わってる訳ないわよね」

〈ゾーン〉に存在する人間は、基本的には持ち主の潜在意識が投影されたオブジェクトに過ぎない。現に目の前で怪物が暴れ始め、叶音が刀を抜き放っても、通行人は仲間内での談笑を続け、視線すら向けていない。

しかしこれらは星那の精神が形を作ったもの。部分的に星那の精神そのものでもある。無作為に大量に破壊されれば、現実の星那にとっても無視できない負荷になる。

だから、叶音《かのん》は飛ぶ事にした。

「ぶっつけ本番だけど、やってみるかっ！」

そう言って叶音は激しく地面を踏みしめ、バク転でもするように足を振り上げた。

逆さまになった叶音は、そのまま空に引っ張られるようにして上空に墜落する。

空色の靴の形をした幽骸《コープス》《墜落する青》の能力が、叶音を青みがかった空へと引き摺《ず》り込もうとする。内臓がひっくり返るような不快感。恐怖。しかし今の幽骸の支配者は叶音だ。意志で恐怖を押し殺し、フォビアの恐怖を隷属《れいぞく》させる。

意識を向けると、引き摺られる重力の方向が変わった。叶音は落下の軌道を折り曲げ、ビルの壁面に着地。蹈鞴《たたら》を踏みながらも、コマーシャルを映すディスプレイの上にまっすぐ立つ。

「っとと。なるほど、確かに便利な能力ね。戦いが終わったら酔って吐きそうだけど！」

『でしょ～。叶音は絶対気に入ると思ったんだ！』

「そうね。あたしを天井にぶっ飛ばして笑った分はチャラにしてあげるわ」

頭に響く逸流《いつる》の声にそう返し、視線を大地へ向ける。

眼前では、ちょうどフォビアが人混みの中から動き出した所だった。鉤爪《かぎづめ》のついた腕がするすると伸び、対面のビル壁に突き刺さって胴体を引き上げる。ぎょろりとこちらを見据える巨大な眼球は、二十メートルほどの距離を空けてなお強烈なビジュアルだった。

「眼球に、長く伸びる鉤爪の付いた腕――動画で見た通りの怪物ね」

フォビアの造形はそれぞれが与える恐怖を踏襲《とうしゅう》する。怪談で語られた通りの姿をしたこのフォビアは、はたして元々こういう形だったのか、星那《せな》が動画に触発され有象無象のフォビアの成長に指向性を与えてしまったのか——その思考を、叶音は鼻で笑って頭から追い出す。

「卵が先か鶏が先かはどっちでもいいか。この場で殺す事には変わりないんだもの」

叶音は《墜落する青》を発動。フォビアのいる対面のビルに向け、今度は頭から落下する。

フォビアも応戦した。片方の鉤爪をビルに突き立てたまま、もう片方を叶音に差し向ける。際限なく伸びる細腕はうねうねと縦横無尽に宙を躍り、叶音の視界を生々しい肉の帯で埋める。

叶音は迫る鉤爪を《偽憤刀《ぎふんとう》》で弾《はじ》き、藻《も》のように広がって蠢《うごめ》く肉の帯の中へと飛び込んだ。

ほんの少しでも油断すれば、肉の帯に手足を絡《から》め取られ、鋭い鉤爪が叶音の肉を抉《えぐ》り抜くだろう。しかしそんな『もし』は起こりえない。

「止まって見えるわよ、フォビア。そのデカイ目玉で、捉えられるもんなら捉えてみろ！」

叶音は《墜落する青》の能力を駆使し、落ちる方向を微調整。空中でステップを踏むようにして隙間《すきま》を縫い、時に《偽憤刀》で断ち切り、波打つ肉の渦を突破する。

身に付けたばかりの幽骸の能力を、叶音は完璧に近いレベルで使いこなしていた。まるで最初から自分がそういう作りの生き物であったかのように、ダンスを披露《ひろう》するかのように軽やかに、自在に、落ちる方向を変化させる。

幽骸の与える恐怖症状は凄《すさ》まじいもので、叶音の心には常に高層ビルの屋上から身を投げるような怖気《おぞけ》が走っている。手にした《偽憤刀《ぎふんとう》》の怒りの増幅も相まって、常人では到底正気を保ってはいられないだろう。

だが、他人の〈ゾーン〉に潜り込める特異能力を持つ叶音《かのん》は、精神の作りも常人とは懸け離れている。

〈ゾーン〉は精神の世界。肉体の限界や物理法則は本来存在しない。

意志の強さは、そのまま〈ゾーン〉内部における力の強さだ。そして、フォビアに対する叶音の殺意は、常に烈火の如《ごと》く、叶音自身を焼き尽くすほどに昂《たか》ぶっている。

もはやフォビアの腕の方が叶音に遊ばれていた。叶音を狙う鉤爪《かぎづめ》は難なく刀に弾《はじ》かれ、二十メートルほどあった距離はもうすぐゼロになる。

ギッと牙《きば》を剥《む》いた獰猛《どうもう》な笑みが、フォビアの巨大な眼球に映り込む。

「その狙ってくれと言わんばかりのデカい的の、ブルズアイ《ど真ん中》を決めてやる！」

叶音は落下しながら刀を振り上げ、思い切り投擲《とうてき》した。《偽憤刀》の鋭い刃は、宣言通りにビルに貼り付くフォビアの、巨大な眼球の瞳孔《どうこう》を狙って突き進む。

しかし、刃が捉える寸前にフォビアは身を翻《ひるがえ》した。ビル壁に突き立てていた腕を更に上に伸ばして壁に突き立て、引き戻す張力で上空へと跳んだ。叶音が投げた《偽憤刀》は、窓硝子《まどガラス》を砕き割ってビルの中へと消える。

「逃、が、すかぁ！」

それを追って、叶音は《墜落する青》の指向性を変えた。ビル壁に激突する直前、折れ曲がるような角度で軌道を変えて、上空のフォビアの後を追う。

空中に躍り出たフォビアは、自身を支えるために壁に貼り付けていた腕を、叶音を殺すために伸ばした。壁面ディスプレイのコマーシャルに彩られ、着飾った人々が行き交う煌《きら》びやかな交差点の上空で、際限なく伸びる生々しい色をした怪物の腕が渦を巻く。残酷にぎらつく二本の鉤爪が叶音を狙う。

「一本増やして優位を取ったつもり？　——止まって見えるっつってんのよ！」

叶音は全く臆《おく》さず、フォビアを目がけて墜落した。

威勢に応じるように、ビルの窓硝子を砕き割って《形無鬼《かたなきおに》の偽憤刀《ぎふんとう》》が飛びだしてくる。使用者の元へ戻る呪いの力によって、道中の腕を次々と切り裂きながら叶音の手へと収まる。

「おぉ、らああああああああああ!!」

叶音は身体《からだ》を捻《ねじ》り、手にした刀を全力で振り回した。独楽《こま》のように回転しながら繰り出される刃が、絡《から》め取ろうと迫る肉の帯を薙《な》ぎ払う。突き進むべき道を切り拓《ひら》く。

とうとう、肉の網をかき分けて叶音はフォビアに相対する。ぎょろりとした眼球だけの頭部に、それでも驚愕《きょうがく》と戦慄《せんりつ》が浮いているのを叶音は見て取った。

「この〈ゾーン〉に。この世界に！　お前等《まえら》の居場所はない！　心から出ていけ、寄生虫!!」

激烈な感情を滾《たぎ》らせて叶音は落ち、そうして突き出した刃が、今度こそフォビアの眼球、見開かれた瞳孔《どうこう》の中心に深々と突き立てられた。

フォビアは一瞬痙攣《けいれん》したようにぶるりと震えると、眼球が水風船に穴を開けたように破裂した。空中を躍っていた二本の腕はみるみる内に水分を失ったように萎《しお》れ、炭化した草のような黒ずみになって消え失《う》せる。

叶音《かのん》は《墜落する青》を操作し、危なげなく着地。手に現出させた鞘《さや》に《偽憤刀《ぎふんとう》》を納め、チンと軽やかな音を奏《かな》でる。

見上げた青空には、もう眼球の怪物は塵《ちり》一つもなくなっていた。

フォビアの恐怖は消えた。星那《せな》の〈ゾーン〉に、不純物のない晴れやかな気配が戻ってくる。

頭の中で、逸流《いつる》のはしゃぐ声が叶音の勝利を祝福した。

『やったね、叶音！　カッコよかったよ！』

「呆気《あっけ》なかったわね、所詮《しょせん》はデカい害虫か……一応、〈ゾーン〉を確認してから浮上するわ」

『はーい、準備ができたら言ってね。しょーりさんが、きっとスイーツを買って待ってるよ！』

上機嫌な逸流の声を聴き流しながら、叶音はぐるりと〈ゾーン〉を一望する。

行き交う人波のどこからも視線は感じない。眼球を抉《えぐ》り、致命の一撃を与えた感触もした。

星那を苦しめていたフォビアは確実に殺したと、叶音ははっきりと断言できた。

だからこそ、次に現れたそのフォビアの存在は、叶音にとって完全に予想外だった。

ぱち、ぱち、ぱち——と。

軽やかな拍手の音が、星那の〈ゾーン〉に木霊《こだま》した。

「……誰？」

緩んだ空気を一瞬で引き締め、叶音が刀の柄《つか》に手をかける。

拍手の音は頭上、先ほどフォビアが貼り付いていたビルの中ほどから聞こえていた。ビルに嵌《は》め込まれた巨大ディスプレイの上に、誰かが居る。

――奇抜な男だった。

さながら奇術師かサーカス団の団長を彷彿《ほうふつ》させる、豪奢《ごうしゃ》で派手な衣服。白黒をまばらに散らした長髪。長い脚を組んでディスプレイに腰掛け、愉快そうに細めた目で叶音を睥睨《へいげい》している。

男の両頬には、スピーカーが埋め込まれていた。

「クク……なんて素晴らしい映像でしょう。手に汗握る攻防。空中を自在に駆ける爽快感《そうかいかん》。臨場感に満ちた剣戟《けんげき》はまさしくエンターテインメント！　動画にすれば再生数八〇万は堅いでしょうね！」

「……」

「何より貴方《あなた》の肝を磨《す》り潰《つぶ》すほどの殺気！　その凄《すさ》まじさたるや、無料での鑑賞を申し訳なく思うほどでして！　いやはや、堪能《たんのう》させて頂きました！　一瞬で虜《とりこ》になってしまいましたよ！」

男はやたら大仰な語りをして、もう一度叶音に向けて拍手する。

頬に埋め込まれたスピーカーからも発声しているのか。男の声はよく響き、電子的なざらついたノイズが混じっていた。その声で叶音《かのん》は既視感の正体に思い至る。

「あんた、あの動画の――」

「ああ！　なんとＩの動画をご覧になって頂けたのですか!?　かの有名なスパルタガールの目に留めて頂けるとは、いち投稿者として恐悦の極みでございます！」

「……その呼び名で呼ぶのやめてちょうだい。本当に名誉毀損《めいよきそん》だと思ってるんだから」

やたら誇張した感情表現に、叶音はうんざりと顔をしかめる。その一方で姿勢は低く下げて刀に手を這《は》わせ、いつでも動き出せるように全身に力を溜《た》める。

『……星那《せな》の精神が生んだオブジェクト？』

「たぶん、違う」

頭の中の逸流《いつる》の声に短く返す。叶音の周囲には、今も綺麗に着飾った人々が歩いている。

〈ゾーン〉のオブジェクトは、よほどの事がなければ来訪者に対して反応を向けたりしない。

男はディスプレイの上に立ち上がり、開演前の挨拶《あいさつ》をするように恭《うやうや》しくお辞儀をしてみせた。

「お初にお目にかかります。Ｉは電子の虚構に棲《す》む混沌《こんとん》の使役者にして恐怖の語り手、禍吐《まがつき》ヅリと申します。貴方《あなた》がフォビアと総称する生命体、そのありふれた内の一つでございます」

「……正直驚いてるわ。あたしの知ってるフォビアは、会話する知能もなければ、お辞儀をするようなマナーも身につけてない化物ばっかりだから」

「ええ、そうでしょうとも。意のままに姿を象《かたど》れるようになったのはごく最近。この優麗なビジュアルの裏には血の滲《にじ》むような苦労がありまして！　率直に申し上げて、そんじょそこらのフォビアと一緒にして頂いては困りますね！」

スピーカーで拡張されたやかましい声に、叶音は顔をしかめた。

フォビアは精神を餌《えさ》に成長する。目の前の奇術師の言う『血の滲むような苦労』は比喩《ひゆ》ではなく、血を流したのはツヅリ本人ではない。犠牲者の数は、一人や二人では利かないだろう。

「あんたの身の上は興味ない。フォビアだったら全て一緒よ。あたしの目の前に現れて、まさか生きて帰れるなんて思っていないでしょうね」

「剣呑《けんのん》ですねぇ。Iはこのめぐり逢《あ》いを喜び、貴方ともっと親しくなりたいと感じているのに」

「ふざけるな。人の心に身勝手に巣くう寄生虫の言葉に、耳を貸す価値なんてないわ」

「先の《覗《のぞ》き鬼》。相手取ってみていかがでしたか？」

ツヅリは叶音の質問には応えず、逆に問いを投げかけた。

会話の主導権を握らせないつもりか。舌打ちして叶音は一言で吐き捨てる。

「雑魚《ざこ》」

「ええ、ええ、そうでしょうとも。アレはIの目論見《もくろみ》通りにすくすくと育ってくれましたが、あなたにとっては足下にも及ばない。赤子の手を捻《ひね》るように簡単な怪物でしょうとも」

「何……ちょっと待って。あんたがアレを育てたっていうの？」

叶音が尋ねると、ツヅリは愉快そうに唇を持ち上げた。高揚を示しているのか、頬に埋め込まれたスピーカーがザザッとノイズを奏《かな》でる。

「あなたの事はよく知っています。〈ゾーン〉を自在に行き来し、フォビアを滅して回る殺し屋――Iはずっとあなたに会える日を待っていたのです。怪異を語りフォビアを撒《ま》いていれば、いつかあなたに相見《あいまみ》える事ができると思っていました」

ツヅリは弾《はじ》かれたように両手を広げ、星那《せな》の精神が投影された街並みを指し示した。

「見てください。〈ゾーン〉の何と素晴らしい事か！　広がる光景の全てが、人の精神が生み出したものです。人間の精神は建物を想像し、生物を想像し、そして肉体を持たない我々フォビアにも、恐怖を基に美しい形を有させます。Iが生み出した《覗《のぞ》き鬼》も、人の精神を糧《かて》にし、実におぞましく素晴らしい姿に成長しました！　ああ、Iの物語が精神世界を蹂躙《じゅうりん》する！　この達成感たるや、一度味わうともう病みつきでして！」

「うるっさ……」

大仰な声がスピーカーで拡大され、思わず耳を押さえたくなる音量になって肌を震わせる。

「Iは恐怖の物語の創造者、禍吐《まがつき》ツヅリ！　〈ゾーン〉を嚙《か》み潰し蹂躙する『恐怖の体現者』を生み出すのがIの夢だ！　そのためにIは、恐怖を殺すと噂《うわさ》のスパルタガールと、一戦交えてみたかったのですよ！」

ツヅリは叶音《かのん》を指さす。これが舞台であったなら、二人には眩《まぶ》しいスポットライトが当てられ、過剰なほどの舞台装置が、清々《すがすが》しい宣戦布告を演出した事だろう。

そんな大げさな戦線布告に、叶音はただ、心底つまらなそうな冷笑を返した。

「わざわざ聞いて損したわ……要するにあんたもただのフォビア。人の心を玩具《おもちゃ》にして遊ぶゲス野郎ってだけじゃない」

叶音は《形無鬼の偽憤刀《かたなきおにのぎふんとう》》を抜き放った。鋭い鈍色《にびいろ》の切っ先をビッとツヅリの眉間に翳《かざ》す。

「残念だけど、あんたが丹誠込めて作ったらしいあの化物は、あたしがぐしゃぐしゃにぶっ殺した。そして次回作が生まれる事だって、金輪際《こんりんざい》ないのよ」

「クク。人型のIにも淀《よど》むことのない凄《すさ》まじい殺気。Iの肌も思わず粟立《あわだ》ってしまいそうです」

「ああそう。だったらその鳥肌、今すぐ切り裂いてやるわよ！」

叶音が足に履いた《墜落する青》の能力を発動。地面を離れ、上空のツヅリに向けて墜落する。

「確かに、Iの作った怪物は、あなたにはまだ遠く及ばないかもしれません。だが、少々油断が過ぎるのではありませんか？」

僅《わず》か数秒後には喉笛を嚙み千切る。そんな凄まじい殺気を浴びせられて尚、ツヅリの顔に浮かぶのは余裕の笑みだった。彼は不敵に頬を吊《つ》り上げ、叶音を指さす。

「ほら——貴方《あなた》、まだ視《み》られていますよ？」

「ッ!?」

突如として感じる、胸に錐《きり》を押し当てられているような威圧感。

野性的な本能に従って、叶音《かのん》はツヅリに向けていた落下の軌道を抑え、空中に急停止した。

瞬間、目の前を鋭い鉤爪《かぎづめ》が突き上がり、空気を唸《うな》らせる。

叶音が下を見れば、眼下を行き来する人混みの中に、立ち止まって見上げる影が一つ。

オシャレなワンピースを着た女性。その顔面は巨大な眼球に埋めつくされ、鉤爪のついた腕がうねうねと蠢《うごめ》いて叶音を狙っていた。

「ッあいつ、まだ生きていたっていうの!?」

『違うよ叶音。どんどん増えてる!』

逸流《いつる》の言う通り、交差点を歩いていた通行人が、四人ほど不意に立ち止まった。一斉に、首が折れるような勢いで顔を上げる。その顔もまた血走った眼球に覆い尽くされていた。

化物となった人間が伸ばした鉤爪が五本、獲物に飛びかかる蛇のような挙動で叶音に迫る。

「雑魚《ざこ》が幾ら増えたところで、遅れを取るほど甘くないわよ!」

叶音は《墜落する青》の軌道を変え、一気に真下に墜落した。襲い来る鉤爪を刀で弾《はじ》き、紙一重で避け、着地と同時に刀を振り抜く。密集していた五体の《覗《のぞ》き鬼》は、その一太刀《ひとたち》であっけなく霧散《むさん》した。

ンクク、と愉快そうな笑い声が〈ゾーン〉に木霊《こだま》した。

「幕は既に上がり、序章が終わりました。物語は語り部の下を離れ、聴衆の心に巣を作った」

「ッ貴様――――!」

顔を上げた叶音《かのん》は、ぎょっと目を見開く。

こちらを睥睨《へいげい》する禍吐《まがつき》ツヅリ。彼の座る巨大な壁面ディスプレイが真っ赤に塗り潰され、巨大な眼球を映し出したのだ。

画面に映った眼球は、そのまま叶音をぎょろりと凝視《ぎょうし》すると、まるで脱皮でもするようにずるりと飛びだしてきた。先端に直径五メートルはある眼球を湛《たた》えたミミズのような化物が、叶音に向けて迫る。

「邪魔を、するなぁ！」

ギッと牙《きば》を剥《む》いた叶音は、《墜落する青》を発動。跳躍と同時に上空に向けて落下し、巨大な眼球も越えて数十メートルの距離まで上昇した。

そのまま叶音は、《墜落する青》の軌道を真逆、真下に向けて落下する。

衝動的に襲い掛かる墜落恐怖症。浮いた内臓が押し付けられる不快感。金の混じった黒髪がばさばさと空に躍る。叶音は歯を食いしばり、自分を見上げてくる巨大な眼球に向けて一直線に墜落する。

「ッおおおおおおおおおおらああああああ!!」

振り上げた刃を振り下ろす。叶音の膂力《りょりょく》に彗星《すいせい》のような落下速度を重ねた一撃は、瑞々《みずみず》しい巨大な眼球を縦真っ二つに裂き割った。巨大な眼球のフォビアは眼窩《がんか》から大量の液体を溢《あふ》れ出させ、豆腐を斬《き》るようなあっけなさで立ちどころに絶命する。

「物語を消す事はできない！　そう、誰も恐怖からは逃れられないのです！」

「待て、逃げるなこのッ！」

「またいずれお会いしましょう、叶音！　共に物語の結末を見届けようではありませんか！」

崩れていく巨大な眼球を掻《か》い潜《くぐ》った時には、既に奇術師は姿を消していた。

フォビアの遺骸《いがい》は塵《ちり》のように崩れてなくなり、あっという間に元の、沢山《たくさん》の人で賑《にぎ》わう星那《せな》の〈ゾーン〉に戻る。血のような赤に染まっていた壁面ディスプレイも、何事もなかったかのように星那が映るコマーシャルを映している。

「……チッ、逃がしたか」

叶音は忌々《いまいま》しげに舌打ちする。

ぽんっと軽やかな音がして、傍《そば》に現れたドアを開けて逸流《いつる》がやってきた。彼は叶音に並び立ち、一緒に周囲に視線を走らせる。

「どう、逸流。何か感じる？」

「ううん。本当にいなくなったみたい」

逸流の声に頷《うなず》き、叶音は《偽憤刀《ぎふんとう》》を鞘《さや》に収めた。

恐怖をもたらしていたフォビアは殺し、奇術師は消え、星那の〈ゾーン〉には平穏が戻った。

しかし、額面通りの平穏とは到底思えなかった。行き交う人の賑わいや、ディスプレイに映る華やかなコマーシャルに、今はどこか取って付けたような寒々しさを感じる。人混みのどこか、ビルの窓の向こうから、何かが自分を見つめているような錯覚を抱く。

「落ち着けあたし。見えないものを探してどうするのよ」

先ほど対面した奇術師めいた男の、喜悦に溢《あふ》れた笑みが頭にこびり付いている。

恐怖から逃れる事はできない。

その言葉が、頭の中で響き続けている。

「とりあえず、戻りましょうか。星那《せな》さんの様子が心配だし――」

そう言って踵《きびす》を返そうとした叶音《かのん》の足がもつれた。傍《そば》の逸流《いつる》に手を掴《つか》まれ、蹈鞴《たたら》を踏む。

「叶音？　顔色が良くないよ」

「っ……へい、きよ。このぐらい……」

逸流を振りほどこうとした手に力が入らない。空気が喉につっかえて言葉にならない。心臓がばくばくと高鳴っているのに、身体《からだ》は冷えていた。指先が小刻みに震えている。頭蓋《ずがい》の内側に石をねじ込まれたような強烈な頭痛が突然襲ってきた。視界がぼやけ、音が遠くなる。

恐怖からは逃れられない。くぐもったワンフレーズが頭の中で繰り返し響く。靄《もや》の広がる海の向こうから聞こえてくる汽笛のように、何度も何度も。恐怖からは逃れられない。恐怖からは逃れられない。立っている事もできなくなり、叶音はがっくりと膝《ひざ》を突く。

「っう……ぁ、はぁ……」

「精神が〈ゾーン〉に馴染《なじ》まなくなってるんだ。強がっちゃダメっていつも言ってるのに……！」

逸流が叶音の手を取った。小さな手の柔らかさ、温もり。

「すぐに浮上するよ、叶音」

逸流が囁《ささや》く。引っ張られる。繋《つな》いだ手に導かれて、〈ゾーン〉から引き上げられる。

ああ、でも、いけない。これはマズい。

朦朧《もうろう》とした意識の奥から、じわりと冷たい感情が滲《にじ》んでくる。

こんな状態で浮上したら、道を見失ってしまう。迷ってしまう。

見つけてしまうかも。

…………どこで、何を？

「…………か…………行…………」

逸流がかけてくれる声が遠い。

頭の中で声が響く。誰も恐怖から逃れられない。聞いてはいけない。気をしっかり持って。迷うな。見つけるな。

ノイズが走る。俯《うつむ》く叶音の手には黒いどろどろとした何かがべっとりと張り付いていた。瞬《まばた》きの後には逸流が手を引く白い手が見えて、また黒く染まる。光景に、何かおぞましいものが混ざってくる。白と黒を行き来する。現実と幻覚が混濁する。

真っ黒に染まった手の先に、誰かが立った。

「それは君が、何を賭《と》しても忘れたいと願った事なんだよ」

混迷する意識が、やがて身体《からだ》という枠組みを失い霧のようになって浮上する。
逸流《いつる》が自分の精神を引っ張り、出口に向けて登っていく。
でもそれは、果たして正しい出口だろうか。
分からない。叶音《かのん》は引き上げられる。
声がリフレインする。誰も恐怖から逃れられない――恐怖からは逃れられない――
「ずっと、この手を離さないでいてね」

――ノイズが走る――

――遡《さかのぼ》る――

――こみあげてくる――

――記憶――

■■■　一三二日前　■■■

「聞いてよ逸流。あたし、開門の使徒に選ばれる事になったの！」

叶音がまっ先にその事実を伝えたのは、寝室で相部屋な友達ではなく、いつも気に掛けてもらっている学舎の先生でもなく、弟のようにかわいがっている年の離れた少年だった。

大切な人にだけこっそり教えてもいいですよ、とシスターに言われていたから、叶音は逸流と二人きりになれる時間が待ち遠しかった。朝からずっと逸流の姿を目で追っていたし、浮かれ気分でいたから朝の礼拝の時には祝詞《のりと》を二回もつっかえてしまって恥ずかしかった。食事や学堂の掃除の時には逸流と一緒になれたが、必ず誰かが傍《そば》にいたから、言いたい気持ちをぐっと堪《こら》えて当たり障《さわ》りのない話題を振らなければいけなかった。

結局、叶音が仲良しの少年と二人きりになれたのは、日がとっぷり暮れた夜更けの事だった。

季節は六月。宿舎の脇にある花壇には、鮮やかな薔薇《ばら》の花が咲いている。相変わらず街灯の数は少なく、夜に空を見上げると塗り潰したような黒の上にたくさんの星が瞬《またた》くのが見えた。

一年前、ひとりで膝《ひざ》を抱えて啜《すす》り泣く逸流を慰《なぐさ》めたあの日から、この何でもない宿舎の隅が、施設で一番思い入れの深い場所になった。二人は示し合わせるでもなく集まって、毎晩のように星空を見上げていた。

ただ手を繋《つな》いで星空を仰ぎ見るのも、十分素敵な時間だったが、今夜はもっとずっと特別だ。だって開門の使徒に選ばれたんだもの！　叶音は愛らしい男の子がどんな反応を見せてくれるかわくわくしながら彼の手を繋ぎ、「実はね……」と勿体《もったい》ぶって、その吉報を報告した。

「開門の使徒……って、何？」

だからこそ、楽しみにしていたどれとも違うきょとんとした疑問を返されて、逆に叶音《かのん》の方がすっ転んでしまいそうになった。

「った、と……え、知らないの？」

「うん。聞いた事ないけど、すごい事なの？」

「凄《すご》いも何もっ……あー、そうか。逸流《いつる》はここに来て二年目だもんね。確かに、タイミング的に知らないのも無理ないか」

見当外れの期待をしていた事が恥ずかしくなって、叶音は赤らんだ頬を押さえながら教える。

開門の使徒は、施設の教えの最も重要な存在だ。曰《いわ》く、使徒に選ばれるのは信徒でも特に敬虔《けいけん》で深慮《しんりょ》な者である。そして使徒の強い祈りこそが、叶音達の信じる神様に届くのだという。

「祝祭は元々、開門の使徒の誕生を祝い、使徒と一緒に祈りを捧げる、一年で一番大事な日なの。だけど肝心の使徒に選ばれる基準が厳しくて、ここ三年は候補者すら現れなかったのよ」

「へえ……だから僕が見た事なかったんだ」

「そしてねっ、そしてね目の前のあたしがねっ、その三年ぶりの候補者なのよっ。この凄さが分かってくれたかしら？」

繋《つな》いだ手をぶんぶん振って、叶音は瞳を輝かせる。

十にも満たない頃から施設に預けられ、それからずっと祈りを捧げてきた教えの、最も重要な役を任されたのだ。気分はさながらオーディションでヒーロードラマの主演を勝ち取った俳優のよう……いや、ドラマじゃなく実際にヒーローになったようなものだ。

しかし、叶音がその凄さを十分に伝えた後も、逸流の表情は晴れなかった。彼は細い眉を切なげに伏せて俯《うつむ》いてしまう。

その様子に喜びよりも心配の方が込み上げてきて、叶音が顔を覗《のぞ》き込む。

「どうしたの？　もしかして、何かいやな事でもあった？」

「ううん、違うよ。叶音おねえちゃんが、使徒っていうのに選ばれたのは、すごく嬉《うれ》しいよ」

逸流は首をふるふると振る。

幼い男の子は、叶音と明後日《あさって》の方向に視線を行ったり来たりさせて、言っていいものかどうかとしばらくの間悩んでから、おずおずと胸中を口にした。

「でも、選ばれたって事は……おねえちゃんは、遠くに行っちゃうの？」

「……それは」

「これからも、こうしてお話しできる？　……使徒になっても、僕と手を繋いでてくれる？」

手に、きゅっと力が籠《こ》められた。

二人で星を見上げる時、手を繋いでいるのがいつからか習慣になった。自分の輪郭も分からなくなるような暗闇。どこまでも広がるような星空。それに浸る中で感じる繋いだ手の温もりは、自分が一人きりじゃないという安心をどんな祈りよりも強く感じさせてくれた。

蒸し暑い日も、刺すような冷たさの日も、虫の音が美しい時も、二人は手を繋《つな》いで、移ろいゆく星々の煌《きら》めきを眺めていた。時折手を握って、同じ強さで握り返されて、時々リズムを刻んだりして。言葉を介さないそのやり取りは、言葉よりも大きな気持ちを繋ぎ合わせるみたいで、こそばゆくも温かな気持ちにさせられた。

その手からは今、逸流《いつる》の縋《すが》り付くような切なさが伝わってくる。

逸流の心は、ヒビが入ったガラス細工のように脆《もろ》く儚《はかな》い。それは叶音《かのん》に、自分が守ってあげなければという使命感と、このまま成長して大丈夫だろうかという親心を同時に感じさせた。

二人の時間が、環境に馴染《なじ》めない逸流の癒やしになっているのは分かっている。けれど叶音に対する、産まれたばかりの雛鳥《ひなどり》のような依存は、やはり危うさを感じずにはいられなかった。

永遠に続いてほしいと思うこの時間に、変わる時が来たのだ。二人の今後の未来のために。

逸流の今にも泣きそうな目を見つめて、叶音は慎重に言葉を選ぶ。

「……開門の使徒になるのは、楽な道ではないんだって。正式に選ばれるには、試練を経て、苦難を乗り越えなければいけない。仮に候補者が選ばれても、試練を達成して本当に使徒と認められた人は十年以上現れていないそうよ」

直接的な表現はなかったが、叶音がこれまでとは全く異なる生活になる事を伝えるには十分だった。逸流がぎゅっと唇を噛《か》む。

その目から涙を溢《こぼ》させないように、叶音は「でもね」と言葉を重ねた。

「最初にあなたと星を見上げた夜、約束したでしょ？　あたしはずっと、逸流の傍《そば》にいるって」

「……うん」

「あの約束を、いま結びなおしてもいい？」

繋いだ手の上から、更に手を乗せる。逸流の胸に湧いた切なさを吹き飛ばすだけの、もっと強くて温かい気持ち、「大丈夫」というメッセージをおもいっきり込めて。

「確かに、ずっと逸流の隣にはいられなくなるわ。でも、いなくなる事だけは絶対にしないわ。寂しい思いなんかさせない。たとえ手を握れない場所にいても、あなたの事を思い続ける。あなたを『ひとりぼっち』なんて絶対に思わせたりしない」

「おねえちゃん……」

「だから泣かないで、逸流。あたしはずっと、あなたと一緒なんだから」

あの時交わした約束を、更に強く結び直すように。叶音はそう宣言する。

「……うんっ」

月明かりに滴《しずく》のきらめきを照らして、逸流は嬉《うれ》しそうに頷《うなず》く。切なさによって蓄えられた滴は、頬に落ちる頃には安堵《あんど》と喜びの涙に変わっていた。

「まったく、泣き虫なんだから……あんたがそんな感じだから、放っておけないのよね」

叶音は苦笑し、繋いだ方とは反対の手で、服の袖で逸流の頬を拭《ぬぐ》った。

そのまま逸流の、赤らんだ柔らかな頬にそっと触れる。

「あたしはこれから、使徒にふさわしい人になれるように特訓を始めるわ。だから、逸流《いつる》も一緒に特訓しましょう。あたしの他にも友達をたくさん作るの。そうして将来は自分ひとりで生きられる、立派で強い男の子になるのよ。逸流だって、いつまでも甘えんぼうってからかわれるのは嫌でしょ？」

「僕は、お姉ちゃんがいてくれるなら別に……」

「言い訳しないの。あーあー、あたし、逸流のカッコイイところが見たいなー。頑張るあたしを応援してくれるような、立派な男の子になってくれないかなー？」

「う……わかった。お姉ちゃんが安心できるように、僕もがんばる。かっこよくなってみるっ」

「よろしい。それじゃ、約束の握手をしましょっ」

叶音《かのん》は微笑《ほほえ》み、改めて逸流の手をしっかりと繋《つな》ぎなおした。

逸流はにへ、と笑う。幼く愛らしいその顔が叶音の心にじんわり沁《し》みて、ぽかぽかと温かいような、たまらない気持ちにさせられた。

叶音ははっとした。目の前の笑顔が、きっと世界で最も美しい物なのだと唐突に得心した。

きっと、逸流と巡り合ったのは運命なのだ。

目の前の少年の笑顔こそ、自分が守らなければならないものなのだ。

何に代えても。きっと、何かを犠牲にしてでも。

「……大好きだよ、叶音おねえちゃん」

「あたしもよ。絶対に、逸流を手放したりしないから」

重ねた手をぎゅうっと結び合って。鼻先をくっつけるような距離で微笑みあう。

子供のような約束だと言うのなら、好きに笑えばいいと叶音は思った。

いまこの瞬間、姉弟よりも遥《はる》かに強い眩《まぶ》しいほどの絆《きずな》が、二人の間に結ばれていたのだから。

■　■　■　■　■

意識が肉体に辿《たど》り着いた瞬間、叶音は殴りつけるような衝撃に出迎えられた。ベッドに凭《もた》れかけていた身体《からだ》を思い切り跳ね上げる。

その時突然、後頭部にリアルな衝撃が走り、どごんっ！　と何かを弾《はじ》き飛ばした。

「ぶはぁぁぁぁぁぁぁぁぁぁぁ!?」

「痛ったぁ!?　な、何事!?」

叶音が振り返ると、ちょうど吹き飛ばされた立仙《りっせん》昇利《しょうり》が、床に倒れて悶絶《もんぜつ》しているところだった。鼻を押さえながら足をばたばたさせる三十代のオッサンのあられもない姿を見て、叶音は急速に理性を取り戻していく。

「は、はにゃ、鼻がもげた。めごって音したもん！　僕の鼻がなくなったよ叶音ちゃん！　どっかに落ちてないい!?」

「みっともないオッサンを見るのが一番正気になれる……最悪な気付きを得たわ」

「叶音《かのん》、起きたんだね！　よかったぁ！」

傍《そば》にしゃがみ込んでいた逸流《いつる》が、嬉《うれ》しそうに飛び上がって叶音に近寄った。叶音の顔色を確認し、ほっと安堵《あんど》の溜息《ためいき》を漏らす。

「浮上する寸前にノイズが混じって、意識の深い所に落ちかけてたんだよ。平気だった？」

「大丈夫よ、あまり覚えてはいないけど……」

叶音は頭を振る。突然見た事もない場所に放り出されたみたいに頭が混濁している。

さっき自分は何を見ていたのだろうか。思い出そうとするも、全く探れない。二年前の朝食は何だったかを思い出すみたいな、荒唐無稽《こうとうむけい》な問題を自分の脳に強《し》いているみたいだった。

数秒脳内で葛藤するも、やがて諦めた。思い出せないのならそれでいいだろう、きっと思い出す価値のないものか、忘れた方がいいものだから。

思索に耽《ふけ》っていた叶音に、ふっと影が落ちる。

顔を上げた叶音の視界が、今まさに迫ってくる星那《せな》で埋めつくされた。ぎょっとすると同時に、全身に衝撃と、まふっという柔らかな感触。叶音は星那にぎゅ～っと抱き締められる。

「叶音さ～ん！　ほんとにほんとにありがとう～～！」

「きゃっ。ちょ、んむぐ……っ」

振りほどこうとした頭を、さらに強く抱き締められる。豊かな膨らみに顔がすっぽりと収まり、華やかなフレグランスの香りが鼻孔をくすぐってくる。叶音の顔が一気に真っ赤になった事を、肝心の星那は気付かない。

「視線が嘘みたいに消えたの！　今までず〜っと怖い夢の中にいて、今やっと目が覚めたみたい！　お礼してもしきれないよ、ありがとう叶音さん！」

「んぐ……ぷは。ど、どういたしまして。あの、感謝は分かったから少し離れてくれる？」

「そうだよ星那。叶音さん迷惑そうだよ、あまりくっついちゃダメだって」

「いや、迷惑ってほどではないけれど……」

後ろに控えていた文乃《ふみの》が、意外に強い力で星那を引き剝《は》がし、叶音は抱擁《ほうよう》から解放される。

「……叶音、顔赤いよ？　おっぱい好きなの？」

「うっさいわ」

直球に聞いてくる逸流を、ドスを利かせた小声で黙らせる。叶音は顔に残ったふにょんとした柔らかい感触を頑張って追い出して、気を取りなおして星那に言う。

「星那さんの精神に巣くっていたフォビアはあたしが殺しました。ありもしない視線に怯《おび》える日々はこれでお終《しま》いよ」

「うぅ、本当に怖いのなくなったんだ、よかったぁ。来週には撮影が控えていたんだよ。おかげで自信満々にカメラの前に立てそう」

「よかったね、星那《せな》。私もほっとしたよ……」

「うんうんっ。叶音《かのん》さんを探してくれたふみふみのお陰《かげ》だよ〜。さすが頼りになる、わたしの一番の心の友っ」

星那は涙まで浮かべて喜び、文乃《ふみの》にもぎゅっと抱き付く。文乃もほっと安堵《あんど》の表情を浮かべており、くすぐったそうに抱擁《ほうよう》を受け容れている。

その背後で、のたうち回っていた昇利《しょうり》がようやく回復して起き上がった。真っ赤になった鼻を擦《こす》りながら、んんっと咳払《せきばら》いする。

「無事に星那ちゃんの恐怖を取り除けたみたいだね。依頼料などつもる話はあるけれど、先に祝勝会と行こう！　買ってきたクリーム大福が冷蔵庫で君達を待っているぞ！」

「ホントに買ってきてたんですか？　別にいいって言ったのに」

「叶音ちゃんは星那ちゃんの心を守り、正義を遂行《すいこう》した。めでたい事は盛大に祝わなくちゃ！」

「だから正義の味方とか、そんなんじゃないですってば……」

叶音はもごもごと言うが、昇利は上機嫌に部屋の隅にある冷蔵庫にすっ飛んでいく。逸流《いつる》もぱっと顔を輝かせ「わーい、甘いものー！」と両手を上げながらその後を追いかける。

恐怖から解放された星那は、幸せの絶頂にいるみたいなテンションだった。彼女は瞳をキラキラさせて、叶音にぐいっと近付いてくる。

「ねえねえ叶音さん。空いてる時間ある？　探偵事務所ってお休みは何曜日なのかな？」

「え？　……閑古鳥《かんこどり》な事務所だし、暇と言えばいつも暇だけど」

「じゃあじゃあ、今度一緒に遊ばない？　ふみふみも一緒に！」

突然の提案に、叶音は目をぱちくりと瞬《まばた》かせた。星那は上機嫌なまま更に続ける。

「依頼料はちゃんと払うけど、そんな格式ばったやつじゃなくて、叶音さんにもお礼したいの！　どんなのが好き？　スイーツとかファッション関係だったら何でもプロデュースできるよ！」

「ちょ、待、いきなり近……いやほんとグイグイ来すぎじゃないあなた!?」

「だってほんとに叶音さんに助けられたし！　これっきりなんて勿体《もったい》ないもん。ていうか友達になりたいなぁ。なっていい？　なるね！　やったー！」

「だ、だから話を聞いて……！」

ハイテンションにぐいぐい詰めてくる星那に、叶音はたじたじだ。フォビアによる恐怖症さえなければとっても明るい子だろうとは思っていたが、まさかここまでノンストップだとは思わなかった。

叶音は星那を苦心して引き剥《は》がし、肩に手を置いてようよう鎮《しず》めさせる。うきうきとした目でこちらを見つめてくるのは逸流と同じくらいに子供っぽく、ぴこぴこ弾むサイドポニーも相まって、まるで人懐っこい大型犬を相手しているみたいだ。

「気持ちは嬉《うれ》しいけれど、ゴメン。そういうのはパスよ」

「ええ、何で？　もしかして迷惑だった？」

「迷惑って訳じゃないわ。誘われる事自体は普通に嬉《うれ》しい。だけど……」

叶音《かのん》は言い淀《よど》む。彷徨《さまよ》う視線は、自然と星那《せな》の後ろ、昇利《しょうり》と一緒に冷蔵庫の中を覗《のぞ》き込む、年端もいかない幼い男の子の姿を追っていた。

「……逸流《いつる》が一緒だから。あたし一人で遊びに行くのは難しいと思う」

そう言って、星那の誘いを断ろうとする。

しかし、それは逆に星那の興味を引いたらしかった。星那は目を丸くして聞いてくる。

「へえ、逸流くんって、叶音さんの弟さんかな？　幾つなの？」

「十歳よ。二人で暮らしているの」

「いいなぁ。わたし一人っ子だから、姉弟とか憧れるんだー」

星那はそう言うと、いいことを思いついたとばかりに目を輝かせた。

一度は引き離された距離をぐっと詰めて、たっぷりの好意を込めた目で叶音を見つめて。

朗《ほが》らかな笑顔で、言う。

「じゃあ、その子も一緒に連れてきたらいいよ！　わたしも逸流くんに会ってみたいなぁ」

世界が凍る。

時を回す歯車に杭《くい》を打ち込まれたみたいに、空間がギシと軋《きし》んだような気がした。

「わたしもふみふみも、ちっちゃい子のお世話は得意だよ。遠慮せず連れてきたらいいよ。我ながら凄《すご》くいいアイデアじゃない？」

「————————そう、ね」

目の前では星那が上機嫌に笑顔を向けている。その顔が、決して破れない透明なフィルターを介したみたいに、どこか遠い。喉から搾《しぼ》り出た声が自分の物とは思えない。

鼻歌を奏《かな》でながら、昇利が戻ってきた。彼はコンビニスイーツをわざわざ小皿によそって、お盆に乗せたそれを叶音達の前に差しだす。

「さあ、これはお疲れ様の気持ちを込めた、僕からのサービスだ。叶音ちゃんに星那ちゃんに文乃《ふみの》ちゃん、それに僕。ちゃ・ん・と・四・人・全・員・の・ス・イ・ー・ツ・を・買・っ・て・き・て・あ・る・よ」

「わぁ、本当においしそう。ありがとうございます、昇利さん」

文乃も喜びに頬を綻《ほころ》ばせ、昇利から皿を受け取る。

その歓談から離れた場所に、逸流はいた。

逸流は佇《たたず》んで、叶音を見つめていた。佇む逸流を叶音は見ていた。

逸流はそこに息づいていた。胸は呼吸の度に上下していた。瑞々《みずみず》しい瞳で叶音を見ていた。

誰も疑問に思わない。視線を向ける事もしない。

幼い少年との間には、まるで悲喜劇の壇上と観客席のような、互いの存在が決して交わることの無い絶対的な隔絶が立ちはだかっているようだった。

「ほら、叶音ちゃんも」

「……ありがとう、ございます」

昇利《しょうり》から差しだされた皿を受け取る。

口に咥《くわ》えると、カスタードの強い甘みと、まろやかな風味が口いっぱいに広がる。

歯に沁《し》みるような甘みは、確かに現実のものだった。

「今日もいっぱい頑張ったね。お疲れ様、叶音《かのん》」

隔絶の向こう側で、逸流《いつる》はただ微笑《ほほえ》みを浮かべて、叶音をそう労《ねぎら》う。

何を言っていいかも分からず、叶音はただ、確かにそこに存在するはずの——存在すると信じている少年の姿から、気まずげに目を逸《そ》らす事しかできなかった。

■■■ 八七日前 ■■■

開門の使徒候補となった叶音が連れていかれた先は、施設内部にある教会の地下だった。

正確には、教会の地下だと聞かされただけだ。秘密の、神聖な場所を通るからと、叶音は頭から袋を被《かぶ》されて、薬を打たれて強制的に眠らされた。

目を開けた時には、叶音は見知らぬ場所にいた。

無骨な灰色のコンクリートで覆われた、狭い空間。驚きで身動《みじろ》ぎをしようとすると、ぎち、と音がして手足に鈍い痛みが走る。視線を落とすと叶音は椅子に座らされ、手足を革ベルトで縛り付けられていた。胸や頭にもベルトが巻かれ、ほんの僅《わず》かも身動きができない。

目の前には、いつも自分に優しくしてくれ、使徒候補に選ばれたと伝えてくれた、施設のシスターがいた。彼女はいつも通り慈しみに溢《あふ》れた笑みを浮かべ、叶音に恭《うやうや》しくお辞儀する。

「叶音さん。開門の使徒候補への選定、改めておめでとうございます」

見知った人が傍《そば》にいる事で、これが悪い夢でない事を知る。けれど、自分の置かれた状況はどう考えても異常だった。不安が叶音の心にじわりと忍び寄ってくる。

シスターは微笑んだまま、謳《うた》うように「貴方《あなた》には試練を受けて頂きます」と告げた。

「叶音さんもご存じの通り、開門の使徒は神に通じる祈りを捧げる存在。それほど強い祈りの心を得るためには、多くの苦難を乗り越える必要があります」

シスターの背後には分厚い鉄格子があった。叶音は鉄格子で蓋をされた狭い部屋の中にいる。牢屋《ろうや》、監獄——知ってはいたが決して使う事はないと思っていた言葉が頭に浮かんで困惑する。

椅子の左手には沢山《たくさん》のモニターが用意されていて、数人の大人が黙々と何かの準備をしている。磔《はりつけ》にされた叶音の指を洗濯ばさみのような計器で挟むと、ぴ、ぴ、と電子音がしてモニターに心拍数が表示された。叶音の鼓動は心配になるほど速い。シスターが深呼吸してと言うが、全身を縛られたストレスに晒《さら》された叶音は浅く速い呼吸を止められない。

きぃ、と音がして、鉄格子を開いて誰かが入ってきた。スーツを着た大人だ。鍔広《つばひろ》のハットを被《かぶ》っていて、顔は陰《かげ》になってよく見えない……いや、帽子など関係なく、男の顔は見えなかった。まるで影という塊を纏《まと》うみたいに、顔がまっ黒に塗り潰されている。

男は懐《ふところ》から小さな木箱を取り出した。材質の異なる様々な木が組み合わさり、複雑極まる紋様を描いている。そのうち一つの面の中心には、小さな黒い穴が空いていた。

男から箱を受け取ったシスターは、まるで赤子を愛《め》でるようにその表面を撫《な》で、これから使う大切な祭具ですと叶音《かのん》に紹介した。

「この箱の中には、フォビアと呼ばれる悪魔が閉じ込められています。人に恐怖症を抱かせ、正気を失わせて死に至らしめる、恐ろしくも崇高《すうこう》な存在です」

「今からこの箱を、叶音さんの前で開きます」

何を言われているか、叶音はまったく理解できなかった。シスターがいつまでも笑顔でいるから、本当はこれは夢なのではとすら思った。何か悪い、冗談のような悪夢だと。

「叶音さんには、これから沢山《たくさん》の地獄を見て頂きます」

「叶音さんはきっと何度も殺されるでしょう。何度も何度も、惨《むご》たらしい方法で」

「斬《き》られ、抉《えぐ》られ、潰され、時間をかけてじっくり嬲《なぶ》られ、罵《ののし》られ、犯され、軟禁され、拷問され、生き方を否定され、尊厳を奪われ、地獄のような責め苦を幾度も経験するでしょう」

大人の一人が、ゴーグルを手にして叶音に近寄る。眉間の部分に、恐らくあの箱を設置するための窪《くぼ》みがあった。大人はただ機械的に、ゴーグルを叶音に被せる。

視界が一気に暗闇に覆われる。ぞっと恐怖が込み上げてきて、叶音は叫んだ。身体《からだ》を必死に揺すって抵抗し、放してくださいと懇願するも、返ってくるのは全身を縛り付ける革ベルトのギシギシと軋《きし》む音だけ。

「扉を探しなさい、叶音さん」

半狂乱になる叶音に向けて、シスターが慈しみの溢《あふ》れる声で言う。

「心の内へ沈むのです。理性を捨て、狂気を進み、神の下へ通じる扉を見つけなさい。その時あなたの祈りは世界を跨《また》ぐ力を持ち、世界に比類なき救済をもたらすのです」

がちり、と音を立てて、箱がゴーグルに取り付けられた。

光を奪われた視界の中に、叶音は闇より暗い黒を見る。小さな、小さな、四角形の黒。それは箱のまん中に空けられた穴だった。

暗闇の中で、穴はみるみる大きくなっていく。いや違う。自分が近付いて行っているのだ。落ちていく。引き摺《ず》り込まれる。肉体から精神を引き摺り出され、悪夢に呑《の》まれていく。絶望だけが充満する闇の中に。あらん限りの力で叶音は叫んだ。喉を裂く痛みで夢から覚めてくれと願って必死に叫んだ。なのに止まらない。理解を超えた深度の闇が叶音を呑み込み、そこに待ち受けていたものが喜び勇んで叶音の肉を裂――

■　■　■　■　■

「叶音《かのん》！」

突然、闇の中から大量の水が溢《あふ》れ出してきた。叶音はたちまち激流に呑《の》み込まれる。混濁とした息苦しい渦の中から、確かに上と呼べる場所へ――

前後も左右も分からなくなって藻掻《もが》く叶音が、ぐいっと引き上げられる。混濁とした息苦し
そうして叶音は、水面から顔を突き出した。

「つぷはぁ！　は、はあ、はあ――！　つげほ、えほっ」

喘《あえ》ぐように息を吸う。酸欠の頭が沸騰寸前まで熱を持っていた。意識を外れて身体《からだ》が暴れ、水面をばしゃばしゃと叩《たた》く。

「落ち着いて、叶音。こっちだよ」

すぐ傍《そば》で聞き慣れた少年の声がする。叶音は逸流《いつる》に手を引かれるままに水面を移動し、硬い床の上へと引き上げられた。

そこは屋内プールだった。プールサイドも壁も、一つの染みもない真っ白だ。水槽に蓄えられた透明な水が、暴れた叶音の余波でちゃぷちゃぷと波打っている。

「つげほ。はぁ……すぅ……ふぅぅ……」

叶音はプールサイドに倒れ伏し、深呼吸を繰り返す。一つ息を吸うごとに身体の感覚が戻ってくる。冷たい水を浴びて凍える肌。濡れそぼった服が肌に貼り付く不快感。ばくばくと跳ねる心臓。全部自分の感覚。自分のものだ。

叶音は逸流と共有して持つ〈ゾーン〉、博物館の中にいた。真っ白な部屋には様々なバリエーションがあり、今いるプールサイドもその一つだ。それは分かるが、どうして自分がここに居るのかは分からない。

叶音の傍にしゃがみ込んだ逸流が、そっと背中に手を置く。

「怖い所に沈みかけてたよ。気をしっかり持って」

「逸流……ごめん、手……」

「つなぐ？　うん、いいよ」

叶音が差しだした手が、小さな手に握られる。

叶音の手は、ひきつけを起こしたみたいにブルブルと震えていた。冷たい水に浸《つ》かって凍えているだけではない。脳が処理しきれないものを浴びせられて、精神が拒絶反応を起こして身体を暴れさせていた。

「大丈夫だよ、叶音。ここは安全だ。僕が傍にいるからね」

逸流と手を繋《つな》ぐ事で、痙攣《けいれん》が少しずつ緩和されていく。

しばらく手を繋いで、立ち上がれるくらいには回復できた。叶音は頭を振り、顔に貼り付いていた金混じりの黒髪を掻《か》き上げる。

「っはぁ……ありがとう、逸流《いつる》」

「お礼なんていいよ。叶音《かのん》が沈みかけたら、僕が引き上げる。いつもやっている事でしょ」

叶音が礼を言うと、幼い少年はそう言ってはにかんで見せる。

身体《からだ》をすっぽり包むパーカー。ふわふわの髪。繋《つな》いだ手は柔らかく血潮の温かさを感じる。

逸流だ。逸流は確かにここ、目の前にいる。叶音は無意識に自分にそう言い聞かせる。

「もう平気よ、大分落ち着いたわ」

「良かった。それじゃあ行こう。はやく扉を閉じないとね」

逸流はそう言って叶音を立ち上がらせると、繋いだ手を引っ張ってプールサイドを後にする。

逸流に手を引かれるままに、博物館の真っ白な廊下を進む。

数分ほど歩いて辿《たど》り着いた部屋は、唯一、白で染まってはいなかった。自ら光を放つように真っ白だった部屋と違い、そこは広く、鬱蒼《うっそう》とした暗闇が覆っていて、全貌《ぜんぼう》が把握《はあく》できない。

広大な部屋には、一枚の巨大な扉があった。叶音が見上げるほど大きなそれは、ギリギリ輪郭が確認できる程度の闇に紛れてひっそりと佇《たたず》んでいる。

扉は僅《わず》かに隙間《すきま》が空いていた。一寸先も見えない、粘つくほど濃い闇が隙間から覗《のぞ》いている。

逸流があーあーと呆《あき》れたように声を上げた。

「やっぱり、開きかけてるや。ちゃんと閉めておかないと、色々溢《あふ》れてきちゃうよ」

「そうね……戸締まりは、きちんとしないと」

身体中の血液が鉛に変わったみたいに身体が重かった。軽口を叩《たた》いて紛らわそうとしたが、上手《うま》くいかない。

叶音は足を引きずるようにして扉の前に立つ。

僅かに開いた扉の向こう。そこに蟠《わだかま》る濃い暗闇に、どうしてか睨《にら》みつけられているような気がした。叶音は扉に手をかける。

開いた扉の隙間から音が聞こえてきた。

「――、――――――――――！　あ――――――――！」

それは、遥《はる》か遠くで放たれた大絶叫の残滓《ざんし》のようだった。小さすぎて意味は判然としないが、誰かの叫びだとはっきり分かる音。叶音が体重をかけると扉は閉まり、囁《ささや》き声はぴたりと止む。

扉を閉じても、叶音はしばらくその場から動けなかった。

不定形の紋様を浮かべた扉の表面を撫《な》で、叶音は後ろで自分を見つめる少年に聞く。

「逸流。この中には、何があるの？　……この扉は何？」

「叶音はもう知ってるよ。ただ、思い出さない事が正しいと信じているだけ……さ、朝が来るよ。浮上しよう」

答えになっていない答えを返して、逸流は叶音の手を握った。そのままぐんっと引っ張られ、〈ゾーン〉から現実へと帰着する。

目を開ければ、叶音《かのん》は自室のベッドに寝ていた。カーテンの隙間《すきま》から昇ったばかりの陽光が差し込み、同じベッドで寝る逸流《いつる》を照らしていた。

「おはよう、叶音」

「……」

「〈ゾーン〉で動いたからお腹空《なか》いちゃった。ね、早く起きないと朝の占いコーナーが始まるよ」

逸流は布団からすぽっと抜け出し、寝室を出ていく。叶音も起き上がってその後を追う。

ダイニングに行けば、逸流は既に食卓に座り、足をプラプラ揺らして叶音を待っていた。

テレビを点《つ》けてとお願いされて、叶音がリモコンを操作する。今日はオムレツがいいなと逸流が言うので、ボールに卵を割り入れる。逸流は食卓に座ったまま、にこやかにテレビを眺めている。

彼が自分から何かをする事はない。

二人分の料理を用意して、手を合わせて一緒に「頂きます」。片付けはいつも叶音の役割だ。

逸流はテレビの占いコーナーで、一位が何座だったと叶音に教えてくれる。

彼が自分から動く事はない。

叶音はいつも、二人分の食事を作る。

なのに、食事が終わると、いつも必ず一人分が残っているのだった。

当然だ。叶音はちゃんと分かっている。なぜなら逸流は――

「僕はここにいるよ、叶音」

ハッと叶音が気を取り戻すと、食卓に座った逸流が、叶音を見つめていた。子供とは思えないほど慈しみを湛《たた》えた微笑《ほほえ》みを浮かべている。

逸流はぐっと身を乗り出して、テーブルに乗せたまま微動だにできなかった叶音の拳を包み込んだ。冷たくなった手の甲に、彼の体温がじんわりと沁《し》みてくる。

生命力に溢《あふ》れているとしか思えない大きな瞳に、思い詰めた叶音の顔が映っている。

「叶音が僕を見て、僕の声を聞いて、一緒に笑ってる。手を繋《つな》いで、温かさを感じてる。叶音は、ずっと僕と一緒にいるって約束してくれたもんね」

「……」

「これでいいんだ。何の問題もないんだよ。叶音が何かを思う必要はないの」

「……」

「ね？」

可愛《かわい》らしく小首を傾《かし》げて、逸流が言う。

彼の言葉に、重ねた手の温もりに、心の氷を溶かされたようだった。あるいは温度なんて感じない、偽物《にせもの》の心臓に取り替えられたのかもしれない。しかしその違いを区別する必要はない。

事実として、叶音の目の前に逸流はいて、手を繋いで、彼の声を聞いているのだから。

「……そうね」

ふ、と微笑《ほほえ》んで、叶音《かのん》は逸流《いつる》の手を繋《つな》ぎなおした。

「さあ、食器の片付けが終わったら、準備をして昇利《しょうり》さんの所に行くわよ」

「はーい。僕は先に歯を磨いてくるね！」

逸流が元気よく返事をして、洗面所へ消えていく。

ぱたぱたという軽やかな足音を見送って、叶音は微笑んだ。

「まったく……ほんとに賑《にぎ》やかで、かわいいやつ」

わがままばかりで、迷惑をかけられる事も多いけれど、彼の存在が叶音の生活を賑やかにしてくれる。悪態は尽きないが、つい一緒に微笑みが浮かんでしまう。そういう時の気分は、悔しいけれど悪くない。

逸流と一緒だと、笑顔でいられる時間が増える。フォビアを殺すために生きているような毎日だけど、それでも笑顔でいると、今日は少しだけいい事があるんじゃないかと期待してしまう。そんなほんのちょっぴりの昂揚《こうよう》を胸に抱きながら、叶音は今日も一人分の食事をゴミ箱に叩《たた》き落とした。

断続的に瞬《またた》くフラッシュが、広いホールを白く染め上げる。小気味良いカメラのシャッター音が響き渡り、流れる時間から一瞬を切り取っていく。

撮影スタジオだった。天井から床にかけて真っ白な背景布が落ち、沢山《たくさん》のストロボライトが眩《まぶ》しい光を放っている。

カメラが注目を向けるのは、スタジオの中央に立つ一人の少女だった。

「いいよー星那《せな》ちゃん。視線こっち向けて！　……そう、もう少しきゅるんっとしてみようか！」

「はーい！　カメラの向こうのあなたのハート、わたしが奪っちゃうぞっ☆」

「いいね、最高！　アングル変えて撮るから、そのポーズのままカメラ追いかけてー！」

カメラマンの元気のいい掛け声に、ステージの中央に立った星那が明るく応じる。

ティーンエイジ向けの最新ブランド服を身に着けた星那は、眩しいフラッシュにも負けない輝きを放っていた。今の彼女の衣装はパンクな風味のデザインで、おへそや太ももが露出した大胆な恰好《かっこう》だ。すらりと背が高くボディラインのメリハリが利いた星那には、まるで最初から彼女のために誂《あつら》えられたかのように嵌《は》まっている。

星那はカメラマンと元気いっぱいに会話しながら、様々なアングルに移動するカメラを追いかけ、次々にポーズを切り替えていく。ウインクしながらカメラに向けて投げキッスし、露出した太ももを優雅に絡《から》ませ、前屈《まえかが》みになって女性らしい膨らみをカメラに見せつける。

大胆なポーズは女性らしい色気を出しつつも、衣装が本来持つ挑戦的な恰好良《かっこう》さも際立たせていた。星那《せな》が放つ魅力の少しも取りこぼすまいと、カメラマンが高速でシャッターを切る音が雨のように降り注ぐ。

「カッコイイよ、クールでパンクでアダルトだ！　この瞬間、君が世界で一番輝いているよ！」

「やだもー、綿貫《わたぬき》さんってば褒め上手！　じゃあじゃあ、こんなわたしはどう見える？」

「ああマズい、いけないって！　美しすぎる！　美術の科目に『星那ちゃん』が追加されて業界に激震が走っちゃうよ！」

互いの掛け合いが互いを昂揚《こうよう》させ、目に見えない熱気が留《とど》まる事を知らずに膨れていく。その熱気は確実に、星那を更に輝かしくさせていく。

そんな風に、眩《まぶ》しいフラッシュとシャッター音が吹き荒《すさ》ぶ只中《ただなか》で――

「……何でこんなとこにいるんだろう」

まるで船酔いでもしたみたいに顔をげっそりとさせて、叶音《かのん》は心の底から呟《つぶや》いた。

叶音は今、撮影スタジオの壁際に用意されたパイプ椅子に座って、星那が撮影する様子を眺めている。しかし、目に痛いほど眩しいフラッシュの連続に、矢継ぎ早に繰り返される意味不明な褒めちぎりの応酬《おうしゅう》を聞かされ、早くもグロッキーになりつつあった。

「ねえ叶音、この人のカメラすっごくおっきい！　ロケットみたいにぐい～って伸びてるの！」

もちろん、この非現実な空間に入ってじっとしている逸流《いつる》ではない。叶音についてきた彼は、スタジオに入った瞬間叶音の手を離れてスタジオを走り回り、初めてテーマパークに来たように浮かれまくっている。普段の五割増しでうるさい逸流の声が頭に響いて堪《たま》ったものじゃない。

「ああ、やっぱり安請け合いなんてするんじゃなかった……」

激しいフラッシュに精神力を削られながら、叶音はここに至るまでの経緯を思い出す――

「黒だね」

二日前。立仙《りっせん》霊能探偵事務所。

机の上に資料を広げながら、探偵事務所の所長である立仙昇利《しょうり》はそう断言した。やたら豪《ごう》奢《しゃ》な漢装に顎髭《あごひげ》にサングラスという胡散臭《うさんくさ》い恰好ながら、表情は別人のように真剣だ。

昇利はスマホを起動して動画サイトを呼び出すと、画面に映る奇術師風の男を指さす。

「星那ちゃんの〈ゾーン〉で叶音ちゃんが出会ったというこの男、禍吐《まがつき》ツヅリと言ったか――結論から言って、この男は存在しない」

「……一応聞きますけど、ＶＴｕｂｅｒっていう架空の存在なんですよ～なんておっさん臭いオチじゃないですよね」

「もちろん。僕は確かにおっさんかもしれないけど、ふざけていい時と悪い時の分別はちゃんと付けられるさ。今回は後者だ」

「言うほど区別付けられてますかね……」

叶音《かのん》はつい苦言を漏らしてしまったが、昇利《しょうり》の目は冗談を言っている風ではない。こほんと咳払《せきばら》いして続きを促す。

「警察関係者のツテを使って、動画投稿に使われてるアカウントや各種機材の登録情報を調べてもらった。あらゆる物がオンラインで繋《つな》がれた昨今、一つの痕跡も残さないでネット上で活動するなんて不可能な芸当だ。常識的に考えてね」

「つまり、常識の通じない相手だって事ですか」

叶音の言葉に、昇利は頷《うなず》く。

「何も出なかったよ。サイトに登録された個人情報は全てデタラメで、使っているPCのブランドすら特定できない。特定の団体に所属している情報もなければ、声紋判定も引っかからなかった——関わっているはずの現実の人間が誰一人出てこないんだ。電子世界の亡霊だよ」

「その警察のツテっていうのは、信頼できるんですか？」

「信頼していい。だって第一線で働く現役のサイバー犯罪対策課が頭を抱えたんだからね。こいつ自体が、現代の新たな都市伝説と言ったっていいだろう」

そう言って昇利は、忌々《いまいま》しげにスマホ画面を指で小突いた。普段は飄々《ひょうひょう》としているが、彼の職業は探偵だ。秘密を暴く事を生業《なりわい》とする彼にとって、なんの足取りも摑《つか》ませないツヅリの存在は業腹《ごうはら》なのだろう。

「そう……やっぱりコイツは、精神世界に存在するフォビアって事か」

「叶音ちゃんは、本当に星那《せな》ちゃんの〈ゾーン〉でコイツに遭遇したのかい？」

「こんな奇天烈《きてれつ》な奴を見間違えるはずがありませんよ。動画の視聴を感謝までされました」

叶音もまた忌々しげに舌打ち。大仰で演技臭い奇術師の声は、強烈すぎて忘れたくても中々忘れられない。

昇利は顎《あご》に手を添え、ふむと唸《うな》る。

「僕は叶音ちゃんの言う〈ゾーン〉を知覚はできないけれど、フォビアとは精神世界を漂って人に取り憑《つ》いて成長する、寄生虫みたいな存在だと認識している。こんな風に自我を持って、動画投稿とはいえ現実に干渉するフォビアなんて有り得るのだろうか。専門家としてはどう見る、叶音ちゃん？」

「あたしの専門は殺しであって、生態研究しているわけじゃありません。どうと言われても答えられませんよ……ただ、強力なフォビアなのは間違いないですね。会話ができるのも、フォビアがフォビアを育てるなんて話も、初めて聞きました」

昇利が認識している通り、フォビアとは精神領域に棲《す》む、肉体を持たない概念体だ。存在の仕組みは根底から異なり、〈ゾーン〉を介さなければそもそも視覚的な外見を得る事もない。

禍吐《まがつき》ツヅリの存在は、例えるならば深海に棲むタコが独自進化して築き上げた深海文明が人類にコンタクトを取ってきたようなものだ。奴がフォビアとしてどれほどの力を持っているのか、叶音《かのん》には計り知れない。

「そうか……初めて、ね」

叶音の言葉を受けて、昇利《しょうり》は物憂げに顎髭《あごひげ》を撫《な》でた。

サングラスを掛けた彼の目は、しきりに対面に座る叶音を気にしている。

昇利は何度も躊躇《ためら》ってから、意を決して叶音に切り出した。

「ねえ、叶音ちゃん。それって、君が見ているあの子と――」

「逸流《いつる》は違います」

信じられないほど硬い声が叶音の口から飛びだし、昇利は瞠目《どうもく》して口を噤《つぐ》んだ。

叶音は、まるで最も親しい人を殺した仇《かたき》に向けるような目で昇利を睨《にら》み付けていた。膝《ひざ》の上に乗せた手が、皮膚を食い破らんばかりにぎゅうっと握りしめられる。

「あの子とあんな道化を一緒にしないでください。逸流はそんなのじゃない。本当に生きてるんです。たとえ他の誰にも見えなくても、あの子は今もここに――」

「分かった。分かったよ叶音ちゃん……ごめん、僕が悪かった」

両手を挙げて、昇利は詫《わ》びた。叶音はキッと睨み付け、それから視線を事務所の隅に向ける。

逸流は、事務所のホワイトボードに絵を描いて遊んでいた。叶音が見ている事に気付いた彼が朗《ほが》らかに笑って手を振ってくるので、叶音は目を細めた微笑で返事にする。

　昇利はその様子を、苦虫を噛《か》み潰すような顔で眺めていた。それから迷いを振り払うように頭を振り、画面に映る謎のＶＴｕｂｅｒを指さす。

「叶音ちゃんから見て、禍吐《まがつき》ツヅリという男の危険度はどのくらいだと思う」

「この奇術師は、物語を消す事はできないと豪語していました。それに人の精神を喰《く》らって成長するフォビアが、一度絡《から》め取った獲物をみすみす逃すはずがない」

　叶音は思い出す。ツヅリは喜悦に表情を歪《ゆが》ませ、奴はスピーカーで増幅されたノイズ混じりの声で、叶音に「また会いましょう」とまで宣言してきた。

「奴は必ず何かをしてきます……星那《せな》さんが心配です。昇利さんの方で、しばらく様子を見てくれませんか？」

　フォビアを殺し、恐怖症に苛《さいな》まれている人を救うのが叶音の使命だ。叶音がフォビアを取りこぼし、そのせいで人が死ぬなど、考えたくもない最悪な結末だった。

　しかし、叶音の真剣なお願いに返ってきたのは、全く予想外の提案だった。

「だったら、叶音ちゃんが星那ちゃんと一緒にいればいいんじゃないかな？」

「はぁ？　探偵のくせに職務怠慢《たいまん》ですか、ぶっ飛ばしますよ」

「いやいや、もちろん探偵として護衛はできるけどね。僕みたいな胡散臭《うさんくさ》い三十路《みそじ》のおっさんが女子高生に付いて回るのは色々マズいだろう。星那ちゃんもいい気分はしないはずだ」

「胡散臭いって自覚があるなら、その外見とかもうちょっと何とかしようと思わないんですか？」

叶音《かのん》は思わずツッコむが、昇利《しょうり》は特に気に留めず、いつも通りの緩い笑みを浮かべてみせた。

「それならいっそ、叶音ちゃんが星那《せな》ちゃんの友達になってしまえばいいじゃないか。SNSのアドレスも交換したんだろう？　星那ちゃんも遊びたがっていたみたいだし」

「え。や……それとこれとは話が別で……」

「いやあ、僕は前々から、叶音ちゃんはもっと年頃の女の子らしい楽しみを味わうべきだと思っていたんだ。うら若き十代という時代は貴重だよ？　女の子だったら尚更さ」

予想外の方向から話題を向けられた叶音は、返答に窮し狼狽《うろた》えるばかり。

叶音が戸惑う間に、昇利は結論を打ってしまった。まるで自分が最高のアイデアを思いついたとばかりに笑みを浮かべ、にこやかにウインクまでしてみせる。

「仕事料としておこづかいも奮発してあげよう。監視という名目こそあれ、一緒に楽しく遊んでくるといい。思う存分ティーンエイジを満喫するんだよ、叶音ちゃん！」

「ほんっと、緊張感のない人なんだから……」

昇利のムカつくくらいに晴れやかな笑顔を思い出して、叶音は憮然《ぶぜん》とパイプ椅子に座り直した。重い溜息《ためいき》を吐き出す叶音の顔が、眩《まぶ》しいカメラのフラッシュに照りつけられる。

視界を真っ白に埋めるような光が瞬《またた》くスタジオの中央で、星那はポーズを切り替えながらカメラに魅力的な笑顔を向けている。

これだけ強烈な光の中で、よく笑顔を保てるものだ。叶音だったら五分も経《た》たずに溶けて消えてしまいそうだ。そんな風に眺めていると、隣から声がかけられた。

「退屈ですか、叶音さん？　何だかずっと難しい顔をされていますけど」

付き添いの人のために用意されたパイプ椅子のもう一つには、星那の友人である文乃《ふみの》が座っていた。縁の大きな眼鏡越しの視線に、叶音は首を横に振って応える。

「退屈はしてないわよ。新鮮だし。ただ色々とすごくて、住む世界の違いを感じてるところ」

「ふふ、分かりますよ。私も最初に来た時は、眩しすぎて頭がくらくらしちゃいましたから」

そう言って微笑《ほほえ》む文乃。いまもフラッシュが彼女の横顔を白く照らしているが、慣れているのか至って平気そうだ。

「文乃さんは、よく星那さんの付き添いで来てるの？」

「撮影のある日は、できるだけ予定を空けるようにしてます。星那は誰かに見てもらえた方がやる気が出るみたいで」

叶音はふと、星那の〈ゾーン〉で見た光景を思い出す。

着飾った人々が行き交う交差点。大きなディスプレイに映ったＣＭで、蠱惑的《こわくてき》なポーズを取った星那は『わたしを見て《Watch Me》』と囁《ささや》いていた。

明るく、天性の人好きで、目立ちたがり屋。それが星那の本性。

誰かに見られることが好きという星那《せな》の欲求は、華やかな衣装とカメラのフラッシュで飾り立てられ、見事な昇華を見せていた。星那にとってモデルという職業はまさに天職という訳だ。

「世の中いろんな人がいるのね……でも、そういう文乃《ふみの》さんこそ、あんまり目立ちたがり屋ってキャラじゃないわよね。待ってるだけなんて退屈しないの？」

「はい、退屈しません。ぜんぜん、これっぽっちも」

文乃は迷うそぶりも見せずに即答した。それから視線を、白幕のまん中にいる星那に向ける。

「星那、かわいいじゃないですか」

「……うん、そうね？」

「星那、あんな性格だからクラスでも人気者で、友達も沢山《たくさん》いて……なんというか、眩《まぶ》しいんです。傍《そば》にいる人も一緒に、みんなまとめて明るくしちゃう。そんな力があるんですよ」

文乃ははにかみ、蕩々《とうとう》と語る。視線は相変わらず星那を追いかけている。

その目には、憧れのような感情が滲《にじ》んでいた。

友情というには強く、それなのに距離を感じさせる。

瞳に宿る切なげな色が気になって、叶音《かのん》は踏み込んでみる事にする。

「……友達が多いって言ったけれど。足繁《あししげ》くスタジオに通うのはあなたくらいでしょ？　文乃さんは、星那さんの一番の親友なんじゃないかしら」

「どうでしょう。私は、そうだったらいいなって思ってますけど」

恥ずかしげに言う文乃。彼女はやや躊躇《ためら》いつつも、叶音に切り出した。

「実は私、星那に救われた事があるんです」

「救われた？」

「私、親元を離れて一人でこの辺りに引っ越して来たんです。中学校で……その、色々あって」

文乃は多くを語らなかったが、心に消えない痣《あざ》があることを叶音に悟らせるには十分だった。

多感な思春期の時期。学校という閉塞的《へいそくてき》な環境。悪い想像はいくらでもできる。

「高校生活は、ひとりぼっちでいようと決めていました。踏み込まなければ、相手の気に障《さわ》る事もない、だから傷つけられる事もない……そういう、透明な存在でいようと思ったんです」

「……それは、つらい選択ね」

「はい。つらいけれど、私が選んだ生活でした。今度は失敗したくない。だからせめて、マイナスにならないようにゼロでいよう。そんな風に当たり障りない、誰にも踏み込まないし触れられない孤独な生活を送っていて……そんな私を照らしてくれたのが、星那だったんです」

文乃は目を細めて、彼女の人生が大きく変わったあの時の事を思い出す。

――ね、こっち見て？

初めてかけられたその声は、吐息が髪を撫《な》でた感触までハッキリと覚えている。

ひとりぼっちで文庫本に目を落としていた文乃が顔を上げると、星那が顔を覗《のぞ》き込んでいた。

文乃が透明なら、星那は色鮮やかな虹だった。明るくて、眩しくて、周りも巻き込んで笑顔を生み出すクラスの中心。そんな女の子がいきなり目の前にいたものだから、文乃《ふみの》はあっけにとられて目を丸くする。

すっかり硬直した文乃に、星那《せな》はぬっと手を差し出すと、髪を弄《いじ》りだした。思わず身をよじろうとするが「いいから、じっとして」と優しい声音で諭《さと》される。

「そうしたら、私の髪にプレゼントが付いていました」

文乃は頭を傾け、横髪を留めるヘアピンを指さした。黄色い向日葵《ひまわり》がかわいらしいヘアピンは、文乃の素朴な雰囲気を崩さずに、一点の華やかなアクセントになっている。

いきなりヘアピンを着けられて、目を白黒させる文乃に対し、星那は笑って見せた。

綿毛のように軽やかで、太陽みたいに眩《まぶ》しくて、包み込むように温かな笑顔で。

――やっぱり！　ふみふみはオシャレしたら化けると思ってたんだよ！

「ちゃんと挨拶《あいさつ》もしたことなかったのに、既にあだ名呼びだったんですよ？　もう本当に、世の中にはこんなに輝いている人がいるんだって信じられない気持ちで……その後から、すごく、すごく嬉《うれ》しいって気持ちがこみ上げてきたんです」

それはさながら、飾り気もない無色透明なビー玉に、陽光が差し込んで虹模様が描かれたよう。マイナスを避けゼロであろうとした文乃の心は、星那によって再び息づきはじめた。

「星那の傍《そば》にいると、私の世界まで色付くみたいだった。作れるなんて思いもしなかった友達に、星那がなってくれた。今の私があるのは、本当に星那のお陰《かげ》なんです」

「そう……凄《すご》いのね、星那さんは」

「そうなんです。とってもとっても凄いんです」

文乃はまるで自分の事のように、嬉しそうに何度も頷《うなず》く。

「だから私は、星那の役に立ちたいんです。応援したい。力になりたい。友達であり続けたい……たとえ私が星那に釣り合わなくても。何の魅力がなかったとしても。それでも傍に……」

文乃の目線は、まるで磁石で引かれるみたいにいつも星那を追っている。

星那はカメラに対し、眩しい笑顔とポーズで応えている。この前まで、背後に感じる視線に『殺される』とまで恐怖していたとは到底思えない。

「叶音《かのん》さんに出会えて、本当に良かった。感謝してもしきれません。星那がまた眩しく輝けるようになって、私はとてもとても嬉しいんです」

「……」

「星那の笑顔は、私を透明じゃなくさせてくれる、大切な宝物ですから」

文乃の言葉に耳を傾けながら、叶音は静かに思案する。

物語を消す事はできない。禍吐《まがつき》ツヅリの言葉の通りなら、《覗《のぞ》き鬼》の怪談は終わっていない。

奴は、今この瞬間にも星那を狙っているかもしれないのだ。

だが……それを今、ようやく笑顔が戻ってきたと安堵《あんど》する人に告げるのは詮無《せんな》い事だろう。

叶音は懸念を頭の隅に仕舞うと、唇をふっと綻《ほころ》ばせて、誰より星那の傍にいる友達に言った。

「あたしも、文乃《ふみの》さんにお礼を言わなくちゃいけないんだったわ」

「え？」

「あのくっっっそボロい事務所を見つけて、所長を名乗る胡散臭《うさんくさ》いおっさんにもめげずに堪《こら》えて、あたしに相談してくれてありがとう。星那《せな》さんを助けられたのは、諦めなかった文乃さんのお陰《かげ》よ」

「……ふふ。はい、どういたしまして、です」

文乃ははにかんで、短くまとめた髪をいじる。横髪を留めるヘアピンが、カメラのフラッシュを受けて星のようにキラキラと瞬《また》いた。

「――はい、撮影終了でーす！　星那さん、お疲れ様でした。最高だったよ！」

それから十分もせずに撮影は終了した。

カメラマンの全てを出し切ったような万感の声を合図に、張り詰めていた緊張が一気に揺らぐ。星那も笑みをへにょっと緩ませて、その場で気持ちよさげに伸びをする。

星那はカメラマンと、おそらく雑誌の編集者であろうスーツ姿の男性と軽く打ち合わせした後、弾むような足取りで叶音《かのん》と文乃の元に駆け寄ってきた。

「お待たせ～！　やー、久しぶりの撮影楽しかった～！」

「お疲れ様、星那。すっごく綺麗だったよ」

「えへへ、ありがとう。ふみふみがわたしを見てくれてるのが伝わってたよ。おかげですっご

「実は次の撮影にキャンセルが入って、スタジオの予定が空いているんだって。それでカメラ
　文乃がそう言うと、星那の目にきらりと光が灯《とも》る。
「え？　うん。特に予定らしい予定は決めてなかったけど……」
「ねえねえ二人とも、この後まだ時間あるよね？」
と、ふいに星那がぽんっと手を叩《たた》くと、文乃と叶音を見て言った。
メラに妖艶《ようえん》な笑みを向けていたのと同一人物かと疑わずにはいられない。
してみせる。溌剌《はつらつ》とした笑顔はまさしく今をときめく女子高生といった風で、叶音は先ほどカ
　誇張でなく、本当に楽しんだのだろう。星那は眩《まぶ》しいほどの笑顔でぶいっとピースサインを
言ってくれたの！　わたしってば大注目。次の雑誌の主役は間違いなしだね！」
「おかげで調子も絶好調！　編集さんも上機嫌でね、これは表紙を飾れるかもしれないぞって
「待ってその呼び方むずむずするってか、定着させてほしくないんだけど。ちょ、話を聞――」
よー、ほんとにほんとにありがとうっ」
じで笑顔を作れるの。もう全部のんのんと、のんのんに会わせてくれたふみふみのお陰だ
「あれから視線に感じてた怖いのは全然ないよ。カメラを向けられても、いえーい！　って感
　突然の変な呼称に戸惑う叶音。星那は叶音の手を握り、喜びも露《あら》わにぶんぶん振る。
「どういたしま……待って、のんのんってあたしの事？」
く気合い入った！　のんのんも、来てくれてありがとう！」

マンさんが、よかったらわたし達三人を撮ってあげようかって言ってくれてるの！」

「三人って事は……え？　あたしも？」

「もっちろんだよ～。このスタジオ、色んなブランドが撮影に使うから、楽屋に沢山《たくさん》衣装が用意されてるんだ。攻め攻めの原宿系とか、アニメのコスプレ衣装もあるよ！　のんのんはどんな恰好《かっこう》が好きかな？　っていうかかわいいから全部似合うよね、全部試そっか！」

「えぅ、あ、あーごめんあたし用事を思い出したわ。少し席を外すから二人水入らずで――」

嫌な予感を察した叶音《かのん》が、そそくさと退散しようとする。

その手を星那《せな》にむんずっと摑《つか》まれた。

「よーし、そうと決まれば三人で一緒に思い出残すぞー！」

「あたしは何も承諾してないけど!?　ちょ、待……噓でしょ、力つっよ……!?」

「えへへ、モデルたるもの身体《からだ》作りに余念はないんだよ～。のんのんに似合うファッションは何かな。ふっふー、考え出したら燃えてきたなー！」

さっき全力で撮影に取り組んでいた身体のどこに底力が残っているのか。星那は叶音をずんずんと楽屋へと引き摺《ず》っていく。

「えーとえーと、のんのんスラリとしてるから、カッコイイのが似合うよね。だったらいっそ王子様っぽくスタイリッシュに決めてみようかな。あ、原宿のロリータブランドの服があるって言ってたし、ファンタジー風に世界観合わせしようか！　異世界のお嬢様三姉妹、ふみふみが頼れるお姉ちゃんでー、わたしが次女でー、のんのんがちょっとツンケンするけど甘えん坊な三女役！」

「ちょ、なんか暴走してるんだけど、文乃《ふみの》さん止めなくていいの……!?」

「大丈夫ですよ、叶音さん。怖いのは最初だけですから」

後を付いてくる文乃は、ただにっこり微笑《ほほえ》むばかり。

未体験の恐怖に青ざめる叶音が視線を彷徨《さまよ》わせて見つけたのは、白幕の上に立つ逸流《いつる》の姿。

逸流はあろうことかベレー帽を被《かぶ》り、頭ほどもある巨大なカメラを抱え、叶音に向けてご機嫌に手を振っていた。

「いってらっしゃい！　おしゃれな叶音を見るの楽しみだよー！」

あんた絶対後で笑う気だろふざけんな——という文句を喉元まで引っかけながら、叶音はスタジオ脇にある、未知の世界へと通じる扉へ引き摺り込まれていくのだった。

◇

「うぅ……っ、っかれたぁぁ……」

太陽が西の地平線に沈みきった夜更け。

家のドアを開けた叶音は、その場に倒れ伏したくなるのを必死に堪えなければいけなかった。

今日の出来事を叶音《かのん》に言わせれば『混沌《こんとん》』だった。楽屋に引き摺《ず》り込まれた叶音は、まるで子供が初めてクリスマスに貰《もら》ったバービー人形の如《ごと》く、星那《せな》の着せ替え人形にされた。

星那のファッションにかける情熱は本物で、叶音や文乃《ふみの》に対しても妥協を許さなかった。興奮した星那は叶音のメッシュ入りの髪を自由自在にセットし、叶音が見た事のない服を次々に繰り出し、意気揚々と白幕の上に押し込み、強烈なフラッシュに晒《さら》させた。

不条理系の夢を見ているみたいだった。実際にはほんの一時間くらいだったはずだが、あまりにも目まぐるしすぎて一分にも一か月にも感じられた。

「フラッシュ眩《まぶ》しすぎて、目がまだチカチカするし……うぅ、今日はひどい目に遭ったな」

「そんな事言って、叶音もカメラに向けて笑ってたじゃん」

「うるさい。あたしだって、二人が楽しんでるのにむっつり顔する器量なしじゃないわよ」

「もー、素直に楽しかったって言えばいいのに」

逸流《いつる》がからかうように言って、叶音に先んじてダイニングの方へ向かっていく。

叶音が後を追いかけていくと、逸流がテーブルに写真を広げていた。今日撮影した写真だ。付き合ってくれたカメラマンがその場でプリントまでしてくれたのだ。

現役モデルの星那、意外と乗り気な文乃、おっかなびっくりの叶音の三人が織りなす構図は、カメラマンとしても非常に力の入る題材らしかった。彼は単なる遊びとは思えないほどの情熱を持ってシャッターを切り、三人に様々なポーズを取らせた。

「カメラマンさんも楽しそうだったねー。これは表紙を取れるレベルだー！　とか言ってたよ。雑誌に使ってもらえば良かったのに」

「絶対に嫌よ。あんなフリフリした恰好《かっこう》を世間に晒されるとか、恥ずかしさで自分の首を掻《か》き切っちゃいそう」

げっそりとした顔で、叶音はテーブルに広げた写真の一枚を取り上げる。

ファンタジー風のドレスに身を包んだ三人の少女。とびきり魅力的で、誰より楽しそうな星那。意外とノリノリでポーズを決める文乃。そんな二人に引き摺られるようにして、顔を真っ赤にして引きつった笑顔を作る叶音。

こうして見ると、我ながらぎこちないひどい顔だ。慣れない服に袖を通し、大きなカメラでじっと見つめられるのは、体中の血が沸騰しそうなくらいに恥ずかしかった。

「人の視線恐怖症を笑ってられないわね。星那さんのエネルギーは、あたしには眩しすぎるわ」

「……」

「……何よ逸流、にやにや笑って。ほっぺ抓《つね》られたい？」

逸流はテーブルに乗せた腕に顎《あご》を置いた恰好で見上げてくる。

叶音がじろりと視線を向けると、逸流は笑顔のまま言う。

「今日の叶音、とっても楽しそうだったよ」

「……るっさい。あくまで仕事の一環よ。星那さんの精神に悪い虫が取り憑《つ》いていないかチエックするために一緒にいたの。撮影も、あくまでただのお付き合い」

「でも星那《せな》は、のんのんの事を友達だって言ってくれたよ」

「そのあだ名やめてってば……何が言いたいの、逸流《いつる》？　嫉妬《しっと》？　それともただの冷やかし？」

「ううん、嬉《うれ》しいんだよ。叶音《かのん》に友達ができて」

軽口に返ってきたのは、予想を超えて真摯《しんし》な、心の柔らかい所に触れるような言葉だった。

叶音は思わず閉口する。逸流は変わらず、少年らしからぬ泰然とした笑みを向けている。

「しょーりさんの言う通り、叶音はもっと楽しんで生きていいと思うんだ」

「……」

「もっと大切な、やらなきゃいけない事は沢山《たくさん》あるのかもしれないけれど……それ以外の全部を投げだして、差しだされる物を突き放すような事は、しなくていいんじゃないかな？」

こてんと首を傾け、逸流が言う。

齢《よわい》十歳の少年から溢《こぼ》れたとは思えないほどに、真理を内包した澄みきった言葉。

それは果たして逸流の言葉だろうか、叶音の言葉だろうか。

それすら分からず、叶音はぐっと唇を噛《か》む。

「あたしはフォビアを殺す。人の心を壊す寄生虫どもを根絶やしにする。そう心に誓った」

「うん、そうだね」

「だから、あたしはフォビアを殺すために生きている。それがあたしの存在意義。存在を許されている理由……そうでしょ？」

「どうだろう。叶音は本当にそうだと思っているの？」

「……」

「それは叶音が、そう生きるべきだと自分を縛っているだけじゃないかな」

「だったらッ」

知らず叶音は声を荒らげていた。逸流はガラス玉のように澄んだ目を彼女に向けている。

叶音はぐっと喉を鳴らし、言葉を絞り出す。

「……あんたは、それでいいの？　あたしがそんな風に自分を許すような真似《まね》をして。そうしたらあんたは一体――」

「ふふ。叶音ったら変なの。自分がどんな罪を背負っているかも覚えてないのに」

叶音の胸が軋《きし》んだ。石のように硬くなった心臓に杭《くい》を打たれたみたいだった。硬い心には一つのヒビも入らない。だけど揺れる。震える。固まった心が暴れて痛む。

理由も分からない熱い感情が込み上げてきた。叶音の胸から、血管を通って上へ昇ってくる。目頭がぐっと熱くなる。視界が滲《にじ》みそうになる。

逸流はその、何を思っているか分からない澄んだ瞳で、動揺する叶音を観察していた。ドラマか絵画でも鑑賞するみたいに。どこか、他人事《ひとごと》みたいに。

「叶音は、時々すごくぶきっちょだよね。友達と楽しく過ごせた事を、つらいと思わなくたっていいのに」

逸流《いつる》は椅子から降りると、叶音《かのん》にぎゅっと抱きついた。

もっと強く、自分と叶音が繋《つな》がっている事を分かってもらおうとでもいうように。

「僕は、楽しそうに笑う叶音が見たいな。叶音が僕に申し訳なく思う事なんてないんだよ」

「そう、ね……そうよね。あたしはずっと、あなたと一緒にいるって約束を守っているものね」

譫言《うわごと》のように繰り返す。

心がじわりと弛緩《しかん》するのを感じた。急に耐え難《がた》い眠気に襲われ、足元が覚束《おぼつか》なくなる。逸流が抱擁《ほうよう》を解くと、思わず蹈鞴《たたら》を踏む。

「っ……今日は、なんだか疲れちゃったわ」

「賑《にぎ》やかで人がたくさん居たから、いつもより『辻褄合《つじつまあ》わせ』が大変だったね。お疲れ様、叶音。僕も眠くなってきたし、一緒に寝ようよ」

逸流が叶音の手を引く。脳に溶かした鉛を流し込まれたように頭が重い。水の中を藻《も》掻《が》くようにして部屋を後にする。

叶音は束ねた写真を自室の机の引き出しに収めると、電気を消して倒れるようにベッドに潜り込む。眠気はすぐにやって来て、沼に嵌《は》まるようにマットレスに身体《からだ》が沈んでいく。意識が身体から溶けていく。

もぞもぞと布団が動いて、逸流の頭がすぽんっと叶音の目の前に飛びだしてきた。微睡《まどろ》みに蕩《とろ》けた叶音の顔を見て、逸流が嬉《うれ》しそうにはにかむ。

「おやすみ、逸流……勝手に他人の〈ゾーン〉に入っちゃダメだからね……」

「はーい。おやすみ、叶音。良い夢を見られるといいね」

「……冗談、よしてよ……」

苦みを感じる自嘲を最後に、叶音は意識を手放した。

夢。心象風景たる〈ゾーン〉ではない、脳が見る幻想。

叶音にとって、睡眠時の精神世界はもう一つの現実だ。そこに都合のいい希望や理想はない。

最後に夢を見た日も、その内容も、叶音は何一つ覚えてはいなかった。

夜になっても、星那《せな》のウキウキした気持ちは少しも収まる事はなかった。胸が弾む。夜空に輝く星々が宝石みたいに輝いて見える。真っ暗な夜なのに、世界が一気に色鮮やかになったみたい。

「はぁー。今日は、すっごくすっごく楽しかったなぁ」

星那はリビングにある広いソファにぼすんっと飛び込んだ。リラックスした恰好《かっこう》で、手にした写真を一枚ずつめくっていく。

「えへへ、のんのんの笑顔は固いなぁ。でもすっごくかわいいっ。ひと目見た時から逸材だと思ってたんだ。ツンケンしたスカジャンも似合うけれど、もっとオシャレしないと勿体《もったい》ないよ」

俯《うつぶ》せに寝そべり、足をぱたぱたと揺らす。

めくった写真には叶音《かのん》がひとりで写っていた。清純なワンピースを着て髪を編み上げた彼女は、所在なさげに顔を赤く染めている。彼女の金を混ぜた黒髪は三つ編みにしたら絶対に綺麗だと星那が提案したのだ。我ながらバッチリ決まっていて嬉《うれ》しくなる。

次にめくった写真は、三人一緒に撮ったものだった。ロリータ風のドレスで豪奢《ごうしゃ》に着飾った三人の姿は、ファンタジードラマのＰＲだと言ってもおかしくないくらいに華やかだ。

場慣れした星那《せな》は当然ながら、文乃《ふみの》も知的な奥ゆかしい微笑《ほほえ》みがよく似合っている。叶音《かのん》は相変わらず恥ずかしがって顔が真っ赤だったが、そのぎこちない感じが愛らしさを感じさせる。

星那は白くしなやかな指で、写真をそっと撫《な》でた。

一緒に映った叶音も、文乃も、まん中でとびきりの笑顔を向ける自分を見ている。

その視線、見えない透明な線を指でなぞると、言い知れない気持ちが星那の顔を熱くさせた。

「わたし、二人に見られてるや。二人が見てくれてるなぁ……へへっ」

星那は目立つ事も好きだが、それと同じくらい、誰かを笑顔にする事も好きだった。

一人で居る人を見ると声をかけたくなる。落ち込んでいる人を見ると、笑わせたくなってしまう。傍《そば》にいてあげたいと思う。そんな情熱が、学校でも星那をクラスの中心たらしめている。

それは、多分に打算的な感情を含んでいた。

誰かの力になると、感謝をされる。人を笑顔にすると、その眩《まぶ》しい感情を自分に向けてくれる。そうして人は、誰かの特別になる事ができる。

頼られたい。特別な存在になりたい。それは誰もが感じる幸せのうちの一つだ。

生まれ持った美貌と明るい性格から、星那は小さい頃からその承認欲求が満たされる幸せを感じられた。次第に夢中になった。もっと華やかに、誰かの特別になりたいと渇望した。

いわば自分は承認欲求中毒者だ。でもそれをマイナスに思う事はない。特別になりたいという気持ちは星那を明るく綺麗にさせるし、周りも楽しい気持ちにさせる。いい事ずくめだ。

誰かに見られる事は自分の全てだと星那は思っている。

だからこそ、この数週間は、本当に地獄のような日々だった。

「のんのん、次はいつ遊べるかなぁ。いっそ本当に三人でモデルのお仕事受けてみようかな？　今度カメラマンさんに相談してみようっ……わたしにできる恩返しなんて、のんのんを笑わせるくらいしか思いつかないし」

見られる事に恐怖を抱くなんて、自分の存在価値を奪われるような絶望的な気持ちだった。フォビアとかいう怪物に取り憑《つ》かれたという叶音の説明も納得だ。恐怖がなくなった今にして振り返れば、同じ自分だとは到底信じられない。

星那を苛《さいな》んでいた恐怖は、叶音がぶっ飛ばしてくれた。自分に笑顔を取り戻してくれた。だったら自分も、あのつっけんどんでどこか物寂しい色を湛《たた》えた少女が、少しでも笑えるようにしてあげたい。友達になりたい。星那は頭の中で、叶音を笑顔にさせる次の作戦を考える。

「——な——星那。お風呂沸いたわよ」

「あ、はーい」

写真を眺めていると、母親が星那を呼んだ。返事をして、写真から顔を上げる。

ソファの正面にはテレビがある。起き上がりながら、何となしに視線をそちらに向ける。

真っ暗なテレビに反射して、自分を見つめる巨大な目玉が爛々《らんらん》と輝いていた。

「ッ——」

弾《はじ》かれたように身を起こして振り返ると、ダイニングキッチンでは、星那《せな》の両親が晩御飯の用意をしていた。父親は食器を並べ、母親はシンクでサラダ用のレタスを洗っている。

母親がついと顔を上げて、星那を見るとやや驚いたように目を丸くした。

「どうしたの、星那。怖い顔なんかしちゃって」

「……ママ、パパ、今わたしを見てた？」

「何言ってるの？　ほら、ご飯が炊きあがる前に入ってらっしゃい」

母親は笑いとばし、そう星那をけしかける。

「……あ、あはは。寝惚《ねぼ》けちゃったかな。お風呂入ってくるね～」

星那は殊更《ことさら》明るく笑いとばして、束ねた写真をテーブルに置き、そそくさと部屋を後にした。

――ほんの一瞬のテレビ画面の映り込みだ。ハッキリ姿を認識した訳ではない。

見間違いだろう。第一、黒い画面に映り込んだ目は、両親の物とは似ても似つかなかった。

「…………………」

――じゃあ。

――両親じゃないのなら、アレは何の目だったんだ？

服を脱いで、湯船に浸《つ》かって身体《からだ》を温める。湯気が籠《こ》もって視界を白く染める。ダイニングから離れた浴室は静かだ。水面の揺らぐちゃぷ、という音がやけに響く。

星那は湯船から上がって身体を洗う。ボディソープを泡立てて、身体に広げていく。しゃわ、

しゃわ、泡が肌を撫《な》でる音がいやに耳に貼り付く。

「…………」

目の前には鏡があった。顔を上げたくない。ほんの少しでも背後を見たくない。

誰かに見つめられている気がした。

自分の後ろ、肩甲骨のすぐ傍《そば》に巨大な目玉があって、自分を睨《にら》み付けているような気がした。星那が見つけた瞬間に彼女を殺そうと決めていて、見つかるその瞬間を心待ちにしている。そういう存在がすぐ傍にいるような。

「っのんのんがもう大丈夫って言ってくれたばっかりじゃん。何を変なこと考えてるのかな」

独り言には全然力が入っていなかった。温まったはずの肌には鳥肌が立っていた。星那は急いで身体を綺麗にし、何かに追い立てられるようにして浴室から出る。

食事が終わり、ダイニングを後にしても、肌がヒリつくような悪寒《おかん》は続いていた。空気とはこんなにチリチリするものだっただろうか。自分の家はこんなに、耳が痛いほど静まり返っていただろうか。星那の部屋は二階にある。何てことない十数段の段差を昇っているはずなのに、まるで二度と戻れない洞窟《どうくつ》の虚《うろ》へ落ちていくみたい。ぎし、ぎしと床板が軋《きし》む。足音は一つきり。何かが付いてくるような事はない。当たり前の事なのに、そう確認しないと落ち着かない。

「あーだめだめ、よくない。きっと疲れてるんだ。こういう時はさっさと寝ちゃうに限るよね！」

きっと久しぶりの撮影で、自分でも気付かないほど疲れていたのだろう。叶音《かのん》と文乃《ふみの》と一緒で浮かれていたのもあるかも知れない。そう自分を納得させて、ドアを開け、電気を点《つ》ける。

そこで星那《せな》は、ぴたりと足を止めた。

「……あれ？」

違和感。

目の前に広がる自分の部屋が、さっきまでとどこか変わっている。

視線を回してすぐに気付いた。写真だ。ダイニングのテーブルに束ねて置いたままにしてあった写真が、ベッドの上に広げられている。

「ママが片付けてくれたのかな。むぅ、置き忘れたのはわたしだけど、勝手に部屋に入らないでほしいな……」

口を尖《とが》らせながら、片付けようと写真に手を伸ばす。

ベッドの上に、叶音《かのん》と文乃《ふみの》三人で撮った眩《まぶ》しい笑顔が沢山《たくさん》広がっている。

そのうち一枚だけが裏向きで、まっ黒なフィルムをこちらに見せていた。

何とはなしに、星那は裏向きの一枚を手にして、ひっくり返す。

それは先ほども見ていた、フリルいっぱいのドレスに身を包んだ三人の写真だった。

星那が後ろから覆い被《かぶ》さるようにして、叶音と文乃、二人に抱きついている。

ドレスで着飾った二人に笑顔はない。それどころか、それが二人かどうかも分からない。

叶音と文乃の顔を塗り潰すようにして、巨大な眼球が二人の顔を埋めつくしていた。

写真とは思えないほどに瑞々《みずみず》しいグロテスクさで、中央にいる星那に瞳孔《どうこう》を向けていた。

「ひっ⁉」

驚きに短い悲鳴を上げ、思わず写真を取り落とす。

見間違いかと再び視線を向けようとした時、ぱちっと音がして部屋の電気が突然消えた。

光がなくなり、無がやって来る。

信じられないほど深い暗闇の中に、星那は突然放りだされた。

「……は……」

震える口から、えずくようにして呼吸が漏れる。その息の音がうるさく感じるほどに、部屋は静まり返っていた。閉じられたカーテンの向こうからは、普段は届くはずの自動車の排気音や野良猫の鳴き声も聞こえてこない。

立ち竦《すく》んだまま動けなくなる。ばく、ばく、心臓が一気に跳ね上がる。

まるで星那だけが世界の時間から取り溢《こぼ》されたみたい。その静寂と暗闇が、不意に破られる。

机に置いていたスマホが、突然ヴーとバイブレーションを鳴らして画面を起動した。

暗闇に灯《とも》った四角形の光。それがまるで誘蛾灯《ゆうがとう》のように星那を引きつける。

画面は動画サイトを映し出していた。映し出された動画を静止させた画像を見て、星那は困惑に声を上擦《うわず》らせる。

「何で……わたし、こんなの見てないよ……？」

奇術師風の男が画面いっぱいに映し出され、酷薄な笑みを浮かべて星那《せな》を見つめていた。

凍り付く星那。彼女の目の前でスマホが勝手に動き、動画を再生しはじめた。

『さて、語り損ねていた結末を語るとしましょうか……《覗《のぞ》き鬼》に魅入《みい》られた少女は、果たしてどのように殺されたのか』

張り詰めた静寂に突如として響く、明朗な声。

自分を恐怖に引き摺《ず》り込んだ声。星那の背筋に怖気《おぞけ》が駈《か》け上がる。

「は？　ちょっと、何で急に……」

『徐々に少女との距離を詰めていく《覗き鬼》は、やがて少女の視界を常に埋めるようになり、距離はどんどん近づいていき、最後に少女は無惨にも殺された。さて、それでは《覗き鬼》は、少女をどのように殺したのでしょう。化物はなぜ、少女を殺したのでしょう？』

クク、と喉を鳴らして男が笑う。頬に埋め込まれたスピーカーがガガッとノイズを鳴らす。

『じつは《覗き鬼》は孤独に憂《うれ》いていました。彼が潜んでいたのは、誰も寄り付かない暗がり。異形は物陰《ものかげ》から、明るい光に彩られた人々を眺め、羨《うらや》んでいました。怪物が望んでいた欲求はただ一つ――『自分を見てほしい』。それ一つでした。自分を見て。見て。WATCH ME――』

ミシ、と胸の中で音がした気がした。語られる言葉が耳から星那の中に侵入し、心臓を鷲掴《わしづか》みにしたみたいだった。

その感情を言葉にするとしたら、『共感』となるだろう。

　男が酷薄な笑みを湛《たた》えて、星那を指さした。ただカメラに向けて指を突きつけただけの映像でしかないはずなのに、その声は、指は、明らかに星那に向いていた。

「だから《覗き鬼》は少女を付け狙ったのです。だって、彼女は自分を見つけてくれたから。彼女は理解してくれると思ったのです。自分と同じように、普通の人間なら誰もが求めるのと同じように、見てほしいという欲求を持っていたから——そう、画面の前の貴方《あなた》のようにね！」

「い、いやあああああああ!?」

　悲鳴を上げて、星那はスマホを掴み、机の角の尖《とが》った所に思い切り叩《たた》き付けた。固いガラスの割れるミシッという音。床に転がった画面に動画はもう映っていなかった。深いヒビが走り、液晶が割れて目に痛い原色のノイズを走らせている。

　星那はそのまま、机の引き出しから鋏《はさみ》を取り出すと、固く握り込んでスマホに突き立てた。何度も振り下ろす。静寂を割る破砕音。画面は粉々に砕け、鋏が内部の配線を抉《えぐ》り抜く。

　そうして、完璧に沈黙したはずのスマホから響く——ザザ、というノイズ音。

『化物は少女に見てほしかった。少女の視線が欲しかった。少女の目が欲しかった……ずっと、ずっと、自分の事を見てほしかったのです』

「やだ……何で!?　ちょっと、止まってよ！　ねえ！」

　とっくに息の根を止めたはずのスマホが語り続ける。星那はもうどうしていいかも分からずに後ずさり、ベッドの上、部屋の隅に縮こまる。

そしてノイズ混じりのスマホから、怪奇の結びが語られる。

『だから《覗《のぞ》き鬼》は、少女に辿《たど》り着いた時――少女の眼球をくり抜いて殺しました。彼女の目には、視覚には、自分を見つめる眼球と恐怖が貼り付いていました。そうして《覗き鬼》は、くり抜いた少女の眼球を、自分の姿を焼き付かせたそれを、大事に仕舞い込むのでした』

ブツ、と音を立てて、スマホが今度こそ完全に沈黙した。再び暗闇と、凍り付いたような静寂が部屋を包む。

バクバクと跳ねる心臓の音が、内側から鼓膜を揺らしている。怖気《おぞけ》はもう途方も無い強さになって星那《せな》の身体《からだ》を縛り付けていた。追い立てられた鼠《ねずみ》のように部屋の隅で蹲《うずくま》り、その体勢から一歩も動く事ができない。

瞬《まばた》きすらできなかった。今何が起きているのか理解できない。何が起こるか分からない。怖い。怖い。怖い。怖い。星那の見開いた目が泳ぎ、暗闇に包まれた部屋を探る。

「っは……はぁ、はぁ……っ」

カーテン越しに夜光が僅《わず》かに差し込み、暗闇の中に微《かす》かに物の輪郭が浮かび上がっている。星那は見開いた目を動かす。闇に包まれたここが見慣れた自分の部屋である事を確かめて、悪夢の只中《ただなか》に放り出されたような心地を少しでも和《やわ》らげたかった。

身動《みじろ》ぎするとベッドがぎし、と軋《きし》む。足下にある布団の皺《しわ》の陰影がうねるのはまるで蛇の群れが蠢《うごめ》いているみたいだ。

天井の蛍光灯は沈黙したまま役割を放棄している。暗闇に浮かび上がる白い磨《す》り硝子《ガラス》の半球は石膏《せっこう》でできた偽物《にせもの》か死体のように見える。

廊下に繋《つな》がるドアも見える。でも闇の中に映る直方体の輪郭は、まるで蜃気楼《しんきろう》のように朧《おぼろ》気《げ》だ。たった数歩の距離なのに辿り着けるような気がしない。

ドアを開けた先に廊下があって、階下には両親がいるなんてとても信じられなかった。

今すぐ叫んで助けに来て欲しい衝動を息を詰めて呑《の》みこむ。

少しでも音を立てれば見つかってしまう気がした。

——見つかる？　何に？

ひっきりなしに動かしていた視線が、ぴたりと止まった。

部屋の隅、星那と対角に位置する場所へは、夜光すら届いていなかった。

深い、深い、奈落まで続いていそうな闇が蟠《わだかま》っている。

そこから感じる、強烈な視線。星那は呼吸もできなくなる。

闇の中に、何かいる。何かが自分を見つめている。

見開いた星那の目が、やがてそれの輪郭を捉える。

暗がりの中に蹲る、黒い影。それが星那の見ている前でゆらりと動き、一歩踏み出してくる。

カーペットの上に露《あら》わになる、長く鋭い鉤爪《かぎづめ》。

僅かな夜光を反射し、ぬらりとした光沢が闇に輝く。

暗闇の中から這《は》いだしてきたのは、星那《せな》の頭を優に超えるほど巨大な、血走った眼球だった。

「──、──ひ」

絹を裂くような声が、星那の口から漏れる。

星那が理性を保っていられたのは、そこまでだった。

星那の声を待ち望んでいたみたいに、眼球の化物が弾《はじ》かれたように動き出した。長く伸びた鉤爪《かぎづめ》をのたうつように動かし、一目散に星那に迫る。

絹を引き裂くような絶叫を上げる星那の視界を、血走った眼球が埋めつくした。

三章　虚飾と剔抉のスポットライト

スマホのけたたましい着信音が、午後十一時の暗闇を切り裂いた。音は逼迫《ひっぱく》とした緊張を孕《はら》んでいて、叶音《かのん》は嫌な予感に眠気を吹き飛ばしてスマホを取る。

『か、叶音さん！　大変です、星那が……！』

スマホから聞こえてきた文乃《ふみの》の声は切羽詰《せっぱつ》まっていた。文乃の声の後ろで、甲高《かんだか》い絶叫がえんえんと続いている。

顔を合わせた時には全く異常は見られなかったのに。叶音は歯噛《はが》みしながら文乃に言う。

「文乃さん、今どこにいるの？　星那さんは今どういう状態？」

『せ、星那の家にいます。星那の両親から様子がおかしいって電話を受けて、慌てて駆け付けたら星那が――きゃっ』

『うわあああああああ！　やだ、やだぁ！　見ないで！　来るな、来ないでぇぇ！』

『星那、大丈夫。星那を見ているのは私だけだよ！　だから落ち着いて……！』

『わたしの目の前からいなくなってわたしの目の前からいなくなって、わたしの目の前からいなくなって、わたしの目の前からいなくなってわたしの目の前からいなくなってわたしの目の前から……』

スマホ越しに聞こえる星那の声はとても正気でなかった。喉が張り裂けるほどの絶叫を上げたと思えば、呪詛《じゅそ》のようにブツブツと譫言《うわごと》を呟《つぶや》き続ける。一体どれだけの恐怖を受けたのか。

数時間前は明るく笑っていた星那《せな》の心は、完璧に恐怖に取り憑《つ》かれていた。

『星那、両手で目を覆ったまま動かないんです。化物に目をくり抜かれて殺されるって、すごく恐がっていて……っ叶音《かのん》さん、星那を恐がらせていたものを取り除いてくれたんじゃなかったんですか？　星那はどうしたんですか!?』

「すぐにそっちへ迎えに行くわ。後でちゃんと説明するから、今は星那さんを助けさせて」

「叶音、星那に目を開けさせちゃダメだよ」

いつの間に起きたのか、逸流《いつる》が叶音の袖を引いて言った。叶音は頷《うなず》き、文乃《ふみの》に言う。

「タオルで目元を覆って、絶対に目を開けさせないで。きっと星那さんは、目を開けた瞬間に妄想の化物に襲われてショック死するわ」

『そんな……』

「もしかしたら、恐怖に駆られて自分から目を開けようとするかもしれない。それでも絶対に目を開けさせないで。必要なら両手足を縛ってもいい……星那さんを守るためよ、できる？」

『っ……分かりました。お願いです、化物なんかに、星那の目を奪わせないでください！』

文乃に住所を教えてもらった後、叶音は昇利《しょうり》に電話をする。

深夜にも拘《かか》わらず二コール目で繋《つな》がった彼は、既におおよその事態を察しているらしかった。

『恐れていた事態ってやつかい？』

「星那さんの家へ車を飛ばしてください。何分で行けますか？」

『こんな事もあろうかと、近くの公園で車中泊してたんだ。お巡りさんに睨《にら》まれながら粘っていた甲斐《かい》があったよ』

「さすが探偵さん。今はその恥も外聞もない姿勢が頼もしいです」

『お駄賃代わりに、後で肩でも揉《も》んで労《ねぎら》って欲しいな――事務所で落ち合うのが最短だね。十分後に星那ちゃんを連れて行くよ』

「了解です……行くわよ、逸流」

「うん」

電話の向こうで車のエンジンをかける音がして、電話が切れる。叶音は傍《そば》に居る逸流を見つめ、手をぎゅっと握りしめ、夜更けの街に飛びだす。


事務所に着いた時には、昇利の車は既に到着し、星那は事務所のベッドに寝かされていた。

「いやだ、いやだぁぁ……わたしを見ないで、見ないでよぉぉぉ……！」

「私が付いてるよ、星那。大丈夫、大丈夫だから……！」

星那は目元にタオルを巻かれた恰好《かっこう》で、ベッドの上で激しく頭を振り乱している。車の中でも暴れたのだろうか。剥《む》き出しの腕のあちこちに、強くぶつけたような青あざが浮いている。

目隠しされてひっきりなしに暴れ絶叫する様子は、まるで死刑執行の瞬間を迎えた罪人のような悲痛さを感じさせた。痙攣《けいれん》したように震える手を、傍《そば》の文乃《ふみの》がぎゅっと握りしめ、安心させようと必死に声を掛け続けている。

昇利《しょうり》が叶音《かのん》を出迎え、二人に聞こえないよう声を抑えて言う。

「車内でもずっとあの調子だった。まるで目の前に殺人鬼がいるような怯《おび》えようだよ」

「実際にいるんですよ。少なくとも彼女の視界にはね。すぐに潜ってフォビアを殺してきます」

「了解だ。いってらっしゃい、叶音ちゃん」

そう言って、昇利は叶音に両手を差しだした。

叶音は広げられた手のひらを一瞥《いちべつ》して憮然《ぶぜん》と顔をしかめたが、抵抗するだけ時間の無駄だ。

昇利の手の中に両手を置くと、ぎゅっと握り込まれる。

〈ゾーン〉に入る前はいつも行うと約束した握手。今日の昇利の手はやけに力が籠《こ》もっていた。至近距離から顔を覗《のぞ》き込まれて、場違いなムズムズした心地に叶音はついと視線を逸《そ》らす。

「……手が冷たいね」

「っなんですかそれ、セクハラですよ止めてください」

「それに顔色も良くないよ。ちゃんと眠れているのかい？　今の叶音ちゃんは、何か思い悩む事があるみたいに見えるけれど」

更にぐっと顔を近づけようとする昇利を、叶音は無理矢理払いのけた。包まれていた手を振りほどき、キッと剣幕鋭く昇利を見る。

「今がカウンセリングもどきなんてやってる時間ですか。すぐそこで星那《せな》さんが恐怖症に苛《さいな》まれているっていうのに」

「でも僕は、星那ちゃんと同じくらい君が心配なんだよ。何かあったらと思うと――」

「余計なお世話です。どんな奴が相手だろうと、あたしは全て殺します……過保護を気取るなら、あたしの邪魔をせず、あたしの力を信頼してください」

眉間にぐっと力を込め、苛立《いらだ》ちも露《あら》わに叶音は睨《にら》み付ける。

これ以上口を挟むなら暴力すら厭《いと》わないと言わんばかりの剣幕に、昇利は口を噤《つぐ》む他なかった。降参の印に両手を上げて身を引きながら、それでも叶音の目を見つめ返して言う。

「分かったよ、もう止めない。だけど嫌な予感がするよ。今回の状況は、まるで禍吐《まがつき》ツヅリが来いと誘っているみたいじゃないか」

「霊感もない人が予感を言ったって信憑性《しんぴょうせい》ないですよ。誘っているなら望むところです。今度こそ、あの茶化した道化の顔面に切っ先をぶち込んでやりますよ」

「……くれぐれも気をつけるんだよ、叶音ちゃん」

「フォビアを全部殺してきます。星那さんをよく看ておいてください」

自分を心配してくるその目が心外に感じられて、叶音は不機嫌そうに眉を吊《つ》り上げ、優しさを跳ね返すような固い決意を返事にした。

踵《きびす》を返して星那《せな》に向き直る。目元を覆った星那が、気配を察して微《かす》かに顔を向けてくる。

「のんのん……た、す、助けて。目が、今もずっとすぐ傍《そば》にいるの。わたしを見てる。殺したがってる。やだ、はやく追い払って……！」

「もう一度恐怖を味わわせてしまって、本当にごめんなさい。今度こそ、あなたの心の中に潜む物を殺し尽くしてみせるから」

「〈ゾーン〉への侵入を始めるよ。ついてきて、叶音《かのん》」

叶音は星那の手をぎゅっと握って約束してから、反対側の手で逸流《いつる》と繋《つな》がった。そのまま彼に引き摺《ず》られて意識を遊離。肉体の条理から解き放たれた精神の世界への没入を始める。

一瞬の意識の断絶の後、叶音は自身の〈ゾーン〉である真っ白な博物館の中にいた。目覚めると同時に叶音は走り出す。彼女の腰には既に《形無鬼の偽憤刀《かたなきおにぎふんとう》》が佩《は》いてあり、足には真っ青なブーツ《墜落する青》を履いている。

傍らに現れた逸流が、宙に浮きながら叶音に追従し、言う。

「星那の〈ゾーン〉との連携はできてるよ。いつでも行ける」

「了解。アシストありがとう」

「叶音、心がちょっと揺れてる。狂気に落ちないように、くれぐれも油断しないでね」

逸流がそう注意する。博物館の床や壁は、以前は染み一つない真っ白だったが、今は所々に磨き残しのような黒ずみが付いており、床の一部にごく僅《わず》かな亀裂《きれつ》が走っていた。

「構うもんか。狂気に落ちるっていうなら、その力で恐怖を引き裂いてやるわよ」

叶音は吐き捨てて、一目散に博物館の廊下、星那の〈ゾーン〉と接続された扉へと飛び込む。

扉を抜けた先の光景を目にした瞬間、驚きが叶音の足を止めさせた。

「ここは……」

星那の〈ゾーン〉は一変していた。前回と同じように、渋谷《しぶや》のスクランブル交差点を彷彿《ほうふつ》とさせる背の高いビルが建ち並び、大きな壁面ディスプレイがあちこちに配置されている。

しかし、交差点を賑《にぎ》やかに行き交っていた人はひとりもいなくなっていた。血のように赤い空に暗雲が立ち込めて渦巻き、都市は本来の役目を奪われ沈黙し、まるで世界の終末が訪れたような様相を呈している。

人の代わりのように街を埋めつくすのは、カメラだ。道路にはまるで木立のように三脚が林立し、テレビ撮影で使うような大型のカメラが設置されている。周りを取り囲むビルからもカメラが覗《のぞ》き、黒光りするレンズを叶音に向けている。街灯や看板を照らす照明には、まるで樹木に寄生するシダ植物のように大型のスポットライトが取り付いていた。足下には黒い配線が血管のように縦横無尽に走っている。

まるで街そのものが一つの撮影スタジオに魔改造されたみたいだ。星那のコマーシャルを映し出していた壁面ディスプレイを始め、〈ゾーン〉のあちこちにある画面には、姿勢を低くし周囲を警戒する叶音の姿が映し出されている。

星那《せな》の潜在意識の投影ではありえない異常な光景だった。叶音《かのん》は刀の柄《つか》に手をかけた臨戦態勢で、元凶たる男の名前を叫ぶ。

「どこにいる、ツヅリ！　どうせ物陰《ものかげ》に隠れてジロジロ見てるんでしょ。卑屈に隠れてないで姿を見せろエセ道化師！」

「やれやれ。まだ自己紹介を済ませたばかりというのに、ずいぶん嫌われてしまいましたね。Iとしては悲しい限りです」

スピーカーで増幅された声がどこからともなく聞こえてくると、街灯に取り付けられたスポットライトが突然灯《とも》り、交差点の中央に佇《たたず》む奇術師風の男、禍吐《まがつき》ツヅリの姿を照らし出した。

頬にスピーカーを埋め込んだ電子の亡霊は、人を誑《たぶら》かす酷薄な笑みに唇を吊《つ》り上げ、ことさら恭《うやうや》しくお辞儀をしてみせる。

「ようこそお越しくださいました、叶音。Iの第二幕にお付き合い頂き感謝しますよ」

「星那の心に一体何をした」

「以前に申し上げた通り、Iは恐怖の創造者にして語り部です。その有り様のままに、ただ語ったのですよ。人の心を揺さぶる、誰かのための物語をね」

ツヅリはそう言い、ゆっくりと歩く。まるでそこが劇場の舞台であるかのように、スポットライトが彼の後を追いかける。

「人間の精神は実に巨大なエネルギーを内包しているが、それはさながら熱されたガラスのように不定形かつ不安定なもの。それを恐怖として形成し、増幅させるのが、Ｉの語る物語の力なのですよ。人間は絵を見る事で意識を異なる世界に投影し、文字を追いかける事で他人の感情を追体験する。物語は人の感情に種を宿し、新たな怪物を創造する！　優れた物語は聴衆の感情を奮い立たせ、確信として想起させるのです――これは私の物語であるとね！」

ツヅリが腕を振り上げてそう言う。突然ビルの壁面ディスプレイにノイズが走ると、新たな映像を流し出した。

星那の寝室だ。ベッドの隅で膝《ひざ》を抱えて蹲《うずくま》る星那が映し出されている。恐怖に見開かれた目が画面に向けて注がれている。

つい先ほど、星那の心を壊した光景だった。映し出された映像は、星那を見つめる化物の視点だ。映像がガタ、と動き出すと、ザザザザっともの凄《すご》い勢いで星那に迫り、悲鳴を上げる星那を押し倒した。

「嫌だ！　助けて――やだ、やだぁぁぁ！　のんのん助けて、誰か、だれかぁぁぁぁ!!」

狂乱した星那の顔が画面に映し出される。大絶叫が〈ゾーン〉全体をビリビリと震わせる。しかし映像の中の化物は止まらなかった。カメラの縁から、鋭い鉤爪《かぎづめ》を持つ化物の手が這《は》いだしてくる。

画面の中で殺戮《さつりく》が始まった。鋭い鉤爪が、恐怖に染まる星那の顔面に、激痛と絶望を刻みつけていく。抉《えぐ》っていく。

それは現実には起こり得なかった光景。架空のストーリーだ。それでも星那《せな》の絶叫や画面に吹き散る血飛沫《ちしぶき》はあまりにもリアルで、抉《えぐ》られ崩れていく顔面が映し出された光景は、目を背けたくなるほどに生々しく、おぞましかった。

「これは星那が想起する光景。『こうなるかもしれない』と本気で恐怖する最期《さいご》の光景です。ただ一人の人間が、自分の死をこうも凄惨《せいさん》に演出してみせる。実に美しいと思いませんか」

喜悦を隠しもせず、ツヅリは叶音《かのん》に目を向ける。

叶音はギリ、と音が鳴るほどに歯を食いしばり、それよりも強い力で刀の柄《つか》を握りしめた。

「反吐《へど》が出る。怒りすぎて身体《からだ》がバラバラになりそう——アレが美しい光景だっていうなら、今からあんたにこれ以上ないほど『美しい』最期をくれてやるわよ！」

叶音は抜刀と同時に猛然と走り出した。《偽憤刀《ぎふんとう》》の呪いによって精神に滾《たぎ》る血を求める闘争本能のままに、目の前の奇術師の喉笛を掻《か》き切らんと刃を走らせようとする。

その本気の殺意を前にしてツヅリが浮かべたのは、余裕の微笑《ほほえ》み。

「まだ分かっていないようですね。これもまた一つの物語。貴方《あなた》は一人の役者なのです！ 語り部に触れる事など、決してできない！」

ツヅリが叫んだ瞬間、二人の間の地面が爆発したように裂け、巨大な鉤爪《かぎづめ》が飛びだしてきた。

「な——ぐぅッ」

肉を裂かんと迫る鉤爪を刀で弾《はじ》いた叶音だが、手に伝わる猛烈な衝撃に思わず呻《うめ》き声を上げた。そのまま弾き飛ばされ、数メートル先に蹈鞴《たたら》を踏みながら着地する。

地面を割り開いて出てきたのは、頭の代わりに巨大な眼球の付いた怪物、《覗《のぞ》き鬼》だった。

しかし、以前に相手取った時とはまるで別物だった。体軀《たいく》は叶音よりも二回りは大きく、鉤爪の付いた腕は隆々として禍々《まがまが》しい。象徴的な巨大な眼球は、頭部の他にも肩やわき腹に腫瘍《しゅよう》のように浮き上がり、ギョロギョロとグロテスクに蠢《うごめ》いていた。

「さあ、第二幕の始まりだ！　果たして増幅した恐怖に太刀打《たちう》ちできるか。貴方の真価を見せてみろ、叶音！」

ザザ、とノイズを奏《かな》でながら、ツヅリが増幅された機械的な声で戦闘の開始を告げる。がん、がん！　と大きな音がしてスポットライトが稼動し、叶音と《覗き鬼》を照らし出した。

目に痛いほどの光に顔をしかめながら、叶音は殺意を眼前の《覗き鬼》へと切り替える。

「成長しても、低能なのは変わらないみたいね――ガタイがゴツくなった程度で、あたしを殺せるとでも思うのか！」

叶音は《覗き鬼》を一蹴《いっしゅう》するべく走り出す。狙うべくは前回同様、頭部に据えられた巨大な目玉。既に叶音は目の前の障害など眼中になく、あの嗜虐的《しぎゃくてき》に微笑む奇術師を今度こそ逃がさないという執念に燃えていた。

『――叶音、危ない！』

その心に冷や水を浴びせる、逸流《いつる》の声。

《覗《のぞ》き鬼》が一瞬、ぶるりと身体《からだ》を震わせると、まるでそれが水面を弾《はじ》いたように〈ゾーン〉全体が激しく揺れる。

街中に無数に立てられた三脚の上のカメラが、突然ぐるりと回転して叶音《かのん》の方を向いた。

カメラの先端は、いつの間にかレンズではなく血走った眼球に変化していた。大地から突き立つ何十もの眼球が、一斉に叶音に視線を向ける。

「低能で変わらない？　いやいや、恐怖は確かに怪物を成長させていますとも！　こんな芸当はいかがでしょう――『熱視線』！」

いつの間にかビルの屋上に立ったツヅリが、手にした指揮棒を軽やかに振る。すると眼球の黒い瞳孔《どうこう》が眩《まばゆ》い光線を放ち、叶音に向けて一斉に投射した。

叶音は足に装着した《墜落する青》の能力を発動し、上空に墜落して視線から逃れる。大量の視線は叶音がいなくなった足下に投射し、あっという間に赤熱してアスファルトをドロドロに焼き溶かしてしまった。

「恐怖に際限はない。さあ逃げ惑え。妄想が生み出した怪物が、貴方《あなた》を絡《から》め取ってしまうぞ！」

ツヅリが叫び、指揮棒を振る。地面に生えた無数の眼球が一斉に動き、輝く焦点が空を落ちる叶音を追いかけ始めた。眩い紅蓮《ぐれん》の光がビル壁を溶かし、ガラスを砕きながら叶音に迫る。

『追いつかれるよ、叶音！』

「うるさい、言われなくても分かってるわよ！」

岩をも溶かす高温のレーザーが叶音の足下の空気をジリジリと炙《あぶ》っている。叶音は《墜落する青》の墜落速度を最大にしたまま、近くのビルの中に突入した。商業ビルらしい、衣服を纏《まと》ったマネキン人形やアクセサリーを陳列したガラスケースの中を、まっすぐ真横に落ちていく。

そんな叶音の背後を、紅蓮の光が追従する。閃光《せんこう》がビル壁をまっすぐに突き破り、衣服を燃やし、ガラスを飴細工《あめざいく》のように溶かしてしまう。

ビル内部にも、《覗き鬼》の眼球を浮かべたカメラがあった。窓際に置かれた三脚がぐりんと動いて叶音を追いかける。眼球同士で視界を共有しているのか、熱視線はまるでビル全体が透明であるかのように、正確に叶音の後を付け狙う。

「まだ……まだ……！」

叶音はぐっと歯を食いしばり、凄《すさ》まじい速度で落下する。熱視線があらゆる物を破壊していく。ビル全体が衝撃に打ち震え、剥《は》がれ落ちた天井が瓦礫《がれき》になって次々と落ちてくる。

降り注ぐ瓦礫が、ビル内部に設置されたカメラの上に落ち、レンズ部の眼球を押し潰した。

「ッいま！」

瞬間、叶音は《墜落する青》の軌道を変えた。まるで見えない壁に叩《たた》き付けられたように速度がゼロになり、宙に浮かび上がる。

叶音を捉える目を失った事で、熱視線は叶音を見失っていた。紅蓮の光は一瞬前まで叶音がいた場所を薙《な》ぎ払い、ビルの向こうへと消えていく。熱視線はそのまま向かいのビル壁も焼き溶かし、叶音《かのん》のいる階を真っ二つに両断する。

凄《すさ》まじい熱により、ビル内部は蹂躪《じゅうりん》されていた。あちこちで火の手があがり、溶けたガラスがマグマのように広がってジュウジュウと床を溶かしている。

燃え盛るビル内で無重力状態で漂いながら、叶音は油断なく周囲を見回す。

「やり過ごせた？」

『ダメ、迫ってきてるよ！』

叶音の頭の中で逸流《いつる》が語りかける。

ビル壁が突如として粉砕され、《覗《のぞ》き鬼》が飛び込んできた。全身に浮き上がった眼球がぎょろりと叶音を睨《にら》み付け、剥《む》き出しの筋肉のようなグロテスクな巨腕を叶音に向けて振り抜いた。

叶音は抜き身の《偽憤刀《ぎふんとう》》で応戦するが、《覗き鬼》の巨腕は刃を物ともせずに振り抜かれ、叶音を力一杯に弾《はじ》き飛ばした。無重力状態の叶音は崩壊した商業ビルの中を吹き飛ぶ。

天井に刀を突き刺し停止した叶音が顔を上げると、十数メートル先から《覗き鬼》が迫ってくる。衣服を陳列するショーウィンドウを粉々にしながら、暴走トラックの如《ごと》く突進してくる。

叶音は歯嚙《はが》みし、自身が刀を突き立てている天井に目をやった。足に装着した真っ青なブーツの爪先で、天井をコツと小突く。

「逸流。《墜落する青《こ　れ》》の元になったフォビア、自分以外も落とす事ができたわよね？」

『えっと……やめた方がいいよ。確かにできるけど、そのぶんすっごく強い墜落恐怖症が――』

「落ちる程度を怖がって、どうして化物を殺せるっていうのよ！」

逸流の提言を撥《は》ね除《の》け、叶音は《墜落する青》の爪先で、天井を思い切り蹴《け》り付けた。

商業ビルの天井は、先ほど叶音を追いかけた熱視線によって真っ二つにされていた。その輪切りになった上半分が今、《墜落する青》の重力操作によって、ゆっくりと空中に浮かび上がる。迫り来る《覗き鬼》の鉤爪《かぎづめ》は、靡《なび》く叶音の髪をほんの少し掠《かす》めて空を薙《な》ぐ。

「っぐ、んんんん……！」

ぞおっという怖気《おぞけ》が叶音の内を駆け巡る。脊髄《せきずい》を引っこ抜かれるような恐怖。脳裏に、固い地面に凄まじい速度で激突し、頭が爆竹のように弾け飛び脳が四散する末路が明滅する。叶音は《墜落する青》の副作用である墜落恐怖を歯を食いしばって黙殺し、呪いの力で重力を操る。

叶音は刀を突き立てたビルごと落下した。巨大なビル塊は投石機で射出されたような放物線を描き、交差点の中央――先ほど熱視線を投射した眼球が林立する只中《ただなか》に墜落した。

凄まじい轟音《ごうおん》が〈ゾーン〉全体に響き渡った。ビル塊は交差点を埋めていた眼球を一つ残らず潰し、怒濤《どとう》のような土煙が辺り一面を埋めつくす。

「――痛快っ」

ビルの屋上から一部始終を観戦していたツヅリが、ニヤリと笑ってそう呟《つぶや》く。

土煙を切り裂いて、叶音が飛びだしてきた。土埃《つちぼこり》で汚れたジャケットを靡かせ、まっすぐツヅリに向け墜落する。

「いつまでも、傍観者でいられると思うなよ！」

「聞き分けのない方ですね。役者は舞台上で踊るものですよ！」

ツヅリが指揮棒を振るうと、砕けたビルから跳躍してきた《覗《のぞ》き鬼》が、叶音《かのん》に飛び込み鉤《かぎ》爪《づめ》を振り下ろしてきた。その凄《すさ》まじい力は《偽憤刀《ぎふんとう》》でいなそうとするも流しきれず、叶音はボールのように打ち返され、瓦礫《がれき》の中に叩《たた》き付けられる。

瓦礫をかき分け、叶音が立ち上がる。その額からは一筋の血が滴《したた》っていた。

まるで血の匂いで興奮したサメのように。着地した《覗き鬼》は興奮を表すようにぶるりと震わせ、鋭い鉤爪に彼女の血を吸わせようと迫る。

それに対する叶音が見せたのは――爛々《らんらん》と輝く殺意の眼光。

「あたしの邪魔をするな！　その気持ち悪いギョロ目、もう一度破裂させてやる！」

叶音は手を突き出した。開かれた手に、先ほどまで握られていたはずの刀はない。

叶音は撃墜される寸前に、刀から手を放していた。地面に落ちた《形無鬼《かたなきおに》の偽憤刀《ぎふんとう》》がカタリと震え、叶音の手に向かい猛烈な勢いで飛翔する。

今まさに叶音に手をかけようと鉤爪を振り上げた《覗き鬼》。そのわき腹の眼球を、背後から飛翔した《偽憤刀》が貫き、風船のように破裂させた。

叶音は舞い戻った刀を受け取ると、鋭い突きを放った。頭部の眼球を潰すべく放った一撃は、寸前に《覗き鬼》が身を傾けた事で、肩に浮き出た眼球を貫く。それもまた破裂して機能を停止するが、《覗き鬼》の動きは衰えない。

「この――！」

叶音が追撃しようとするも、屈強な体軀《たいく》を持つ化物の力は、少女の瞬発力を上回っていた。《覗き鬼》の杭《くい》のように太い鉤爪が叶音の刀を弾《はじ》き飛ばし、無防備に曝《さら》け出されたわき腹を深々と抉《えぐ》り抜いた。

「があああぁぁぁ!?」

焼け付くような痛み。付近の骨を砕くゴリュッという衝撃が全身を震わせる。

《覗き鬼》はそのまま叶音を持ち上げた。激痛に白黒に明滅する視界の向こうで、ツヅリが叶音を見つめている。彼の頬に埋め込んだスピーカーから、ノイズ混じりの喜悦が溢《こぼ》れる。

「ああ、素晴らしい。Ｉの生み出した恐怖が命を蹂躙《じゅうりん》する！　これほどに心躍る体験はない！」

「つぎ、ぐぅう……！」

「見誤りましたね、叶音！　〈ゾーン〉を行き来し、フォビアを殺せる力があるからこそ、貴方《あなた》は失念した。恐怖とは元来、止めどなく膨れあがり全てを呑《の》み込むものであるとね！」

ツヅリがそう叫び、両手を広げて喝采《かっさい》する。

まるでそれに呼応するように、〈ゾーン〉全体が打ち震えた。上空を覆っていた渦巻く黒雲がさらにうねりを激しくし、赤い空が更に血のように濃く染まる。

突然、交差点に面したビルの全ての窓に、血走った眼球が浮き上がった。何百、何千という眼球がギョロギョロと蠢《うごめ》く様子は狂気的なおぞましさだった。

眼球に支配された光景は、すなわち星那《せな》が恐怖に屈服しかけている事を意味している。

《覗《のぞ》き鬼》は腕を振るい、鉤爪《かぎづめ》に突き刺していた叶音《かのん》を放り投げた。

「『凝視《ぎょうし》』」

ツヅリが指揮棒を振るうと、ビルの窓に浮いた無数の眼球が一斉に叶音に視線を合わせた。

視線を向けられた叶音の身体《からだ》は空中でピタリと停止し、指一本も動かせなくなった。まるで大量の見えない腕に絡《から》め取られるような苦しさ。叶音の身体が空中でゆっくりと動き、雁字搦《がんじがら》めにぶら下げられたような恰好《かっこう》で停止する。

「が、あぅ……！」

抉《えぐ》られたわき腹からは今も熱い鮮血が噴き出し、叶音の服を赤く染め、太ももを伝って地面にポタポタと垂れている。焼け付くような痛みが、叶音の精神をジリジリと焼き焦げさせる。

不可視の視線に拘束された叶音は、瞬《まばた》きすら自由にできなかった。そのまま見えない力が加わり、首を無理矢理上に向けさせられる。

苦悶の表情を浮かべる叶音を見下ろし、禍吐《まがつき》ツヅリは深々と溜息《ためいき》を吐き出した。

「何です？　確かに《覗き鬼》は、Ｉの語った中でも優れた出来ではありますが、こうも簡単に決着がついてしまうとは。貴方《あなた》の実力はこの程度？　まるで只《ただ》の少女ではありませんか」

「っ……！」

「〈ゾーン〉を自在に行き来するという唯一無二と言っていい特異能力の持ち主が、こんなにも呆気《あっけ》なくフォビアに屈服するなんて。Ｉは失望を隠せませんよ」

まるで贔屓《ひいき》球団の無様な試合を見せられたように、ツヅリは手で目元を覆って天を仰ぐ。

そんな演技臭い仕草をたっぷりと見せつけてから、ツヅリはガバッと前のめりになり、興奮に振り切れた笑みを叶音に向けた。

「だが、この失望は杞憂《きゆう》だ！　〈ゾーン〉を行き来するなんて神業、人の精神に定められた枠を容易《たやす》く乗り越える特異点が、只人《ただびと》であるはずがないのだから！」

そう言ってツヅリは、叶音を見つめた。人を嘲笑《あざわら》う事を生きがいとするような軽薄な、それでいて底知れない深みを湛《たた》えた瞳孔《どうこう》が、空中に縛られる叶音をまっすぐ見つめてくる。

「Ｉには分かっていますよ、叶音……あなた、手を抜いていますね？」

「……」

形容しがたい悪寒《おかん》が走る。

叶音のどこか深い所が、ミシと軋《きし》んだ気がした。

「実力を発揮できない理由があるのだ。さて、何か条件があるのでしょうか。更なる痛みが必要なのか？」

そう言うとツヅリはおもむろに指揮棒を振るった。

沈黙していた《覗き鬼》が緩やかに動き出すと、叶音の目の前に立った。

怪物は鋭い鉤爪《かぎづめ》を持つ指の一本を叶音《かのん》の肩に当て、ゆっくりと力を込める。

ずぶずぶと音が立つほどゆっくり、鉤爪が叶音の肩を抉《えぐ》り抜く。

「はぁ、か、ぎいいいいいい……!?」

「ふむ……違う。自分で制御している訳ではないのだ。星那《せな》は既に他人ではない。彼女を助けるために手を抜くなどという無礼を働くはずがないのだから」

ツヅリが思案げに唸《うな》る。《覗《のぞ》き鬼》は、まるで砂遊びでもするように、鉤爪を使って叶音の肩を抉り、ぐちぐちと掻《か》き回す。焼けた石炭を押し込まれるような痛烈な痛み。意識を外れて暴れだす身体《からだ》を、ビルに浮かんだ無数の眼球が雁字搦《がんじがら》めに縛って自由を許さない。

「御しているのではない。そもそも自らの力の大きさを理解していない？〈ゾーン〉を行き来するというのは天賦《てんぷ》の素質ではなく、むしろ不安定であるが故《ゆえ》の副産物なのか？ああ、なるほど見えてきました」

トン、トンとこめかみを叩《たた》いたツヅリは、何かを閃《ひらめ》いたように動きを止める。それから彼は、まるで殺人トリックを見破った探偵のように獰猛《どうもう》に笑い、導き出した解を叶音に投げつけた。

「叶音。貴方《あなた》は何かを忘れていますね？」

「っ……！」

「それは貴方が特異な存在になるに至った事件だ。恐らく形容できないほど悍《おぞ》ましく、脳に留《とど》めていては正気を保っていられないほどの惨状。貴方はそれを意識的に忘却している。本来の力を隠す事で、強大な精神を肉体に馴染《なじ》ませている。理性的であろうとしている」

また身体の深い所がミシと軋《きし》んだ。頭蓋骨《ずがいこつ》を取り外され剥《む》き出しの脳味噌《のうみそ》を覗き込まれるような、猛烈な不快感が精神を苛《さいな》む。

戦慄《せんりつ》を隠す事はできなかった。身動きを封じられた身体がブルブルと震え、見開いた目が動揺に揺れる。ツヅリは我が意を得たりとばかりに愉《たの》しそうに喉を鳴らす。

「ああ、語らずとも結構。Ｉは物語の紡ぎ手。人の心象を探り、心の柔らかく脆《もろ》い部分を突くのは得意分野でして。それでは、貴方のための物語を綴《つづ》ると致しましょうか」

ツヅリは胸の前で指を組み合わせ、思案するような仕草を見せる。彼の底知れない深みを湛《たた》えた瞳が叶音を舐《ねぶ》るように眺め回す。まるで裸に剥かれた身体に手を這《は》わされ、突き破れる柔らかい部分を探られるような、怖気《おぞけ》をもよおす不快感。

ツヅリはしばらく底知れない笑みで叶音を観察し、やがてぽつりと、叶音の心に切り込んだ。

「……溢《あふ》れ出る」

叶音の心の内にある、ずっと軋んでいた部分が、今度こそ鷲掴《わしづか》みにされた気がした。

戦慄に身体がぶるりと震える。ツヅリが頬を吊《つ》り上げて笑う。

「ええ、動揺を隠せないでしょう。やはりそうだ。貴方は無意識に抑えているのです。己の内側に、どす黒い何かを抱えている。必死に蓋をして、見えないように抑え込んでいる……それはトラウマと呼ばれる心の腫瘍《しゅよう》だ。その正体はなんでしょう？　少なくとも、貴方の過去と密接に結びついたもの……きっと、とても罪深い物だ」

組んだ指を遊ばせながら、ツヅリは蕩々《とうとう》と語る。ツヅリの言葉が叶音《かのん》の心の柔らかい所に触れ、無理矢理割り開いていく。

「貴方《あなた》は罪を抱えている。思い出せば心が壊れるほどの罪。得てしてそれは、大切な人の喪失だ。そうでしょう？」

突き止められていく。暴かれていく。叶音が意識の隅に追いやっている物。叶音が忘れようとしている、心に刻みつけられたトラウマを。

「叶音。君は犠牲にしたな？　心から大切にしていた誰かを、目も当てられないほどの悲痛な目に遭わせたな？　それが君を壊した。完膚無きまでに、徹底的に」

空中に縫い付けられたように動かない手が喘《あえ》ぐように蠢《うごめ》く。その手を誰かに握られるような錯覚。柔らかく温かい手が繋《つな》がっている幻覚。ノイズが走る。声が聞こえる。

――ずっと、この手を離さないでいてね。

「その罪の意識が、ずっと貴方の心の核に蟠《わだかま》っている。どれだけ蓋をして、直視を拒んでも、罪悪感はなくならない。膨れて、こみ上げてきて、やがて溢《あふ》れ出て貴方の心を汚す」

クク、とツヅリが喉を鳴らす。

音を立てて扉が開かれていく。その隙間《すきま》に深淵《しんえん》がある。深淵の中に何かある。思い出すと壊れてしまうもの。

溢れ、零《こぼ》れ、滲《にじ》み出てくる。

「押し込めていた器は限界を迎えひび割れる。溢れる漆黒《しっこく》が貴方を塗りつぶす。その時貴方は気付くのだ――ひび割れ、どす黒く染まった姿こそが自分の本性なのだと。原罪を課された恐ろしい怪物。それが自分なのだとね！」

ビシィ！　と音を立てて、叶音の頰に亀裂《きれつ》が走った。

まるで陶磁器のように欠けた叶音の顔から、どろりとした黒い物が溢れてくる。それは叶音の足下の影に垂れると、影全体が波打ちだす。ぞぞぞぞ――と、まるで大量の生き物がのたうつ水面のように。

亀裂は更に広がり、叶音の手や首を割り、漆黒の液体を吹きこぼれさせる。

叶音が黒く染まっていく。必死に取り繕っていた少女の仮面が割れて、内側に隠していたものが暴かれていく。

「罪と向き合え、正体を現すんだ……さあ、貴方の絶望を曝《さら》け出すがいい！」

禁じられた記憶が呼び起こされる。

滲み出してくる。

引き摺《ず》られる。

罪に、過去に、呑《の》み込まれる。

■■■　五六日前　■■■

金属の板を引き裂くような甲高《かんだか》い絶叫が、教会の地下に木霊《こだま》する。

獣のように咆哮《ほうこう》するのは、叶音《かのん》だった。全身が電流を浴びたようにガクガクと震え、椅子に縛り付ける革ベルトが皮膚を食い破って血を滴《したた》らせる。その目は、奇怪な箱の嵌《は》め込まれた装置で覆われていた。

装置が外され、視界が自由になっても叶音はそれを正常に判別できなかった。見開かれた目は目の前の光景を認識しておらず、心はまだ、想像を絶する恐怖の中に捕らわれ続けていた。

「っは、はぁッ、はぁッ……う、ひぐ、うえええええ、うぇぇぇぇぇ……！」

何分も壊れたように叫び続け、ここが現実であるとようやく分かると、叶音は堰《せき》を切ったように泣き出した。恥も外聞もかなぐり捨てた、子供のような声だった。

その様子を眺めていたシスターが、叶音に歩み寄る。頬にそっと手を添え、顔を上げさせる。

慈愛に満ちた笑みを浮かべて、シスターは尋ねた。

「扉は見つかりましたか、叶音さん？」

「っあ……あぁ……」

叶音はもう正気ではいられなかった。凍えるように歯がガチガチと鳴る。

叶音は玉のような涙を流して、目の前の慈愛に満ちた笑顔を見つめる。

「し、シスター。あたし今、殺さ、殺されっ、ました……！」

「……」

「あたし、とても狭い岩の中にいた。暗くて、冷たくて、とても狭くて、手も足も、頭も動かせないぐらい狭くて、狭くて怖くて、狭くて……！」

上擦《うわず》る声でそう言う。記憶に焼き付く光景を頭に仕舞い込んでいたらどうにかなってしまいそうだ。少しでも吐き出して、夢だと思いたかった。

「あ、あたし、そこにずっといた。ずっと閉じ込められてた！　何年も何年も何年もずっとずっとずっと！　暴れたくても動かなくて！　助けてって言っても届かなくて！　狭くて狭くて本当に辛《つら》いのに何年もずっと、死ぬまでずっと……！」

ガチガチと歯を打ち鳴らせて叶音は叫ぶ。

叶音が体験したものは掛け値無しの地獄だった。叶音は自分が死ぬまでの数年を、一秒の短縮もなくリアルに追体験した。肌には身動きも許されないくらいに狭い岩肌の冷たい感触が残っていた。狭くて暗い孤独の恐怖が脳裏にこびり付いていた。誰も助けに来ないという絶望を思う存分に味わいながら、数年をかけて衰弱し死に至る長すぎる時を克明に記憶していた。

それが叶音の、一七回目の地獄だった。

試練と称してもたらされた一七回目のリアルな死が、心をくしゃくしゃに握り潰していた。

「もうやだ、やだぁぁぁぁ！　もうあんなの見たくない！　あたしを離して！　離してよおおおおお!!」

ゴーグルに装着された箱の中には地獄が広がっていた。箱を覗《のぞ》く度に、叶音《かのん》は現実とは思えない、現実を超えるリアルで恐ろしい経験を無数に味わわされた。

叶音は目の粗い石壁に叩《たた》き付けられ原形がなくなるまで磨《す》り潰《つぶ》された。叶音は暴力によって服従させられ家畜のように嬲《なぶ》られ犯された。叶音は詳細も分からない宗教の異端児として吊《つ》されて怒りに燃える民衆に罵倒されながら火炙《ひあぶ》りにされた。叶音は謎の薬を飲まされ生きたまま身体《からだ》が飴のように溶けてなくなった。叶音は恐ろしい殺人鬼に囚《とら》われ足裏から一センチずつ鋸《のこぎり》で輪切りにされていった。

今の叶音は、一体どこからが現実か、自分が果たして本当に生きているかの確証も持てなくなっていた。半狂乱に泣き叫び、手足を拘束する革ベルトをガチャガチャと鳴らす。

拘束が解けるのなら腕を引き千切っても構わないと思えた。地獄から逃れさせてくれるなら何でもする。服従だって誓う。一生地べたを這《は》いずる生活だったとしても構わないから、どうか許して欲しい。どうか助けて欲しい。

そんな、恐怖に心を挽《ひ》き潰《つぶ》された叶音の涙が、シスターによってそっと拭《ぬぐ》われる。

「……扉は見つかりましたか、叶音さん？」

シスターは、慈愛に満ちた笑みを顔に貼り付かせたまま、さっきと全く変わらない言葉を、全く変わらない口調で囁《ささや》いた。

ひく、と喉がしゃくり上がる。呼吸ができず、打ち上げられた魚みたいに口を喘《あえ》がせる。

叶音は顔をぐしゃぐしゃに歪《ゆが》め、これから処刑される大罪人であるかのように、深く頭を下げてふるふると首を振った。

「む……無理です」

「……」

「もう、無理です。耐えられないですっ。開門の使徒なんてなれません。なれなくていい……ッ今すぐ死んだっていいんです！　だから助けて。もう嫌、あたしを離してぇ……！」

何度も頭を振り、救いを求める叶音。

そんな絶望に暮れる様子を一番近くで目の当たりにしたシスターは、満足そうに唇を緩める。よしよしと、出来のいい生徒を褒めるように頭を撫《な》でる。

「良い兆候ですよ、叶音さん。扉は我々の理解の範疇《はんちゅう》を超えた先に存在します。恐怖を恐れ、生きる事も嫌になったその先にこそ神への路《みち》があるのです。その調子で、引き続き頑張ってくださいね」

「っひ、やだ、やだ、やだやだ！　いやだお願いします！　いい子にしますから、使徒になれない分一生懸命働きます！　期待を裏切った分は必ず償いますから、だからどうか、どうかこれ以上あたしを壊さないで……！」

「貴方《あなた》には才能があります、叶音《かのん》さん。どうか扉を探してください」

目の前のシスターは、まるで人間には思えなかった。微笑《ほほえ》みには太陽のように眩《まぶ》しい慈愛を感じるのに、今目の前で必死に許しを請う叶音を見ても眉一つ動かさない。血の通った人間のはずなのに、機械のように同じ言葉を繰り返す。かつて叶音を慰《なぐさ》め涙を拭《ぬぐ》ってくれた、耳を抜け心に染みるような柔らかな声音で、掛け値無しの絶望を突き刺してくる。

抵抗など無意味だと、心が理解してしまった。言葉を失い、喘《あえ》ぐように開かれた口がひくひくと痙攣《けいれん》する。

まだまだ地獄が続く。これから何度も、何十回も殺される。助けてという叶音の言葉を聞く人は誰もいない。なぜならいま叶音が藻掻《もが》き苦しむ絶望こそが、信奉する神に近付く洗礼で、最も尊く気高い行いなのだから。

「嘘……嘘だ……こんなの絶対おかしい。あたしが信じた神様はこんな物じゃない。違う。違うよ……誰か助けて……」

叶音は項垂《うなだ》れ、啜《すす》り泣いた。擦り切れて真っ赤に滲《にじ》んだ決して解けない拘束をカタカタと鳴らし、血と漏れ出た体液でひどい匂いの空気を吸い、何不自由のなかった幸せな毎日を思い出し、いつの間にか決して手の届かない場所に消えてしまった事実に蕩々《とうとう》と打ち拉《ひし》がれる。

その時、叶音の耳が音を拾った。

遠くから聞こえるくぐもった高音。叶音は最初、壊れた心が鳴らす幻聴かと思った。しかし音は時々途切れながらも延々と続いている。

ガラスを引っ掻《か》くような、耳に痛いほどの凄《すさ》まじい悲鳴。

聞き慣れた声が発する、聞いた事もない絶叫。

凍てつくような悪寒《おかん》が叶音を貫いた。

「……逸流《いつる》？」

震える声で、叶音はあの子の名前を呼んだ。

先ほどまで何を言っても微動だにしなかったシスターが、その時初めて叶音の声に反応を見せた。

「ふふ。彼女はゆっくりと振り返り、柔らかな微笑みで言う。

「ふふ。叶音さんは、あの子ととっても仲良しでしたね」

一気に意識がクリアになる。悲鳴は叶音を閉じ込める鉄格子の向こう、長く続く廊下の遥《はる》か先から響いているらしい。

母親が幼児の泣き声を聞き分けるように、叶音はその喉が張り裂けるほどの叫び声が逸流のものだと確信した。散らばっていた意識が、戦慄《せんりつ》によって一気に現実に引き戻される。

「な……なんで……なんで逸流が!?　逸流に何をしてるんですか!?」

「おや？　申し上げたではありませんか。使徒に選ばれた事は、苦楽を共にする人にだけ告げるようにと……お友達といっしょなら、苦しい事も頑張れますものね」

言われた言葉の意味が分からず、叶音は愕然《がくぜん》と目を見開く。シスターは壁の向こうから響く悲鳴に耳を傾け、まるで優秀な生徒の解答用紙を採点するみたいに満足げに微笑《ほほえ》む。

「あの子の一途さは得難《えがた》い素質です。叶音《かのん》さんに勝るとも劣らない頑張りを見せていますよ」

「……あたしが、逸流《いつる》を巻き込んだ……？」

「ああ、お聞きになってください。なんて命に満ち溢《あふ》れた声なのでしょう！　姉弟みたいに仲良しだった二人が、一緒にこんなにも力強い声を上げている。共に神の御許《みもと》を目指そうとしている！　比類なく美しく崇高《すうこう》な行いです！」

まるでそれが極上のシンフォニーであるかのように悲鳴に聞き入ったシスターは、陶酔に頬を赤く染めて、艶《つや》めいた吐息をほぅと漏らす。

足下がガラガラと音を立てて崩れていくような心地が叶音の心を貫いた。一切の希望を捨てて抵抗を諦めた身体《からだ》がガタガタと震えだす。

この場所で、声が届くほど近くで、逸流が壊されている。それは、これまで何回となく繰り返された悪夢など足下にも及ばないほどの恐怖だった。

「あぁ――たすけて、おねえちゃん！　おねえちゃあああああああん！　わあ、わあああああああああああぁぁぁぁ――」

「ッ待って！　お願い、お願いします！　逸流をこんな目に遭わせないで！」

「なぜです？　共に神の下へ至ろうとしているのです。これほど素晴らしい事はないではありませんか……さあ、負けてられませんよ叶音さん。お姉ちゃんですから、もっともっと苦しみに耐えて狂気と向き合わないと。次はもっと深い夢へと堕《お》ちてみましょうね」

慈愛に満ちた声でそう言うと、シスターは周囲に控える白衣の男に頷《うなず》いてみせる。沢山《たくさん》の手が暴れる叶音の頭を押さえ、悪夢に堕とすゴーグルを取り付ける。

「扉を探しなさい、叶音さん」

「だめ、逸流だけは許して！　お願いします！　どうか逸流だけは——逃げて逸流！　逸流うううううううううううううううう！」

叫びは届く事はない。地獄が止む事はない。滂沱《ぼうだ》の涙を流す叶音の目が、地獄を見せるゴーグルで覆われる。

暗闇の中へ意識が引き摺《ず》り込まれ、叶音は再び、途轍《とてつ》もない絶望の中へと叩《たた》き落とされる。

何度も。何度も。何度も殺される。

守りたいと願った大切な物が音を立てて壊れていく。

慈愛に満ちた声がひび割れた頭蓋《ずがい》から染み込み、どろどろに溶けていきそうな脳味噌《のうみそ》の中で反響する。扉を探しなさい。扉を探しなさい。扉を探しなさい……

狂気に堕ちる。現実と空想の区別が付かなくなる。肉体と精神を引き裂かれていく。生皮を剥ぐような激痛。骨を失ったように身体が引き延ばされ尺度をなくした時間が延々と引き延ばされて続く終わりがこない地獄とは永遠に続く生なのだと命と正気が脳を沸騰させる「扉を探しなさい」いっそ痛くしてくれた方がよかった殺してくれる方が幸せだった終わりがない永遠に終わり続けて終わりを見失う幸せの定義が混濁する何を奪われているかも分からない痛みとは簒奪か享受かという問答生の証明か死ぬ夢からの脱却は蘇生であり解脱という哲学ぐるぐる思考が渦巻く混沌の中へ堕ちていく分からなくなる元通りの生活とは時間とは空間とは「扉を探しなさい」生きて動く心臓なんて本当に必要なのか？　脳さえあればあたしはあたしと呼べるとすればあたしという受容体にはどれほどの意味があるのか？「扉を探しなさい」身体の痛みはもう慣れた「扉を探しなさい」心はずっとつらい「扉を探しなさい」大切な物が音を立てて崩れていく「扉を」壊されていく。「扉」狂っていく。忘れていく。

――ずっと、この手を離さないでいてね。

約束を破ってしまう。

扉が、見つかる。開かれる。

■　■　■　■　■

叶音《かのん》の足下の影が煮えるように沸き立ったかと思うと、いきなり爆発したように黒が足下に広がっていく。

叶音の影から飛びだしてきたのは大量の腕だった。枯れ枝のように折れ曲がりながら伸びる無数の黒い腕は、コマ送りしたようにゴキゴキと動きながら、次々に叶音の身体《からだ》に貼り付く。

漆黒《しっこく》は、叶音の足下から滝のように溢《あふ》れ出して広がり、〈ゾーン〉の中心部であるスクランブル交差点を凄《すさ》まじい勢いで塗り潰そうとしていた。影は付近のビルまで浸食し、《覗《のぞ》き鬼》の眼球を覗かせていた窓を漆黒に上書きする。そうして広がった湖面の全てから黒い腕が現れ、まるで業火に焼かれ救いを求めるように激しく身動《みじろ》ぎをさせている。

理性など一つも介在しない混沌《こんとん》たる深淵《しんえん》がそこに生まれようとしていた。放たれるエネルギーの凄まじさに、〈ゾーン〉全体が恐れ戦《おのの》くように震えている。

「ック、クハハ、ハハハハハハハハハハハハハハハ!!」

その光景は、奇術師に極上の喜悦をもたらした。禍吐《まがつき》ツヅリは弾《はじ》かれたように哄笑《こうしょう》し、スピーカーのノイズ混じりの大音量を〈ゾーン〉に響かせる。

「素晴らしい、なんて凄《すご》いんだ！　たった数行のストーリーなのに、溢れ出したもので〈ゾーン〉が崩壊しそうじゃないか！　それは何だ。絶望か、後悔か、それとも憎悪《ぞうお》か！　その未熟な女体の中に、一体どれほどの物を蓄えているというんだ、叶音！」

小躍りするツヅリはまるで子供のように浮かれていた。それも当然だ。叶音から溢れた漆黒は、その途方もないエネルギーでツヅリが生み出した眼球まみれの光景をあっと言う間に塗り替えてしまったのだ。物語で恐怖を演出するツヅリにとっては、今目撃している桁違《けたちが》いの恐怖は世紀の傑作に間違いなかった。

「だが、こんなものじゃあないはずだ！　もっと見せてくれ、その恐怖をⅠに理解させてくれ！　目を抉《えぐ》り、喉を裂き、頭を割って脳を見よう！　ああ叶音《かのん》、Ⅰは君の深淵《しんえん》が見たい！」

まるでツヅリのその言葉に反応するように、叶音の周囲に渦巻く腕が蠢《うごめ》いた。叶音の肢体に巻き付き、へし折らんばかりに力が込められる。ビキ、と音がして、叶音の身体《からだ》に走った亀裂《きれつ》が更に深くなる。

「っがは、は、ごぁ……！」

苦痛に呻《うめ》こうとした喉にも手が這《は》い、力強く締められた。気道が塞がれ蚊の鳴くような苦悶の声が漏れる。血流を堰《せ》き止められた頭が一気に熱くなる。

それは甲殻類が古い殻を剥《は》がそうとするようだった。体内から溢《あふ》れ出た漆黒《しっこく》が、自由を求めて『叶音』という殻を割り開こうとする。彼女の身体に走った亀裂を広げ、内側に蓄えた全てを溢れさせようとする。

「ワクワクする。人を壊すのにこんなに心が躍るなんていつぶりだろう！　貴方《あなた》の内に秘められた恐怖の物語を、脳の皺《しわ》の一つに至るまで観察し、堪能《たんのう》させてもらうぞ！」

ツヅリが瞳孔《どうこう》の広がった目を爛々《らんらん》と輝かせ、舌なめずりまでして叶音を見る。大量の黒い腕はとうとう叶音の全身を余す所なく埋めつくし、彼女の身体を漆黒に染め上げてしまう。

枯れ枝のように歪《ゆが》んで尖《とが》った漆黒の手の鋭い指先が、恐怖に見開かれた叶音の眼球に触れようと食い込み――

「やめて」

鏡のような湖面に滴《しずく》を一粒落としたような、澄んだ声。

瞬間、叶音を取り巻いていた漆黒の腕の群れが、花火のように吹き飛んで霧散《むさん》した。

衝撃に仰《の》け反《ぞ》ったツヅリは、顔を上げ、交差点の中央に立つ姿を見る。

子供のように身を縮めて震える叶音。

一人の幼い少年が傍《そば》に立って、彼女の頭を抱きかかえていた。

くりくりとした円《つぶ》らな瞳はガラス玉のように澄んで、どんな感情も見出《みいだ》せない。くせのあるふわふわの黒髪は、風もないのにゆらゆらと焔《ほのお》のように揺らめいていた。

少年――逸流《いつる》は、子供とは思えない深い色の瞳でツヅリを睨《にら》み付け、叶音の頭をぎゅっと抱き締めて、言った。

「僕のだよ。叶音の心に、気安く触らないで」

「……、……なんだ、君は」

ツヅリは狼狽《ろうばい》していた。語り部たる彼は、突然現れた少年を表わす言葉を探せずにいた。

「どこから現れた、Ｉの物語に何をした？　……君は、叶音という少女の何なんだ？」

ツヅリの言葉に、逸流は答えない。ただ感情を見せない澄んだ瞳を向けている。

その態度は、ツヅリに得体の知れないものに相対する不安をもたらした。それを振り払うようにツヅリは激しく頭を振り、手にした指揮棒を持ち上げる。

「どうあれ横槍《よこやり》は感心しませんね。Ｉは今傑作の鑑賞中なのですよ、邪魔をしないで頂きたい！」

ツヅリの指揮棒の動きに合わせて、傍《そば》でじっとしていた《覗《のぞ》き鬼》が再び動き出した。巨大な眼球が少年を捉え、猛烈な勢いで迫る。

「邪魔がどっちかも分からないなんて、無粋《ぶすい》だね」

幼い子供から放たれたとは思えない、底冷えする声。少年は《覗き鬼》に向けて手を突き出す。彼の頭より大きな爪が、彼の頭蓋《ずがい》をスイカのように叩《たた》き割ろうと振り下ろされる。

ぱんっ。と破裂音。

《覗き鬼》の上半身が、一瞬で消失した。

「――は？」

指揮棒を振るっていたツヅリが、乾いた声を漏らす。

少年はただ手を差しだしただけだ。何かをした様子はない。なのに《覗き鬼》は、まるで最初から風船で作られていたみたいに肢体を弾《はじ》け飛ばし、断末魔の一つも漏らさずに霧散《むさん》した。

瞬《まばた》きの内にフォビアを滅した少年は、なんの感慨も浮かばない冷えきった声で言う。

「この程度の玩具《おもちゃ》で『恐怖の語り部』を名乗るつもりか。自惚《うぬぼ》れが過ぎるよ、道化」

「っ……!?」

フォビアとして存在し、あくまで供与する側でしかなかったツヅリは、その時初めて怖気《おぞけ》が走る感覚を知った。

本能で理解させられる圧倒的な力の差は、さながら今までネズミしか見てこなかった飼い猫が、初めてライオンを目の当たりにしたよう。ツヅリはごくりと息を呑《の》み、少年に問う。

「君は……君は何だ。叶音《かのん》の恐怖か、それとも絶望か。Iと同じフォビア？　だとしたら、その力は一体どういうことだ。まるで、次元が一つ異なるかのような……」

「僕は、叶音の真実だよ。それ以外の区分けなんて必要ない」

ツヅリは目の前の少年から目が離せなくなっていた。半分は、遥《はる》か格上の存在を目の当たりにした恐れから。もう半分はその恐れを踏みつけ、何としても理解してやろうという矜持《きょうじ》から。

やがて、ツヅリの握りしめていた拳が、ぶるぶると震えだす。

「そういう事か、叶音。ああやっぱりそうだ。やはり貴方《あなた》の力は凄《すさ》まじいな！」

解答に辿《たど》り着いた奇術師の心を染め上げたのは、喜悦だった。彼は見開いた目を爛々《らんらん》と輝かせ、少年の腕に抱き受けられる叶音を指さす。

「そこの少年は、貴方の精神エネルギーの結晶。貴方が生み出した妄想だ！　それも、貴方はそれを現実だと全く疑っていない。Iの《覗き鬼》を軽々と凌駕《りょうが》するほどの存在強度だ！」

叶音も、逸流《いつる》も、何も答えない。だがツヅリは辿り着いた答えが真実であると確信していた。

「Iが恐怖を語るように、貴方は現実を騙《かた》ったんだ！　狂気もここまで至れば奇跡と相違ない……ああ震えが止まらない。教えてくれ。Iは知りたい！　貴方はどうやってそこまで壊れた精神になったんだ。真実を塗り替えるほどのその傑作《恐怖》はいかにして作られたんだ！」

「ガーガーとうるさいな」

溜息《ためいき》と一緒に、逸流《いつる》はツヅリを睨《にら》みつける。

逸流と叶音《かのん》、二人の周囲に蟠《わだかま》っていた黒い渦が、いきなり半径を五メートルほども広げて、激しく波打ちだした。煮え立つようなその泡立ちは、内側に蠢《うごめ》く超常的な存在の気配をツヅリに感じさせ、彼に冷や汗を流させる。

黒濁とした渦の中心で、超越者めいた凄味《すごみ》を湛《たた》えた逸流は、不愉快そうに眉をひそめた。

「言わないと分からないの？　とっとと消えてよ、愚図」

「ッ――ええ、ええ。まったく、貴方《あなた》の言う通りですね……」

クク、と喉を震わせ、ツヅリは徐々に後ずさる。その足は初めて震えていた。一言間違えると頭を破裂させられる。そう確信させるほどの殺気が少年から放たれていた。

「Iとて命は惜しい。いまは一歩引きましょう……ですがお忘れなきように。語られ始めた物語はもう止まらない。あらゆる感情を巻き込み、結末へ向けて走り続けるだけなのです！」

そう言うとツヅリは身を翻《ひるがえ》し、懐《ふところ》から取り出した何かを逸流に向けて放った。アスファルトに突き刺さったのは、虹色に反射する映像記憶媒体のディスクだった。

「それは次なる舞台へのチケットです。貴方のための特等席を用意してお待ちしております！　すぐにお越しください。貴方が守ると決めた友人の命が懸かっているのですからね！」

「……」

「Iが描きだす最高の恐怖でもって、貴方たちを出迎えようではありませんか！　物語が終わるその時、立っているのは誰か、転がる死骸は誰のものか！　予想し、期待し、存分に胸をざわめかせてお待ちください！」

最後に恭《うやうや》しくお辞儀をしてみせたツヅリは、逸流が瞬《まばた》きをした一瞬の内に姿を消した。

ツヅリがいなくなった事で、星那《せな》の〈ゾーン〉は急速に元の姿を取り戻していった。空を埋めていた暗雲は早送りのように消え失《う》せ、透き通るような青空が広がる。〈ゾーン〉全体に日差しが差し込み、色を取り戻していく。

しかし、〈ゾーン〉が受けた崩落の被害までは元に戻らなかった。交差点は大量のコンクリート塊と窓硝子《まどガラス》の残骸が散らばっている。窓も照明も無くなったビルは白骨死体のようだ。壁面ディスプレイはまっ黒な画面のまま沈黙している。着飾った人々で賑《にぎ》やかだった星那の〈ゾーン〉は、黙示録の終末が訪れたかのように、あらゆる命と音を失い静まり返っていた。

危機が去り、変わり果てた街並みをぐるりと見回した逸流は、それからふっと微笑《ほほえ》んで、自分の胸に縋《すが》り付く彼女の、金の混じった黒髪をそっと梳《す》いた。

「……叶音」

ささやくように、名前を呼ぶ。

少女はずっと、逸流の胸に縋り付いたまま動く事ができずにいた。ひざまずき、二回りも小さな男の子を抱き締め、もう何も見たくないとばかりに彼の胸に顔を埋《うず》めて、迷子の子供のようにブルブルと身を震わせている。

「もう大丈夫だよ、叶音《かのん》。こわいのはいなくなったから」

「い、いつ、いつる……！」

「うん。僕はここにいるよ」

逸流《いつる》は、背中に回されていた叶音の手に、自分の手を重ねた。指先をそっと絡《から》ませる。

そうしながら、逸流は叶音をぎゅっと抱き締めた。叶音の耳を胸に当てさせる。

「鼓動を聞いて。僕はここにいるよ。叶音の傍《そば》で生きている」

「つう、ひぐ……！」

「ほら、叶音は僕と手を繋《つな》いでいる。叶音は逸流と一緒にいる。叶音はいまも約束を守ってるんだ。だから何も怖い事なんてないんだよ……ね？」

叶音が耳を当てた胸から鼓動が響く。とくん。とくん。とくん。規則的なリズムが、命の脈動が、調和するように叶音の心臓のリズムを落としていく。

胸元がじんわりと温かくなる。感情が決壊したように、叶音の目から涙が溢《あふ》れ出ていた。

「っころ……殺さなきゃ」

嗚咽《おえつ》で途切れ途切れになりながら、心の奥底に宿した感情が唇を通して溢れ出てくる。

「フォビアを殺さなきゃ。奴らを殺して、殺して殺して殺して殺さなきゃ。生かしておいちゃダメなんだ。殺し尽くさなきゃ。だってあたしは、そうやって生きるって決めて、約束を守るって誓って……誰に？　何で殺すの？　あたし誰に誓って……」

「考えないで。叶音はちゃんとできてるよ。すっごく、すっごく頑張ってるよ。大丈夫、大丈夫……大丈夫……」

逸流の優しい声が、髪を梳《す》かれるくすぐったさが、とくん、とくんという規則的な心臓のリズムが、じんわりと染みてくる温かさが、叶音の心を弛緩《しかん》させていく。溢れる嗚咽も、涙も、逸流が全て受け止め、吸い取ってくれる。覆い隠してくれる。

次第に叶音は嗚咽する事を止めた。凍えるような震えが収まり、呼吸が落ち着く。

そうして何分もかけて、叶音は徐々に平静を取り戻していった。

やがて、逸流の手が控えめにぎゅっと握り返される。

「落ち着いた？」

「っだい、じょうぶ」

叶音の声は弱々しく、身体《からだ》はまだ震えていた。

しかし叶音は、心中の恐怖を気合いで無理矢理押し黙らせ、立ち上がる。

朦朧《もうろう》とする頭を振り、涙で滲《にじ》む視界のピントを合わせた時、そこには自分を見上げる少年の柔らかな微笑《ほほえ》みがあった。

「……、…………みっともないところ見せて、ごめん」

「んーん。叶音が謝る事なんて一つもないんだよ」

「……ありがとう、逸流《いつる》」

「もう平気そう？」

「……うん」

「そっか。分かった」

叶音《かのん》は明らかに平静を失っていたが、逸流は何も言わなかった。ただ頷《うなず》き、ぴっとりと押し付けていた身体《からだ》を離す。

叶音は逸流の手を握りながら、アスファルトに刺さったディスクを手に取った。ツヅリが置き土産として放ったそれは、真っ白な表面に、枝分かれした赤い線がびっしりと走っている。中央に空いた穴からして、意図的に眼球を連想させる悪趣味なデザインだった。

「早く、浮上しないと……星那《せな》さんが、心配だから……」

「分かった。すぐにここから浮上しよう」

ディスクを懐《ふところ》にしまった叶音が、ふらふらとした足取りで歩き出す。

逸流が手を振ると、目の前に扉が現れ、ひとりでに開いていく。

危うげな叶音を、逸流は止めない。彼はただ泰然と、叶音の傍《そば》に寄り添っている。

それは、声をかければ決められた反応を返す機械みたいだった。生きていないみたいだった。

酷《ひど》い眩暈《めまい》に朦朧《もうろう》とする叶音が、それに怖気《おぞけ》を示す事はない。

「あたしは約束した……恐怖なんかに負けないって……」

叶音は、譫言《うわごと》のように呟《つぶや》きながら扉を潜る。

「……いつ、誰に、約束をしたんだっけ……？」

口にしたその疑問は、真なる己の内には届かない。

叶音は少年に手を引かれ、その確かな温かさを頼りに己の精神を正しながら、自分が果たすべきと信じる使命を遂行《すいこう》するために、扉の先へと足を進めた。

◇

まるで幽体離脱していた魂を肉体に叩《たた》き付けられたみたいに、星那の目覚めは激しかった。

ぐっと胸を仰《の》け反《ぞ》らせ、喘《あえ》ぐように息を吸い込む。管楽器にでたらめに息を吹き込んだような低い唸《うな》り声が、深夜の立仙《りっせん》霊能探偵事務所に響き渡った。

「はぁ、ふぅぅ……っ！」

「星那！」

傍でじっと様子を見守り続けていた文乃《ふみの》が、慌てて星那の背中に手を回す。

立仙昇利《しょうり》が立ち上がった時、やや遅れて叶音も目覚めていた。大儀そうに頭を持ち上げ、ひどい頭痛に苦しむように頭を振る。

叶音の顔は、とてつもなく苦しそうだった。目覚めたばかりなのに、何日も眠っていないよう。目に見えるほど憔悴《しょうすい》した彼女の様子に、昇利《しょうり》はごくりと息を呑《の》んだ。

「叶音《かのん》ちゃん、大丈夫かい？　フォビアは倒せたのかい？」

「……」

叶音は返事をしない。手を振って「後にしてくれ」と言外に告げる。

戸惑う昇利を横目に、叶音はゆらりと立ち上がると、ベッドの上の二人の少女に向き直った。

「か、叶音さん……星那《せな》、どうしちゃったんですか？」

動揺を隠せない声を出したのは文乃《ふみの》だ。

星那の様子は普通ではなかった。文乃の胸に顔を埋《うず》めさせたまま動こうとしない。緊張で張り詰めた立仙《りっせん》霊能探偵事務所に、星那が吐き出す「うぅ……うぅぅ……」という獣の唸《うな》りのような声が響いていた。

「この前、叶音さんに処置してもらった後は、嘘みたいに明るくなっていたのに……叶音さんは、怖いものを祓《はら》ってくれたんですよね。星那は大丈夫なんですよね!?」

「フォビアを殺す際に、〈ゾーン〉がかなり崩れてしまったの。心が荒れて、漠然とした不安や寂しさが襲っているんだと思う」

説明しながら、叶音は苦しそうに荒い呼吸を繰り返している。

昇利から見て、文乃に抱きついて震える星那も普通ではなかったが、むしろ叶音の方が誰かの支えを必要としているように見えてならなかった。

「彼女に危険が及ぶ事はもうないはず。だから、しばらく星那さんを一人にさせないでくれる？　手を握って、彼女の家まで連れて行ってあげて」

「わ、分かりました……星那、帰れそう？」

抱きつく星那の耳元に慎重に囁《ささや》く文乃。しかし星那は、まるでナイフを突きつけられたみたいにビクッと身体《からだ》を硬直させ、抱き締める力をぐっと強めた。

「や、やだっ、やだやだやだ、やだッ」

「星那……？」

「家は嫌、あそこ居たくない……ふみふみの傍《そば》がいい。一人はやだよぉ……！」

胸に顔を埋めたままぶんぶんと首を振り、涙混じりの声でそう言う星那。

文乃が困惑から立ち直るのは早かった。使命感を帯びた強い目で叶音の方を見る。

「私の家に連れて行きます。一人暮らしだし、ここからも近いですし……こんな星那を放っておく事はできません」

「迷惑をかけてごめんなさい。星那さんの事は頼んだわ」

「大丈夫です、星那の助けになれるなら、どんな苦労だって惜しみません」

「これ以上星那さんの心を、フォビアの好きにはさせないわ。だから星那さんのケアをお願いね。今の星那さんには、文乃さんの力が必要よ」

叶音の言った言葉は、文乃の心の深い部分に刺さったらしい。文乃は力強く頷《うなず》き、それから星那《せな》の頭を優しく撫《な》でる。

「大丈夫だよ、星那。私がずっと、星那の事を見ているからね」

数分後、昇利《しょうり》が呼んだタクシーに乗って、二人は事務所を後にした。

立仙《りっせん》霊能探偵事務所には、昇利と叶音《かのん》の二人だけが残される。

時刻は午後十一時を回ろうとしていた。窓の外はひっそりと静まり返っている。

呆然《ぼうぜん》と佇《たたず》む叶音の姿に、昇利はどうしてか『二人きり』という言葉を思い浮かべた。古い蛍光灯の明かりに浮かび上がる彼女の姿は、瞬《まばた》きの後に消えてしまいそうに儚《はかな》く、危うげだった。

押し固めたような沈黙を打ち破るのは、相当な気力を要した。

「叶音ちゃんは、これからどうするんだい？」

叶音の後ろ姿には、獲物に飛びかかる力を溜《た》めた獣のような、静かで荒々しい決意を感じさせた。呼吸すら躊躇《ためら》われる緊張が、霊能力のない昇利にも事態が終わっていない事を悟らせた。

「……取り逃がしました。放っておけば、アイツは再び《覗《のぞ》き鬼》を喚《よ》びだし、今度こそ星那さんを殺します。そうなる前に、今度こそ殺さないと」

「禍吐《まがつき》ツヅリに何をされたんだい」

「生意気にも招待状を渡されました。なので今から殺してきます」

彼女のメッシュを混ぜた髪が、ざわめく内心を示すように揺れる。

髪だけでなく、彼女自身もゆらゆらと揺れていた。危うげに、綱渡りでもするように。ほんの少しでもバランスが狂えば、奈落の底に落ちてしまうかのように。

「叶音ちゃん。どう見ても具合が悪いよ。休むべきだ。そこで少し横になったらどうだい？」

出来る限り優しい声音を取り繕おうとしたが、昇利の言葉はまるで人質を取った殺人鬼に自首を迫る警官のように形式ばってしまう。叶音は相変わらず、昇利に振り返る事もしない。

「こうしている間にも、奴は迎え撃つ態勢を整えているかもしれない。それに奴は星那さんの事を諦めてもいません。次襲われたら、彼女は今度こそ死にます。休んでいる暇はないんです」

「それは……いや、それでも言わせてもらうよ。今の叶音ちゃんは平静とは思えない。とうてい戦える状態じゃないだろう」

「馬鹿じゃないですか、勝手に決めつけないでください。何の霊能力も無いくせに、昇利さんにあたしの何が分かるっていうんですか？」

「ッそれは君が何も話してくれないから――」

思わず声を荒らげてしまいそうになり、昇利は口を噤《つぐ》んだ。

叶音の後ろ姿からは、表情を少しも推察できない。肩を摑《つか》もうとしたら、蜃気楼《しんきろう》のように目の前から消えてしまうのではとさえ思えた。触れれば崩れてしまう砂の像を相手にしているようで、近付く事が躊躇われる。

叶音はハ、と冷笑した。やっぱり何も出来ないんじゃないかと嘲笑《あざわら》うみたいに。

「こうして話す時間も無駄です。何も知らないのに、いっちょ前に口を出さないでください

「……ホラ、行くわよ逸流《いつる》」

そうして叶音《かのん》は、手を伸ばした。

何もない虚空《こくう》に触れ、虚無を握り込む。

それが昇利《しょうり》の我慢を決壊させた。

「ッ叶音ちゃん！」

叫んだ昇利は、躊躇《ためら》っていた距離を詰めて、虚空に差し出された叶音の手を摑《つか》んだ。そのまま彼女の肩に手を置き、無理矢理振り向かせる。

恐らく昇利が摑んだ手は〝彼〟が握っていたのだろう。振り向かせた叶音は、途端に足下が崩れ去ったみたいに動揺し、激しく頭を振り乱した。

「ッ待って、逸流！　手を離したらダメって言ってるでしょ‼　早く出てきてよ、勝手にあたしの傍《そば》を離れないで！」

「ぐっ……叶音ちゃん、落ち着いて。僕を見るんだ――僕を見て！」

昇利は叶音の肩を摑んで揺さぶり、〝彼〟に負けるものかと大声で名前を呼ぶ。錯乱した彼女の目は子供のように潤み、彼女にしか見えない〝彼〟の姿を探していた。

「確かに僕は〈ゾーン〉の事も、そこで叶音ちゃんがどんな戦いを繰り広げているかも知らない。だけどここは僕の探偵事務所で、僕は叶音ちゃんの雇用主だ。従業員を守る義務がある」

「っ逸流……どこなの、逸流。あたしの手を取って……」

「しっかりするんだ叶音ちゃん！　君は踏み込みすぎだ！」

もう一度声を張り上げる。叶音はびくっと身を震わせ、初めて昇利の目を見る。

摑んだ叶音の肩は、驚くほどに細く華奢《きやしや》だった。まるで粗相をした子供みたいに身体《からだ》を縮め、昇利に怯《おび》えている。普段つっけんどんで、何に対しても殊勝な顔で達観して見せる彼女は煙と消え、そこには剝《む》き出しの心を凍えさせる一人の少女しかいなかった。

その、耐えがたい寂寥《せきりよう》に苛《さいな》まれる目をまっすぐ見つめて、昇利は言う。

「僕は叶音ちゃんの言う事を信じている。君の言う〈ゾーン〉も、フォビアという怪物も……逸流くんだって、きっと本物だ。少なくとも君の住む世界に、それらは本当に存在するんだろう。むしろ、僕がそれを共に見られない事に、情けなさで怒りが湧いてくるくらいだよ」

昇利が握り込んだ叶音の手が、昇利ではない誰かの温もりを求めて痙攣《けいれん》している。だけど手を離してはいけない。いま、こんな状態の彼女を、狂気に逆戻りさせる訳にはいかなかった。

「っでもね。それでも彼らは現実じゃないんだよ！　今ここに生きているのは、叶音ちゃんただ一人なんだ！　君は、逸流君というフォビアに拐《かどわ》かされているんじゃないのかい⁉」

「ッ違う！　逸流を一緒にしないで！　あの子は生きているの。ここにいるのよ！　逸流を嘘にしないで！　あたしから逸流を取らないで！」

「取らないよ。でも、君が逸流君の手を取ってどこともしれない場所に飛び込もうとしているなら、僕はそれを何としても止めなければいけない！」

「逸流《いつる》、どこにいるの！　あの子を捜さなきゃ……手を離して、あたしの邪魔をしないでよ！」

悲痛な声で叶音《かのん》が叫ぶ。言葉に宿るのは本物の悲哀だった。肌がビリビリと震えるほどの絶叫に、昇利《しょうり》は思わず泣き出しそうになる。

人の精神を〈ゾーン〉という固有の空間として認識し、他人のそこに自在に侵入できる。

現実にいない少年と共に過ごし、共に戦っていると信じ、心の安寧《あんねい》を委《ゆだ》ねる。

その姿勢は、人として余りに歪《ゆが》んでいた。異能であると同時に、深刻な人格障害だった。

「君が心配なんだよ、叶音ちゃん」

昇利は叶音の手を両手で包み込んだ。この本物の温かさが彼女に届いてくれと願いながら。

「僕は君を支えたい。だからこうして事務所を立ち上げたんだ。フォビアを許さないという君の怒りを肯定したいから。その歪みを受け容れる場所が必要だと思ったから……だけど、君が歪んだままでいる事を、受け容れ続けるわけにはいかない」

「やめて……逸流を否定しないで……」

「難しい問題なのは分かるよ。君がそんな風になってしまった理由なんて考えたくもない。僕が君を見つけた時の光景は、まるで――ッ」

血。崩壊。狂気。

脳裏によぎったその光景を、昇利は頭を振って締め出した。

「……自分を大事にして欲しいんだ。ゆっくりでいい。自分の心と、あの子に向き合って、前を向いてほしいんだ。まっすぐ、正しい方向をね」

「……」

「だって僕には、一人で苦しんでいる君しか見えていないから」

昇利と叶音の間にある関係性は、一言では到底表わす事ができない。だが、昇利が自分の探偵事務所に霊能という文字を付け足し、胡散臭《うさんくさ》い恰好《かっこう》で衆目を集めるような真似《まね》をするようになったのは、全て叶音がいるからこそだ。

道化を演じても構わないと思えるほどの感情を、昇利は叶音に向けている。

叶音には救われてほしい。報われてほしい。幸せになってほしい。

現実にいない少年の事なんて頭から締め出して、普通の少女として。

だからこそ、昇利の祈りは叶音に届かない。

顔を上げた叶音の目に滲《にじ》むのは、深海の底で噴出する溶岩のような、冷たい怒りの気持ちだった。荒らげていた呼吸を必死に鎮《しず》め、煮えたぎる感情を無理矢理抑え込んで、昇利を睨《にら》む。

「関係ないです。いま昇利さんが言った事、何もかも全部」

「叶音ちゃん……」

「現実とか、未来とか、どうだっていい。だってそこに逸流はいないもの。逸流はここにいるんだもの。それがあたしの全部だもの」

そこで叶音は言葉を区切り、視線を下、自分の服の裾に向けた。

表情を僅《わず》かに和《やわ》らげ、頷《うなず》いてみせる。

その何もない空隙《くうげき》に〝彼〟がいる事が、昇利《しょうり》にも分かった。叶音《かのん》の服の裾を引っ張って「僕はここにいるよ」と囁《ささや》きかける少年の優しい声が、昇利にも聞こえるようだった。それほどに叶音の仕草や目に宿る感情は、疑う余地を挟ませないほどに真に迫っていた。

再び昇利に目を向けた時、叶音の心は据わっていた。

いつも以上に研ぎ澄まされた刃のような目で、昇利を見る。

「あたしはフォビアを殺す。皆殺しにする。そのためにあたしは生きているんです。あたし自身がどうなろうと知った事じゃない」

「……」

「昇利さんの気持ち、凄《すご》く嬉《うれ》しいです。色々と助けてくれて感謝しています……だけど、邪魔だけはしないでください」

その氷のように固く冷たい宣言は、これ以上何を言っても無駄だと悟らせるには十分だった。

昇利は悲痛に眉を下げるも、追及する事はしなかった。

力を失った昇利の手から、叶音の手がするりと抜ける。

「フォビアを殺してきます。昇利さんは、星那《せな》さんの事をお願いします……行こう、逸流《いつる》」

叶音は昇利に背を向けた。虚空《こくう》に手を伸ばし、彼女にしか見えない〝彼〟と手を繋《つな》ぐ。

虚空に手を伸ばし、覚束《おぼつか》ない足取りで歩く姿は、泣きたくなるほどに切ない。一人きりでないと言い張る彼女の姿は、大切な物を失い、一人にも満たない壊れかけにしか見えなかった。

赤いスカジャンの背中に、昇利は呼びかけた。

「いつか君は、夢から覚めて現実を見るべきだ」

叶音は一瞬、立ち止まる。

ほんの少し首を回し、けれど振り返る事はしない。

「馬鹿じゃないですか。昇利さんは本当に、何も見えてない」

「……」

「夢《これ》より大切な現実なんて、どこにも存在しないのよ」

吐き捨てるようにそう言って、叶音は再び現実ならざる世界と向き合うべく、昇利から目を背けて事務所から去っていった。

■■■　二七日前　■■■

五十八回目の地獄が終わった時、叶音は初めて悲鳴を上げる事をしなかった。

悲鳴が響き続けた数か月の中で、初めて水を打ったような静寂が訪れた。叶音の心拍数を計測する音だけが響く。画面に映る波形は、驚くほど平静だった。

それまでどんな感情も見せず機械的に作業を遂行《すいこう》していた男達が、初めて動揺を見せた。戸惑った彼らの視線は、傍らに立って様子を見ていたシスターに注がれる。

シスターは、その沈黙が『時』を迎えた証《あかし》であると確信していた。彼女はゆっくりと叶音《かのん》に近づき、彫像のように固まった彼女からゴーグルを取り外す。

露《あら》わになった叶音は、もはや彼女らしい面影を探す方が難しくなっていた。頬はこけてやつれ、肌は老人のように乾いてひび割れている。髪の毛は目も当てられないほどに乾いて傷つき、一部の房は真っ白に変色していた。

涙も枯れ落ち窪《くぼ》んだ、生きる希望の全てを失ったような叶音の目は、まるでこの世界の成り立ちの真実を見つけたような、超自然的な深みを見せていた。

シスターはただ慈愛に満ちた微笑《ほほえ》みを浮かべ、叶音の反応を待っている。期待している。

「……ぁ」

まるで、自分という命がどういう形をしていたかをようやく思い出したみたいに。

凍り付いていた叶音の、乾いてひび割れた唇がブルブルと震えながら動き出す。

「み……見つけ、ました……」

瞬《まばた》きを忘れたように見開かれた目から、透明な涙がツゥと伝う。

叶音を貫いていたのは、理解を超えた途方もない畏怖《いふ》だった。何度も嘔吐《えず》きながら、叶音は狂気の中で目撃したそれを声にした。

「扉、を……見つけました……」

「……嗚呼《ああ》」

シスターは艶《つや》めいた声を溢《こぼ》す。とめどない喜悦が、彼女の全身を駆け巡っていた。

「素晴らしい。本当に、本当に素晴らしいです……！　とうとう巡礼の旅を終えたのですね、叶音さん！」

シスターは頬を紅潮させ、ぶるりと身震いまでして、椅子に縛り付けられた叶音をひしと抱《ほう》擁《よう》した。白髪の混じる乱れきった髪を、最上級の毛皮を扱うように愛《いと》おしげに梳《す》く。

叶音はどこも見てはいなかった。ブツブツと、壊れたスピーカーのように言葉を吐き続ける。

「あたし、怖くて、死にたくなくて苦しくてつらくて、逃げたくて抜け出したくて助けてほしくていっそ終わらせたくてどうして終わらないのって苦しくて苦しくて……そうしたら黒い部屋にいた。床も天井も分からないくらい真っ黒な中に、扉があって……その扉は、これまで見たどれよりも怖かった。あれは……」

「疑う余地はありません。あなたの目を見れば嘘がない事は分かります。あなたの清らかでひたむきな信心が、自らの精神の限界を超え、誰にも為《な》し得なかった偉業を達成せしめたのです」

そうしてシスターは振り返ると、牢《ろう》屋《や》に控えていた男達を見回し、大仰に両手を広げた。

「祝福しましょう！　今ここに『開門の使徒』が誕生しました！　神と接触し、世界に救いをもたらす時がとうとう訪れたのです！」

シスターのその宣言を受けて、信徒は雷に打たれたように感銘を受け、誰からともなく膝《ひざ》を突き、頭《こうべ》を垂れた。椅子に固く拘束されて想像を絶する絶望の果てに真理へと至ったボロ雑巾《ぞうきん》のような少女を、本物の敬意を込めて崇拝していた。

運命の瞬間が訪れた喜びを骨の髄《ずい》まで堪能《たんのう》したシスターは、叶音《かのん》がまだ譫言《うわごと》を呟《つぶや》いている事に気が付いた。叶音の唇に耳を寄せる。

「し……しす、た……」

「ええ、私はここにおりますよ。どうしたのですか、叶音さん」

「あの子……逸流《いつる》、は……？」

途切れ途切れの掠《かす》れ声で、叶音はあの少年の名前を呼んだ。

叶音の問いに、シスターは頷《うなず》きを返す。

「ええ、生きていますよ。あの子も叶音さんの後を追い、必死に扉を探しています」

叶音の目に、命の灯火が僅《わず》かに蘇《よみがえ》ってきた。恐怖に見開かれた瞳から、温かな涙が伝う。

度重なる恐怖に精神をぐずぐずに壊された叶音の中に残っていたのは、自分の事でも、どこかへ消えた彼女の両親の事でもなく、あの星の瞬《またた》く夜に縋《すが》るように手を取り心を結び合った幼い少年の事だった。

「お願い、です……逸流に……あの子に、会わせてくれませんか……」

「ええ、もちろん。偉業を為《な》した貴方《あなた》のお願いですもの」

叶音の願いに、シスターは迷うそぶりなく首肯した。

数か月ぶりに手足の拘束が解かれる。叶音の身体《からだ》は痩せ細り、同じ姿勢でいたせいで関節は石膏《せっこう》のように固まり、自分一人では立ち上がる事さえできなくなっていた。

死人のようにぐったりした身体を車椅子に座らされ、檻《おり》の外へ連れ出される。

檻の外は無骨なコンクリートの廊下が長く続き、鉄格子を嵌《は》めた牢屋《ろうや》が等間隔に並んでいた。窓はなく、ここがどこかも、朝か夜かも分からない。

鉄格子の幾つかからは張り裂けるような悲鳴が轟《とどろ》いていた。鉄格子の脇を通り抜ける時に視線を向けると、叶音と同じようにゴーグルを嚙《か》まされた男性が、椅子に縛り付けられた身体をガタガタと痙攣《けいれん》させている。その傍らにはスーツ姿の男性が立っていた。叶音に地獄を見せた箱を渡した男だ。背が異様に高く、鍔広帽《つばひろぼう》を被《かぶ》っており、顔は影になって見えない。

「候補者は毎年十人ほど選ばれます。あの子達にも頑張ってほしいものですね」

車椅子を押すシスターが、微笑《ほほえ》ましいものを眺めるような声で言う。車椅子はゆっくりとした速度で移動を続け、数秒で牢屋の中は見えなくなる。きっとあの鍔広帽の男は人間でないのだろうと、言葉では言い表わせない確信を抱く。

続いて覗《のぞ》く牢屋の中も、他の牢屋と同様に、部屋の中央の椅子に人が縛り付けられていた。しかしその人は悲鳴を上げる事もなければ、マトモな形もしていなかった。

椅子に縛られる人は、頭の口から上がごっそりと欠けていた。大きな四角形の穴が、顔面にぽっかりと開いている。

まるで人間の頭部に定規で線を引き、一辺十センチの立方体を切り出したみたいだ。けれど、不思議な事に断面は肌色の皮膚で覆われ、初めからそういう窪《くぼ》みを持つ生命体であるようにも見える。よく見ればその身体《からだ》は、小刻みに痙攣《けいれん》していた。

「あれは、失敗した人たちです。叶音《かのん》さんと同じ道を歩み、道を踏み外した方々ですよ」

叶音の後ろから、シスターが優しい声音で言う。

「度重なる死と目覚めの繰り返しにより、精神を肉体から剥離させることに成功した。けれど精神は、与えられた恐怖に耐えきれずに現実の方を否定した。その結果、暴れだした精神による歪《いびつ》な自己認識が、肉体の方を再構成してしまったのです……哀れな姿。それと同時に、我々の信じる精神世界の実在を証明する、尊き体現者でもあります」

キィキィと音を鳴らして、車椅子を進める。

シスターは、子守歌を紡ぐように叶音に語りだした。

「人間の進化の先を想像した事がありますか？　何十万年という生命の連鎖の中で、人間は特にある分野を飛躍的に成長させました。それが精神。脳の中に存在する非実在の概念器官です。

私たちの存在する物質世界の上には、概念世界やイデア界と呼ばれる、精神の領域が在ります。そこに脆《もろ》い物質的な概念はありません。病も貧困も飢えも老いもありません。平穏で満ち足りた静かの楽園、そこが人間が行き着くべき次なる領域です。かつて魚が陸に上がって文明を起こすまで進化したように、人間は更に進化を進め、精神を養い、概念世界に旅立つための準備を着々と整えているのです……いえ、この言い方は適切ではありませんね。人間の精神は、既に旅立ちの準備を終えているのですから。

我々は常に夢を見ます。希望を抱いたり絶望に沈んだり、人の精神はたびたび肉体を離れて、その都度世界を構築しているのです。それを成すほどの特大の力を有していながら、人間は未だに物質的な概念を捨てきれない。数十万年という歳月が、精神を肉体と癒着させている。ですから我々は、精神を肉体という枷《かせ》から解き放ち、概念世界という楽園に飛び立たせるのです。一度門が開かれれば、概念世界と物質世界の垣根はなくなり混ざり合う。あちら側の原生存在が人の精神に干渉し、進化を加速させるでしょう……我々の望む救済。それは全ての人間が概念生命へと進化を遂げる事。叶音さんはその始まりの鐘を鳴らす、人類と楽園を結ぶ懸け橋になるのですよ」

シスターは慈しむように叶音の頬を撫《な》でた。

叶音の表情は動かなかった。脳は既に、彼女が告げた救済の正体を処理できる状態にない。擦り切れてボロボロになった叶音の心は、ただ一人の事を考えるので精一杯だった。

廊下の突き当たりの牢《ろう》の前で、シスターは車椅子を止めた。鉄格子を開け、叶音を中に誘《いざな》う。

「……あ、あぁ……！」

椅子に縛り付けられた少年を見つけた瞬間、叶音は衝撃に膝《ひざ》から崩れ落ちた。叶音は上手《うま》く動かせない身体《からだ》を這《は》いずらせながら、縋《すが》り付くようにして彼の小さな身体を抱き締める。

「い、逸流《いつる》……逸流……！」

椅子に縛られた逸流は、壊れきってはいなかった。目がある。鼻がある。胸は小さくも規則的に動き続けている。生きている。しかし叶音《かのん》と同じように、逸流もまた思い出の中の姿からは懸け離れていた。目は光を認識する事をやめたように微動だにせず、縋り付く叶音に気付いてもいないようだ。肌の温かみがなければ、死人と言われても見分けが付かなかった事だろう。

「逸流！　あたしよ、叶音だよ……！　ねえ、起きて。返事をして、あたしを見て。逸流……！」

叶音は必死に呼びかけた。痩せこけた手で彼の頬に触れ、細くなった髪の毛に指を通す。

そうしていると、僅《わず》かに逸流の目が動いた。引き結ばれていた唇が動き、言葉を絞り出す。

「お、ねえ……ちゃん……」

「そう、そうだよ逸流。あたしが傍《そば》にいるんだよ！」

「おねえちゃん……おねえ、ちゃん……」

逸流は、それ以外の言葉を全て忘れたみたいに、譫言《うわごと》のように繰り返し続ける。

たまらず叶音は逸流を抱き締めた。恐怖によって身も心も壊され、その中に僅かに残った逸流の魂を掻《か》き集めるかのように、力いっぱいに。

「ごめんね、ごめんねぇ……！　あたしが守るって、寂しい思いなんかさせないって言ったのに！　あなたをこんな目に……っう、うぅぅ……！」

「っ……ぁ……ぁ、わぁ、わぁぁぁぁぁ……！」

抱き締められた逸流の目から、ぽろぽろと涙が溢《あふ》れ出し、叶音の服の胸元をじわりと濡らす。

逸流の泣き声は、まるで苦しみの多いこの世に生まれ落ちた事を嘆く稚児のようだった。

でも……それでも。逸流は生きていた。

泣き喚《わめ》く逸流の様子には、度重なる恐怖の中でも必死に手繰《たぐ》り寄せた、一握りの理性を感じさせた。叶音の手を握り返す温もりは、あの日星空の下で交わした約束を思い出させた。

――ずっと、この手を離さないでいてね。

「……お願いです、シスター」

泣き喚く逸流を抱き締めながら、叶音は後ろに控えるシスターに言った。

「あたしが扉を開きます。使徒としての務めを果たします」

「……」

「どんなに苦しい事もします。命だってもうほしくありません……だからどうか、どうかこの子だけは許してください。これ以上、こんなつらい目に遭わせないでください……！」

叶音は既に、自分が死ぬ事を悟っていた。精神世界に見た扉。あれを開いた時、自分という存在は消えてなくなるのだという確信があった。

だから彼女は、自ら命を捨てる事を躊躇《ちゆうちよ》なく宣言する。

シスターは、叶音の願いに静かに耳を傾け、大きく一度頷《うなず》いた。

「ひとたび門が開かれれば、いずれ人類は概念世界への対面を余儀なくされる。救済の旅路からすれば、ここで解放する事は見捨てる事と同義ですが……他でもない叶音《かのん》さん自身が望むのであれば。ええ、その子は我々の守るべき子ではありません。即刻破門といたしましょう」

叶音は何度も頷《うなず》く。

逸流《いつる》は施設に居られなくなるだろう。彼は、今度こそ本当に一人ぼっちになる。

叶音は死に、ずっと一緒に居るという約束を果たせなくなる。

だが、それでも良かった。いま胸に抱き受ける温もりを消さないでいられるのだから。

今の叶音に、それ以外に守るべきものなんてなかった。

「約束を守れなくてごめんね、逸流……どうか生きて。あたしの分まで、どうか……」

啜《すす》り泣き続ける逸流の髪を梳《す》き、抱き締めながら。叶音はすぐそこに迫っている永遠の決別の気配を感じて、静かに涙を溢《こぼ》すのだった。

叶音と逸流、二人の〈ゾーン〉である博物館の姿は一変していた。

真っ白だった床や天井は、大地震でもあったみたいに深い亀裂《きれつ》が走っている。裂け目の向こうには何も見渡せない漆黒《しっこく》が覗《のぞ》き、溶岩のようにどろりとした黒い液体を溢《あふ》れさせて床を汚している。フォビアの遺物たる幽骸《コープス》を保管したガラスケースは、あるものはガラスをひび割れさせ、あるものは中に閉じ込めた生物が暴れるようにガタガタとひっきりなしに揺れている。

一晩も経《た》たずに、数百年の時が経過したような変貌だった。

その博物館の、ひび割れた空間の中央で、叶音は逸流を抱き締めていた。膝立《ひざだ》ちになって、小柄な逸流の胸に顔を埋《うず》め、ぎゅっと抱き締めている。

叶音の耳は、逸流の服の向こうに響く心臓の鼓動に聞き入っていた。とくん、とくん、規則的で温かなリズムに集中する。

「……あんたはここにいる」

「そうだよ。まったく、しょーりさんったら酷《ひど》いよね。ただあの人からは見えないってだけで、僕はずっと叶音の傍《そば》にいるのにさ」

おぞましく変容した博物館の様子など、二人には見えていないみたいだった。逸流は叶音を抱きしめ返し、叶音の髪を優しく梳く。

擦り切れてささくれだらけの心に、少年の落ち着いた声は深く染み込んでいく。

逸流《いつる》の声は、ぬくもりは、いつだって叶音《かのん》の心を麻薬めいた作用で落ち着かせてくれた。

けれど叶音は一つの冷たい予感を悟ってもいた。

逸流の薄い胸に頬を擦《こす》り付けながら、叶音は言う。

「……ねえ」

「なぁに、叶音？」

「あたしは、思い出さなきゃだめかな」

頭を撫《な》でていた逸流の手がぴたりと止まる。

蠟燭《ろうそく》が吹き消されたみたいに、微睡《まどろ》みのように心地よかった空気がふっと消え失《う》せる。

「あたしはずっと、何かを忘れてる。忘れ・て・い・る・と・い・う・事・を・覚・え・て・る。そしてその忘れているものが、あたしを呼んでいるような気がする……それから目を背け続けているという事実も、あたしは分かっているの」

叶音は逸流の背中をそっと擦り、彼の胸に頬を擦り付けた。

「あなたは現実じゃない。あたしが欲しい言葉をくれるのは、あたしがそう望んでいるから」

「……そうだね。でもそれがどうしたの？　ここは現実じゃない。叶音の心が生み出した精神の宮殿だよ。ここには叶音が信じる僕がいる。だから僕は本物なんだ。でしょ？」

「……ええ、そうね。あなたの言う通りかもしれない」

とくん、とくんという心臓の鼓動に耳を澄ませる。このまま聞き入っていれば、きっとこの胸の痛みは霞《かすみ》のようにぼやけて消えてしまう事だろう。

だが叶音は、夢を見る訳にはいかなかった。

じくじくとした胸の痛みが、目を背けるなと叫んでいた。

抱き締める逸流の温かさを頬に感じながら、叶音は深い溜息《ためいき》と共に、目を背け続けてきた胸中の腫瘍《しゅよう》に、針を突き刺した。

「……でも、だったら。本物の逸流はどうなったの？」

今度こそ、空気が凍った。破った腫瘍の中から、どす黒い液体がどろりと染み出し、黒く冷たいものが叶音の体内に広がっていく。

ヴヴッと音を立てて、博物館の照明が落ちた。薄闇に浮かび上がるひび割れた博物館は、文明の全てが死に絶えた終末の体現のようだった。

抱き締める彼は、もう逸流ではなかった。温かくもない。柔らかくもない。感触すら曖昧で、例えるなら温度という概念のない氷を抱き締めるような、固くとろりとした感触を感じる。

何度も言葉を躊躇《ためら》うような間を置いて、彼は言い聞かせるように逸流の声で言った。

「やめた方がいいよ。そこから先は、本当に開いちゃうから」

「何が開くの？　開いたらあたしはどうなるの？　……その先に、一体何があるの？」

「どうしてそうやって思い出そうとするの？　叶音はもっと幸せに生きていい。僕がいるから

「それでいい。どうしてそう思えないのかな」

叶音《かのん》は彼の胸に顔を当てたまま身動きができなくなっていた。

顔を上げる事ができない。彼の顔を直視できない。真実に直面する事が恐ろしい。

叶音は逸流《いつる》らしきものに抱き着いたまま、何秒も何秒も凍り付いて。それからようやく、心の器に僅《わず》かに残った綺麗な上澄みを掬《すく》い上げるようにして、彼の問いかけに答えを返した。

「……あの奇術師を倒すには、向き合う事が必要でしょ」

逸流は何も言わない。この場の沈黙は肯定だった。

ぴしっ、と小さな音がして、叶音の頬に薄い亀裂《きれつ》が走った。

叶音はもう体感として気付いている。自分の中に、凄《すさ》まじい力が渦巻いている。

それを自分は封じ込めている。フォビアの亡骸《なきがら》を、記憶を消してガラスケースに入れた『展示物』として無害化しているように、記憶を消して『叶音』という外殻を保っている。

逸流は呆《あき》れたように溜息《ためいき》を吐《つ》いた。その声には、聞き分けのない子供に向けるような苛立《いらだ》ちさえ滲《にじ》んでいた。

「それが分かっているなら、尚更やめるべきだよ。思い出したら、叶音は叶音ではいられなくなる……今度はもう、戻れないかもしれないよ」

予感はしていたが、その言葉は叶音に寒気をもたらした。

「……やっぱり、初めてじゃないのね」

「そうだよ。叶音は何度も思い出して、全てを忘れた。真実を棄《す》てて、再び僕の手を取った」

叶音の本能が、彼の言葉を認識する事を拒んでいる。過去に遡《さかのぼ》ろうとする意識を必死にせき止めている。全身が凍えるほど冷たくなっているのに、絶え間なく冷や汗が噴き出す。

温度のない作り物めいた手が、そっと叶音の頬に触れる。

「ねえ、叶音。こうして〈ゾーン〉を認識してフォビアに相対できるのは叶音だけだ。他の人は、叶音がどうやって、何と戦ってるかなんて認識できない……叶音の戦いは誰にも理解されないんだ。だから、背を向けて逃げ出したって誰も咎《とが》めたりしないんだよ？」

「……」

「出会ったばかりの女の子のために、どうして叶音が傷つかなきゃいけないの？　僕は、今の僕と叶音の暮らしが気に入ってるんだ。叶音にはなるべく壊れないでいて欲しいんだよ」

人間らしさを感じられない少年の声は、それでも確かに叶音を案じていた。理解しえない存在が、その理解しえない尺度から叶音を慮《おもんぱか》り、止めようとしている。

今行っているのは自問自答なのだろうか。少年の言葉は、叶音の深層意識が生んだ幻聴なのか、叶音とは別の存在が語り掛けるメッセージなのだろうか。叶音には何も判然としない。

だけど、真実だと分かるものがあった。自分の胸の奥底、直視を拒むどす黒い渦の只中《ただなか》に、怖気《おぞけ》に駆られながらも決して手放すことのできない小さな光があった。

その光を、言葉にする。

「……星那《せな》さんを助けなきゃ」

「……」

「フォビアを殺さなきゃ。あいつ等《ら》を滅ぼすために必要な事なら何だって惜しまない……だってあたしは殺せるもの。あたしだけが、星那さんを助ける事ができるんだもの」

助けられるから助ける。理屈が必要ないくらいの自明の理だ。

手を伸ばせば届く所に、助けを求める人がいる。だから叶音《かのん》は手を伸ばす。たとえ手を伸ばした先が、毒を持つ茨《いばら》の中だとしても。

「あたしはフォビアを殺す。殺すために生きる。もう覚えてないいつかのどこかで、そうやって生きていくと確かに誓ったはずなの」

「……はぁ。叶音は本当に、善良でぶきっちょだね。だからこそ、ここにこうして生きているんだろうけれど」

溜息《ためいき》を吐《つ》き、彼が呆《あき》れ、説得を諦めた。

ぱちんと彼が指を鳴らすと、博物館の照明が灯《とも》った。相変わらずひび割れや黒ずみを浮かべた酷《ひど》い有様ではあったが、漂っていた重苦しい空気が取り払われる。

叶音が顔を上げれば、そこにはいつも通りの逸流《いつる》がいた。彼は叶音に抱き締められた恰好《かっこう》のまま、困ったように肩を竦《すく》めてみせる。

「もう止めないよ。最後は叶音が、自分で開けてね」

いつも通りに朗《ほが》らかな、だけどどこか突き放すような笑みを浮かべて逸流が言う。

何を開くかも、どうやって開くかも逸流は言わなかった。叶音もまた聞こうとはしなかった。解答用紙を前にしたら自然に答えが浮かび上がるように、説明もつかない心のどこかに既に答えが用意されていた。

叶音は立ち上がる。見下ろした足は、真っ青なブーツ《墜落する青》を装着していた。更に視線を動かせば、腰には《形無鬼《かたなきおに》の偽憤刀《ぎふんとう》》を佩《は》いている。

戦う意志は、フォビアを殺すという決意の炎は、叶音の心に確かに滾《たぎ》っている。

「すぅ、はぁ……ん、大丈夫」

最後に一度深呼吸して、叶音は心に湧いていた臆病を殺意で封じ込めた。

「殺しに行こう。心を脅《おびや》かす恐怖を、不幸を招く妄想を、一つの例外もなく根絶やしにしよう」

「分かったよ。それが叶音の願いなら」

逸流は懐《ふところ》から、一枚のディスクを取り出した。先の星那の〈ゾーン〉での戦いの最中、ツヅリが投げて寄越したものだ。

逸流がディスクを虚空《こくう》に向けて差しだすと、まるでそこに最初から裂け目があったように虚空に吸い込まれていった。

上映開始を告げるように博物館の照度が落ち、続いてぱっと壁の一面が明るく染まった。

壁面に投影されたのは、巨大な眼球だった。呑《の》み込まれそうな深い黒目を中心に、魚の鰓《えら》を彷彿《ほうふつ》とさせる光彩の蛇腹までがハッキリと見える。大理石のようにのっぺりとした白に亀裂《きれつ》のように血管が走った目が二つ、叶音《かのん》達に向けられる。

『——目。すべからく命は、目から逃れる事はできません』

どこからともなくツヅリの声が響いてきた。甘ったるい男の声はゆるやかに言葉を紡ぐ。

『人は一人では生きられない。母親に抱かれて育ち、学校という箱の中で集団で過ごし、時に友を得、時に敵を得る。誰かと競い、誰かに試され、誰かに評価をされながら老いてゆき、最《さい》期《ご》には親しい誰かに看取られて生を終える』

ツヅリの言葉に連動するように、画面を埋める人の目が増えた。鋭いナイフで張り詰めたビニール幕を裂くように、ブツ、ブツと音を立てて血走った眼球が次々に表出する。

『ああ、美談のようでいて実に悍《おぞ》ましい。生きている限り人は視線に晒《さら》される！　人は視線に愛される。視線に評価される。視線に決めつけられる。視線に迫害される。視線に攻撃される。視線に虐《しいた》げられる。視線に殺される。視線に狂わされる！』

表出した無数の眼球が揺れ動き、涙を流し始めた。あるものは血のような赤色を。あるものは白目がケロイド状に溶け出したような白色を。あっという間にスクリーンは、だくだくと滝のように流れ落ちるグロテスクな液体に覆い隠される。

『人は「観測」に支配されている！　他者にどう思われているかに心を病み、気にせずにはいられない。毒されると同時に求めて止まない！　観測欲求。ああこれこそ命に科せられた原罪の一つであるに違いない！』

グシャ！　と大きな音を立てて、スクリーンの頭上から眼球が突き出てきた。画面を飛び越えて突き出してきた眼球は、精巧に作られたモニュメントのようだ。その眼球が突き出した事で、流れ落ちる赤と白の滝に亀裂が走る。

一瞬の、静寂。打って変わったしめやかな声で、ツヅリが話を結ぶ。

『――罪は悲劇を生む。逃れられぬ「観測」の連鎖。果たしてその最果てで、貴方《あなた》は何を目撃するのでしょう』

赤と白の滝が、カーテンを開くように二つに割ける。裂け目の向こうには路《みち》が続いていた。暗い道の遥《はる》か向こうで、ディスプレイが小さな四角形を真っ白に明滅させていた。

『間もなく上映の時間です。覚悟が決まった方から中へお進みください。さあ、さあ……』

「……行くわよ、逸流《いつる》」

叶音は少年の手を取り、カーテンの中に足を踏み入れた。

肌に貼り付く空気の感触から、〈ゾーン〉を乗り越えた事を悟った。叶音はツヅリの――人語を介し、物語によって恐怖を育てるフォビアの領域へと踏み込む。

そこは自分の身体《からだ》が見えなくなるほど濃い闇に覆われていた。足下は固い。かつ、かつという音の反響からして、かなり広大な空間らしい。

奥に見えるディスプレイを目印に足を進めていると、ヴンッと音を立てて新たなディスプレイが空間に現れた。真っ白な画面は一つ、二つと数を増やし、やがて目にも留まらぬ速さで増殖し、叶音《かのん》を囲むようにして明かりを灯《とも》していく。

あっという間に叶音の周囲には、ディスプレイで構成されたドームが形成された。ディスプレイの幾つかは海中に浮くクラゲのように宙を移動し、冷たい白の光を走らせている。

ディスプレイの一つにザザっとノイズが走ると、一人の男を映し出した。喜悦を滲《にじ》ませた笑み。その頰にはスピーカーが埋め込まれている。

『ようこそおいで下さいました、Iのスタジオへ！　どうですこの景観は。電子の語り部たるIを体現した、実に荘厳で、聖域と呼んでいいほどの――』

言葉は最後まで続かず、叶音が投擲《とうてき》した《形無鬼の偽憤刀《かたなきおにのぎふんとう》》がツヅリの眉間を打ち抜いた。

甲高《かんだか》い音を立ててディスプレイが砕け散る。

戻ってきた《偽憤刀》を受け取り、叶音は舌打ちした。手応えはまるでない。すぐに叶音の後ろから、スピーカーで増幅された笑い声がする。

『おやおや、随分手荒い観客が居たものですね。まだ挨拶《あいさつ》も済ませてな――』

叶音は振り向く事もせずに、《墜落する青》を発動し、後ろに飛んだ。落下速度を上乗せした強烈な後ろ回し蹴《げ》りで、ツヅリの顔を映したディスプレイを砕き割る。

叶音は視線に凄味《すごみ》を利かせ、取り囲むディスプレイの檻《おり》を睨《にら》んだ。

「御託《ごたく》はいい。早く出てこい。その顔面のスピーカーを引っこ抜いて、二度と戯言《ざれごと》なんて吐けなくしてやる」

『ンフフ、実に恐ろしい。ですが結末を急いでは物語を楽しめませんよ……どうしてそこまで殺したがるのです？　余裕の無さの現れでしょうか』

今度のツヅリの声は、一か所からではなかった。叶音を取り囲む複数のディスプレイが奇術師の顔を映しだす。

『そんなに警戒せずとも、Ｉは傷つけられませんよ。それにＩは貴方《あなた》を傷つけようとも思っていません。これから満を持しての上映開始なのですから……どうぞくつろいでください。立ちっぱなしが辛《つら》ければ、椅子でもご用意しましょうか？』

「ふざけないで。下らない与太話《よたばなし》に付き合う甲斐性《かいしょう》なんて持ち合わせてないのよ」

『フフ、やはり冷静ではないようだ。仮にも恐怖を殺す事を生業《なりわい》にする貴方が、事態の深刻さを理解しきれていないなんてね』

「……何ですって？」

含みのあるツヅリの言葉に、叶音が眉を持ち上げた。

見上げたディスプレイに映る奇術師がスゥと目を細める。

『貴方のその顔はじつに愉快だ。怒りに身を焦がし突き動かされ、自分が手のひらの上にいる事にも気付かない。貴方の浅慮のお陰《かげ》で、Ｉの物語は最高にドラマチックなラストシーンを迎える事ができました』

ツヅリは優雅に両手を組み合わせた。頰に埋め込まれたスピーカーがザザとノイズを鳴らす。

そのノイズと連動するように、周囲のディスプレイが一斉に砂嵐を走らせた。

砂嵐を走らせるディスプレイから、まるで炙《あぶ》り出しのように像が浮かび上がってくる。

『さあご覧ください！　《覗《のぞ》き鬼》という物語のクライマックス。そして、Ｉの紡ぐ物語という恐怖の本質を！』

砂嵐の中から浮かび上がってきたのは、幾つもの風景だった。人気《ひとけ》のない真夜中の住宅街、公園の草木の中、ゴミ捨て場に堆《うずたか》く積まれたビニール袋の隙間《すきま》。ディスプレイ毎に異なる景色が投影される。

『《覗き鬼》は見られる事を望んでいました。光の差さない暗がりで、一人ぼっちの怪物は、自分を認知してほしいと願った。見られたい。私を見て、私を見て――分かりますでしょうか。怪物の抱えていた欲求は、人間が抱える欲求とそっくりそのまま同じなのです』

投影される光景は、いずれも人目を避けるようにした暗がりからの視点だった。

画面には、それぞれ異なる一人の人間が映された。性別も服装も様々な人の後ろ姿を、それはじっと凝視《ぎょうし》している。

『見られたい。承認されたい。受け容れられたい――それらは潜在的で根源的な欲求。当たり前のように供給されるために気付かれず、奪われて初めて人はその苦しみに悶《もだ》える』

「……叶音《かのん》、あれっ」

逸流《いつる》が叶音の腕を引き、無数に灯《とも》る画面の一つを指さす。

初めは単なる砂嵐を走らせる画面に見えた。しかしよくよく見れば、それは木目のある平面……教室の机を映し出しているものであると気付く。

不意に画面が動いた。何かに呼びかけられたように、視点の主が顔を上げる。画面に映し出されたものを見て叶音は驚きに目を見開いた。

映っていたのは、制服を着た星那《せな》だった。カメラを覗き込んで、弾むような声で言う。

『やっぱり！　ふみふみはオシャレしたら化けると思ってたんだ〜』

「これは、記憶……まさかっ」

疑問はすぐに戦慄《せんりつ》に変わり、叶音の全身を貫いた。

ディスプレイに映像を投影しているのは、果たして何者の目線なのか。

『観測される事は、もはや空気のように必要不可欠なものだ。観測されなければ息もできない。認識されなければ存在しないものと一緒だ。透明と同じだ！　人は求める。私を見て。私を見て。私を見て！　物語の怪物と全く同じように！』

叶音は星那を映した画面から目が離せなくなる。

シーンが切り替わり、画面にはフローリングの床が映し出された。カメラが緩やかにアングルを持ち上げる。

どこかのマンションの一室らしい。

一人用のベッドに眠る星那《せな》が映し出される。

カメラが……視点が、星那を真正面から覗《のぞ》き込んでいる。

「ッ星那さん！」

『物語は人の心に根ざし、やがて萌芽する――さあ、ショータイムです！　この物語のクライマックスを、共に見届けようじゃありませんか！』

盛大にノイズを撒《ま》き散らしてツヅリが快哉《かいさい》を叫ぶ。

明滅する無数のディスプレイの向こうで、地獄の幕が開かれた。

◇

星那がまっ先に認識したのは、びりり、という何かを破る音だった。

「ん……何の音ぉ……？」

緩みきった声が口から漏れる。それから、身体《からだ》が鉛に変わったような酷《ひど》い気分が込み上げてきた。意識がぼやけて、自分の身体の形をうまく摑《つか》めない。

もぞもぞと身を揺すると、柔らかな弾力が背中に返ってくる。ベッドに寝そべっているらしい。相当酷《ひど》い寝相なのか、腕の方に鈍い痛みがした。呻《うめ》き声を上げながら星那は重たい瞼《まぶた》を上げ、ぼやけた視界のピントを合わせ、息がかかるほど近くにあった文乃《ふみの》の顔に「ふほぁ!?」と素《す》っ頓狂《とんきょう》な声を張り上げた。

「び、びっくりしたぁ!?　え、ふみふみ？　なんでベッドにふみふみが!?」

「ふふ、おはよう星那。なんでも何も、ここは私の部屋だよ」

落ち着いた声で文乃が言い、それでようやく星那は、自分の状況を思い出していた。立仙霊《りっせん》能探偵事務所を後にした星那は、そのまま文乃の家に上がり込んだのだ。酷《ひど》く心細くて切ない気持ちが胸を埋めつくしていて、タクシーに乗っている間も、迷子の子供のように文乃の腕に縋《すが》り付いたままだった事を思い出す。

相変わらず視界一面を埋めるほどの近くから顔を覗き込みながら、文乃が言う。

「星那、玄関で靴を脱いだ途端に眠っちゃったんだよ。気絶したみたいに力が抜けるんだから、びっくりしちゃった」

「ああ、そうだ。ふみふみの家だ～って思ったら、緊張の糸がぷっつんって切れちゃったんだ」

星那を襲っていた寂寥感《せきりょうかん》は、叶音《かのん》とフォビアとの戦いの最中に、〈ゾーン〉が大きく崩れてしまったせいだ。一方で叶音は少なくともフォビアを殺し、命が奪われかねない恐怖症状を取り除く事には成功していた。現に多少眠った事で星那の気分は幾らか晴れ、悪夢も見ていなかった。今は込み上げてきた衝動に負け、大きな欠伸《あくび》までしてしまう。

「ふぁあ、あふ……わたし、どのくらい寝てた？」

「ほんの二時間くらい。外はまだ真っ暗だよ」

「そっか……それで、あの。ふみふみは何で、わたしに覆い被《かぶ》さってるのかな？」

いよいよ無視できなくなって、星那《せな》は一番気になっていた事に切り込んだ。

文乃《ふみの》はなぜか四つん這《ば》いになって、ベッドに寝る星那にぐっと顔を寄せていた。

さっきから息が顔にかかってくすぐったい。それを伝えると、文乃の顔にもぽっと朱が灯《とも》る。

「た、タイミングが悪かったの。偶然の事故なのよ。星那が起きたのが、たまたま私が『今なら星那の顔をじっくり見てもバレないなぁ』と魔が差したタイミングだったからいけないの」

「あちゃー、それは間が悪くて申し訳な……待って、今の言い訳なんか色々変じゃない？」

「変な事ないよ。だって星那の寝顔なんて貴重だよ？　激レアなんだよ？　シャッター音で起こす訳にもいかないから写真も撮れなくて自分の頭に記憶させるしか保存手段ないし……もう、星那はもっと自分の寝顔の希少性に自覚的になった方がいいと思うな」

「ええっ、何であたしが怒られてるのぉ」

「大事な友達のピンチとはいえ、私の家をホテル代わりにするんだもん。その分の見返りとして、少しぐらい補給してもバチはあたらないよね」

「何の補給？　わたしふみふみに何を吸われてるの!?　人知れず癒やし成分を分泌してたり!?」

冗談めかして唇を尖《とが》らせてみせた文乃に、星那がゆるくツッコむ。

そんなやりとりを介して、文乃はふっと唇を綻《ほころ》ばせた。笑顔に宿るのは、親友に対する献身的な気持ちと、空を覆い隠していた雨雲がやっと晴れたみたいな安心感。

「良かった。星那、元に戻ったみたい」

「……心配かけてごめんね、ふみふみ」

星那が言うと、文乃はふるふると首を振って、謝る事なんてないよと示す。

近すぎる距離にはびっくりしたけれど、すぐ近くに文乃が居てくれるのは、星那をとても安心させてくれた。信頼できる一番の友達の存在に、心がほっとする。

胸がぽかぽかするような安心と気恥ずかしさを感じて、星那は頬を緩めてはにかんだ。

「たはは、寝こけちゃうなんて我ながら呑気だよねー……ベッド占領してごめんね」

「ううん、大丈夫だよ。むしろ、作業しやすくて都合が良かったから」

「作業？」

言いながら、星那はベッドに文乃のスペースを作ろうと、身を起こそうとする。

両足を縛られている事に、そこでようやく気が付いた。

「……え？」

ガムテープが幾重にも巻かれた両足を見て、まっ先に星那が思ったのは、自分がまだ夢の中にいるのかというとぼけた疑念だった。足を動かそうとするも、全くびくともしない。そのリアルな抵抗感が、星那に現実である事を教えてくる。

緩んでいた寝起きの気持ちが一気に現実に引き戻され、ようやく腕に感じていた不快感の正体に気付く。星那の両腕は後ろ手に回され、同じようにガムテープで拘束されていたのだ。

「ちょ、え……な、何これ？」

「本当に良かったよ。起きたまま自由を奪うのは、ひどい手段しか思い浮かばなかったから……無駄に星那《せな》を傷つけずに済んで安心した」

文乃《ふみの》は相変わらず四つん這《ば》いで星那に覆い被《かぶ》さったまま、世間話のような口調で言う。拘束を行ったのが文乃である事を隠そうともしない。

現実と良く似た異世界に迷い込んでしまったような混乱が星那の頭を真っ白にさせた。さっきまで穏やかに笑っていた唇が、ひくっと痙攣《けいれん》する。

「や、やだなぁ。どうしたのこれ、何ごっこ？」

文乃は四つん這いの体勢を解いて、星那のお腹《なか》の上に座った。ずし、とのし掛かる重みが、星那に『逃げられない』という言葉を想起させる。

「変な冗談よしてよ……ちょっと、ふみふみ、ふみふみっ。これ解いてよ。怖いってばっ」

星那は引きつった笑みを浮かべて文乃に言う。これがタチの悪い冗談であってくれという願いに縋《すが》り付くように。

その願いに、文乃は応えない。彼女の黒縁眼鏡の奥の目は、相変わらず親しみを籠《こ》めて怯《おび》える星那を見つめている。

「ずっと二人になれる時を待ってたんだ。ねえ、星那はストーカーの気持ちって考えた事ある？」

何を言われたか理解できず、星那はただ困惑するばかりだ。文乃は構わずに続ける。

「誰かに認められて初めて存在意義を感じられる人が、どんな気持ちで毎日を過ごしているか想像できる？　自分を構成する全てが他者でできている。誰かに見られている間だけ自分を肯定できる。認識されて初めて自分は透明じゃないと思える」

語る苦しみが、そのまま自分の記憶としてフラッシュバックするのか、彼女の手が震え出す。麻痺《まひ》するように、禁断症状を起こしたように。彼女は砕けそうになるのを押さえ込むように、自分の身体《からだ》を激しく掻《か》き抱く。

「分かるかなぁっ。そんな生活って、とても、とても……一日でほんの数分だけ息継ぎを許されているみたいに、とても息苦しいの！　徐々に酸素が足りなくなる。このままじゃ溺れてしまう。だからもっと求めたくなる。もっと長く、強く、濃密に、自分を見てほしくなる――！」

文乃は天を仰ぎ、はぁッと息継ぎをした。

ざらついた喉の唸《うな》りは、まるで餓《う》えた獣のよう。

圧倒され、混乱し、星那は一言も漏らせなくなる。凍り付く視線の先で、文乃はゆらりと首を傾けて「動画が届いたんだ」と呟《つぶや》いた。

「《覗《のぞ》き鬼》の正体と、少女の最期《さいご》を語る動画。星那をおかしくしたあの結末の話が、私にも来てたんだよ。私、あの話に胸を打たれたんだ……《覗き鬼》の気持ちが、すごくよく分かるの」

うっとりと陶酔して、文乃が言う。

マンションの一室。ベランダに通じる窓には分厚い遮音カーテンが閉められている。

外の気配が締め出された、ぞっとするほどの静寂。

二人きりの安心する閉じきった世界は、一瞬のうちに、恐ろしい猛獣の檻《おり》の中へと変貌した。

「動画で語られた怪談の最後、《覗《のぞ》き鬼》は女の子の視界に常に映るようになって、とうとう女の子の目をくり抜いて殺しちゃう。彼女の見た最期《さいご》の景色を自分で埋めつくしちゃう……私ね、それを聞いた時に思ったんだ。ああすごい、すっごい！　あの怪物は、夢を叶えたんだって‼」

ばっと両手を広げて、文乃《ふみの》は叫んだ。眼鏡の奥の彼女の目は、星那《せな》が見た事もないほど興奮して爛々《らんらん》と見開かれている。

勢いのあまり、ずぐっと星那のお腹《なか》に体重がめり込む。その苦しみは、星那の全身に走る怖気《おぞけ》を少しも消してくれない。

「だってそれって、女の子が最後に見る光景を独り占めしたってことだよね。誰よりも強く自分を認識させた。永遠に自分を刻みつけたって事だよね。それってすごい事だよ！　もうすぐ死ぬって恐怖に染まった瞳で見つめられるのは、きっと一生の宝物になる。一生分の感情が乗った視線は、きっと一生自分の存在を定義してくれる！　それはね、そのすっごくすっごく強い感情はね！　私が心の底から何に代えても人生の何を捧げても手に入れたいものなんだよ！」

肺の中の空気全てを絞り出すような絶叫。星那の肌がビリビリと震え、怖気に粟立《あわだ》つ。

一人の少女を惨《むご》たらしい方法で殺した怪物に、心の底からの賛美を向ける少女は、自分のよく知る友達とはとうてい思う事ができなかった。

悪い夢であってくれと思わずにはいられなかった。

だが、この心臓が張り裂けるような恐怖は、どうしようもないほど鮮明な現実で。

「──だから私は、《覗き鬼》に憧れたの」

その肌を引き裂くほど張り詰めた空気を掻《か》いて、文乃はゆらりと、病んだ瞳を星那に向けた。

「だってあの化物の渇望は、自分を見てほしいという願いは、私とまったく同じものだもの。同じようになりたい。同じようにしたい。同じように──星那の目が欲しい。星那の目に、私を焼き付けたい」

そうして文乃は、懐《ふところ》から取り出す。

ぎらりと鈍色《にびいろ》に輝く、果物包丁。

「あの化物みたいな、鋭くて強い鉤爪《かぎづめ》はないけれど。真似《まね》できるように精一杯準備してきたんだ。怖がらせていた化物は、叶音《かのん》さんが視界から追い出してくれた──今なら誰にも邪魔されず星那の視界を私で埋め尽くして、目をくり抜けるよね」

鈍色に光るその刃物を頬に添えて、文乃は慈母のようにそう微笑《ほほえ》んだ。

ひっと喉がしゃくり上がる。星那はようやく全てを理解した。

事態は何も終わっていなかった。彼女は地獄の只中《ただなか》、奇術師が見せる恐怖の物語の最終章に叩《たた》き込まれていたのだ。

「──だ、誰か！　誰かたす」

叫びは衝撃に掻《か》き消された。星那《せな》が声を上げた瞬間に文乃《ふみの》は硬く拳を握り、何の躊躇《ちゅうちょ》もなく星那の頬を殴りつけた。

脳が揺れる鈍痛。呻《うめ》き声を漏らす間もなく、反対側の頬を同じだけの全力で殴られる。

「っぐ、あぎ――やだ、ば、おぐ、――ぇッ――」

殴打は止まらない。文乃は壊れた機械のように上体を捻《ねじ》り、立て続けに拳を振り下ろす。顔面の皮膚が破れるのも、叩《たた》き付ける拳の骨が割れるのも厭《いと》わず、何度も何度も。

「ああ、失敗した。やっぱり声が聞きたいなんて欲張るんじゃなかったな。誰か気付いたら台無しになるところだったよ、危ない危ない」

「ぎゃ、ひぎっ――痛い、痛い痛い痛い！　やめてふみふみ！　っば――助――ぎゅうっ！」

「ごめんね。痛いよね。でも、もし星那が助けを呼ぼうとしたらこうするって決めてたから。私の時間を台無しにしようとする星那が悪いんだからね」

普段通りのおとなしさすら感じさせる声のまま、途轍《とてつ》もない暴力を星那に叩きつける。両手両足を縛られ自由を奪われた星那の身体《からだ》が、ベッドの上で打ち上げられた魚のようにのたうつ。

文乃は一分近くも殴打を続けてようやく拳を止めた。息を整えると、傍らに置いていたガムテープをちぎり、真っ赤に腫れた星那の、あちこち切れて血だらけの口をしっかりと塞いだ。

「もったいない。星那の声、もっと聞いていたかったな。できれば、最後に死ぬその瞬間まで」

「っふぐ、ふぐぅぅぅぅ……！」

　ガムテープで言葉も奪われた星那は、至近距離で文乃の顔を目の当たりにする。彼女は、今まさに情事の真っ最中であるかのように陶酔していた。頬を紅潮させ、はぁと艶《つや》めいた吐息を、涙で濡れる星那の頬に吹き付ける。

「あぁぁ……星那の目、すっごい。星那のそんな顔を初めて見た」

「んっ――！　んん、ん――……！」

「私、星那に意識されてる。星那が私を、私だけを見てくれてる！　ああ、あああ……恐怖に染まった星那の目、まさかこんなに、こんなにこんなに嬉《うれ》しいなんて！　本当に綺麗。本当に好き。星那。眩《まぶ》しい星那。私を鮮やかにしてくれる星那の、宝石みたいに綺麗な眼球……」

　文乃は星那に覆い被《かぶ》さり、藻掻《もが》こうとする星那の両頬をがっしりと摑《つか》んで顔を覗《のぞ》き込む。

　文乃の顔に浮かんでいるのは、もはや食欲と表現するべき獰猛《どうもう》な愛情だった。文乃は指を星那の額に置き、そのままそっと下、星那の眼球へと滑らせた。咄嗟《とっさ》に目を強く瞑《つぶ》る星那の瞼《まぶた》を、無理矢理に押し開く。

「星那の怖がる目。私の知らない感情を湛《たた》えた目……私の全部がこの中、星那の瞳の中にある」

　ちろりと舌を差しだして、文乃は星那の溢《あふ》れる涙を舐《な》め取った。まるでカラカラに渇いた喉に初めて水を注がれたように、はぁと万感の思いを込めた吐息を漏らす。

「私、星那の目が欲しい。星那の最期《さいご》の景色を私にしたい」

　まるで、ここが人生の絶頂であるかのように。まるで頭上から、物語の主役である事を示すスポットライトが降り注いでいるように。

文乃《ふみの》は自らが飛び込んだ狂気の渦の只中《ただなか》で、溢《あふ》れる激情のままに喜びを叫んだ。

「もう止まれないよ。だって私は、《覗《のぞ》き鬼》に背中を押してもらった。物語が自分の思いを肯定して、やるべき事を教えてくれた……そうだよ。あれは、私のための物語だったんだ！」

その涎《よだれ》の滴《したた》る刃のような貪欲《どんよく》な愛情が果たして誰かに操られているものなのか、それともようやく露《あら》わになった彼女の本性なのか、もう分からない。間近から星那《せな》を覗き込む、黒縁眼鏡の奥の爛々《らんらん》と見開かれた目は、悪夢で見た怪物の巨大な眼球とそっくりそのまま同じだった。

◇

ディスプレイの向こうで繰り広げられるのは、文乃の凶行だけではなかった。沢山《たくさん》のディスプレイが、全国で行われる残酷な行為を鮮明に映し出す。

映像はいずれも加害者の視点から撮影され、画面には被害者の顔がアップで映し出されている。カメラのピントは、いずれもそれが最高に美しいものであるかのように、泣き喚《わめ》く被害者達の眼球を鮮明に映し出していた。

『フハハハ！　これが、これこそがＩの綴《つづ》る物語の力だ！　Ｉの生み出す美しき地獄絵図だ！』

煌々《こうこう》と明滅するディスプレイに、響き渡る阿鼻叫喚《あびきょうかん》。それをＢＧＭにツヅリは快哉《かいさい》を上げた。

『フォビアは恐怖によって人の心を犯す。しかしその恐怖の発露は、決して「おそれ」だけではない！　Iの物語は、視線に飢えあぐねる人々に共感をもたらし、《覗き鬼》と自己を重ね合わさせた。彼女達にとって《覗き鬼》はもはや異質な怪物などではない。視線に病んだ人々の心を体現した存在、「こうありたい」と願う憧憬《しょうけい》の対象、承認欲求の化身となったのですよ！』

「逸流《いつる》、ここから連れ出して！　すぐに星那さんを助けなきゃ！」

叶音《かのん》は張り詰めた声で逸流に言う。〈ゾーン〉は広義で言えば夢の中。ここにいては、今まさに起こっている現実の脅威に何も干渉することはできない。

しかし物語を支配する奇術師が、そんな興醒《きょうざ》めを許すはずがなかった。

「途中退出など許しませんよ！　ここは既に、貴方《あなた》の命を天秤《てんびん》に乗せた舞台上なのです！」

突然、宙を舞っていたディスプレイの一つが血走った眼球を映したかと思うと、その瞳孔《どうこう》がぱかりと開いて、中から飛び出した生々しい触手が、叶音の身体《からだ》を絡《から》め取った。

「ぐ――く、そぉッ」

『さあ、守ると約束した人が死ぬぞ。人々の憧れが生み出した承認欲求の化身どもと、凄絶《せいぜつ》に殺し合いを演じてみるがいい！』

ツヅリの言葉を最後に、叶音はディスプレイに映る瞳孔の漆黒《しっこく》に引き摺《ず》り込まれた。

《形無鬼《かたなきおに》の偽憤刀《ぎふんとう》》を振るい、触手を断ち切る。そのまま地面を転がる叶音は、固い角張ったものに思い切り全身を叩《たた》き付けられた。

「ぎゃうっ!?　い、一体なにが……！」

背中を押さえながら立ち上がった叶音《かのん》は、一瞬驚きに硬直する。

目の前には、叶音と激突して散乱した学習机と椅子が積み上がっていた。奥には数式を書き連ねた黒板がある。

ディスプレイを抜けた先は、夕暮れの教室だった。しかしそこは現実ではない。茜色《あかねいろ》に燃える空には夕焼けの代わりのように巨大な眼球が浮かび、窓越しに叶音を睨《にら》み付けていた。

「ここは、誰かの〈ゾーン〉の中？　くそ、逸流《いつる》！　どこにいるの、返事して！」

叶音の声に、返事はない。

代わりのように、ズズ――という振動が教室全体を揺さぶった。

振動は次第に激しく、どんどん近付いてくる。

「無視するな、無視するな――」

「ッ――!?」

「俺を見ろ！　俺は、ここに居るんだぁぁぁぁぁぁぁ!!」

そんな絶叫が轟《とどろ》くと、突然教室の床が砕け散り、巨大な拳が叶音の腹を貫いた。勢いのままに突き上がり、叶音の身体《からだ》を貼り付かせたまま天井を粉々に砕き割る。

「が、はぁ!?」

凄《すさ》まじい衝撃。椅子を巻き添えに倒れ伏す叶音の前に、ソレが立ちふさがる。

剥《む》き出しの筋肉のような生々しい色味の巨体は、まさしく叶音がこれまで戦ってきた《覗《のぞ》き鬼》だった。しかし、《覗き鬼》を象徴する巨大な眼球は、一人の少年の肩から生えていた。

それは眼球に寄生された少年だった。醜《みにく》く膨張《ぼうちょう》させられ化物に変貌した巨体は三メートルを優に超え、教室の半分を埋めつくすほどだ。

確認できる少年の顔面は歪《ゆが》んでいた。目が異様なほどに肥大化し、悲哀と憎悪《ぞうお》をこれでもかと滲《にじ》ませた血の涙を流している。その激情の矛先は叶音に向いていた。

「どうしてみんな無視するんだ。僕はちゃんと頑張ってるんだ。勉強をマジメにしてる他の奴らみたいに遊ばないあんな馬鹿どもと違う。誰より尊敬されるべきなのに、どうして僕が馬鹿にされる。どうして他の馬鹿じゃなくて僕が軽んじられるんだ！」

「っ《覗き鬼》に感化された人か。憧れがこんなに人の心を変貌させてしまうなんて……！」

「俺を見ろ、無視するなよ！　その目を！　俺に寄越せぇぇ!!」

絶叫し、《覗き鬼》と化した少年は叶音に向けて突貫した。叶音の上半身を埋めつくすほどの巨腕が、全力で叶音に振り抜かれる。

叶音は咄嗟《とっさ》に《墜落する青》を発動。重力を反転し、トカゲのように天井に貼り付く。数瞬前まで叶音がいた箇所に破壊の槌が振り抜かれ、教室を蹂躙《じゅうりん》した。机は怪物の腕に触れた瞬間にひしゃげ、背後のロッカーは紙屑《かみくず》のようにバラバラになって、窓硝子《まどガラス》を砕き割りながら教室の外に吹き飛んでいく。

凄《すさ》まじい、化物の力だった。叶音《かのん》は目の前のソレを、守るべき少年ではなく、殺すべき敵であると判じる。

「ッ荒療治で行くわよ。後遺症が残らないよう祈ってなさい！」

叶音は《墜落する青》の重力操作を使い、《覗《のぞ》き鬼》へとまっすぐ落下した。拳が振り上げられるよりも早く落ち、《偽憤刀《ぎふんとう》》の切っ先を肩口の巨大な眼球に深々と突き刺す。眼球から黒い霧のような物が噴き出し、まるで針で穴を開けられた風船のように急速に萎《しぼ》んでいく。

「やった――わぁッ!?」

「ぐごぁぁぁ――があああああ!!」

確かな手応えを感じたが、《覗き鬼》はそれでは止まらなかった。巨腕が叶音を鷲摑《わしづか》みにすると、凄まじい勢いで地面に叩《たた》き付ける。

「俺をぉぉぉ、見ろぉぉぉぉぉぉぉぉぉ!!」

そのまま《覗き鬼》は、地面に叶音を押し付けたまま猛然と走り出した。教室を隔てる壁に突撃し、砕き割って直進する。ずがん！　ずがん！　と轟音《ごうおん》が幾度となく響く。

しかし、その猛攻も数秒の間だけで、眼球を失った《覗き鬼》の巨体はあっという間に萎《しお》れていく。壁を四つ砕き割った所で、《覗き鬼》は躓《つまず》くように方向を変えて、窓の外へ飛びだした。

「っぐ……！」

ようやく拘束から解かれた時には、叶音は全身を激しい衝撃に打ち据えられ傷だらけだった。急速に萎んでいく少年と共に、夕暮れに燃える校舎から飛びだす。

墜落する先にはプールがあった。水を張った水面には、陽光を反射する煌《きら》めきの代わりに、真っ白な長方形の輝きがあった。叶音は水面に投影されたディスプレイに落下する。

ディスプレイを潜った瞬間、叶音は再び別の〈ゾーン〉へと吐き出された。落下の勢いをそのままにベクトルが変化し、叶音は真横に吹き飛ばされる。

《偽憤刀》を地面に突き刺しなんとか停止した叶音は、止め続けていた息をはぁと吐き出す。

「こんな事に付き合ってる場合じゃない！　早く星那《せな》さんを助けなきゃいけないのに！」

文乃《ふみの》はどう考えても正気じゃなかった。もし彼女の《覗き鬼》に対する憧れが本物だとしたら、彼女は比喩《ひゆ》でもなく何でもするだろう。それこそ、眼球をくり抜いて殺す事だって。

相変わらず逸流《いつる》が呼びかけてくる気配がない。早く合流して吊《つ》り上げてもらわなければ。

そうして動きだそうとした叶音は、背後に響く声に踏み出した足を止めた。

「――ぁぁぁ……！」

「何……？」

振り返った叶音は、自分がどこにいるかを認識する。照明を淡く反射するリノリウムの床、チカチカと明滅する蛍光灯。広い廊下の脇には食事を運ぶワゴンや、点滴をぶら下げたキャスターがある。

病院だった。相当古く、人がいなくなって何年も経過したように薄暗い。長く伸びた蛍光灯は途中で途切れ、突き当たりは闇に潰れて見えなくなっている。

「――ぁぁぁ……！　ぁぁぁぁぁぁ……！」

一つのドアが開け放たれ、そこから声が響いていた。幼い子供の声だ。感情を擦り切らせた悲痛な声で泣き叫んでいる。しんと静まり返った病室に、ぎし、ぎし、と何かが軋《きし》む音が響く。

恐る恐る覗《のぞ》き込んだ叶音《かのん》は、室内に広がっていた光景に絶句した。

一つきりのベッドには、声の主である子供が縛り付けられていた。精神病患者の暴動防止に用いられる分厚い革ベルトが、全身を余すところなく縛り自由を奪っている。

唯一ベルトが通されていない腹は、肋骨から下腹にかけて、縦に真っ二つに割り開かれていた。ベッドの上には、回転するベビーメリーがかけられている。紐《ひも》に括《くく》られてぶら下がっているのは全て割かれた腹から摘出された少年の臓器だった。

そんな不出来な現代アートのような状況で、少年は縛られた身体《からだ》を暴れさせている。

彼の顔面は、葡萄《ぶどう》のように大量に隆起した眼球に覆い尽くされていた。

「いやだ、ここから出して！　パパ、ママぁ、僕を置いていかないでよ！」

唯一自由を残された口から、途轍《とてつ》もない悲哀と怨嗟《えんさ》が噴き出してくる。

「必ず治るって言ったじゃん！　ずっと見てるよ応援してるって言った！　だから頑張って痛いのもがまんしたのに――いやだぁぁぁ！　僕を治して！　見捨てないで！　置いていかないでよぉぉぉぉぉぉぉ！」

「ッヅリ――ッヅリィィィ！」

叶音は真に、今起こっている事態の悪辣《あくらつ》さを理解した。どこかで自分を見ているはずの奇術師が犯した悪逆に対し、烈火のような怒りを向ける。

「お前は、どれだけの人の心を弄《もてあそ》んだんだ！　馬鹿げた妄想で、一体何人を――」

『ン、フフフ……ありがたくもＩのチャンネルは着々と登録者数を伸ばしておりまして。今回の釣果は過去最大、四十人ほどが恐怖に染まりましたでしょうか』

返答は病院の天井にあるスピーカーからだった。ざらついた声が、喜悦を隠しもせずに言う。

『ですが、これは必ずしもＩだけの力ではないのですよ。彼らが放つ絶望や憤怒《ふんぬ》は、彼ら自身が抱える欲望に違いないのですから。Ｉはただフォビアという種を蒔《ま》き、物語という養分を与えただけなのです……まあ、そうしてすくすくと恐怖が育ち、人が成り果てていく様子こそが、極上のエンターテインメントなのですが！』

「き、さまぁぁぁ……！」

『そら、憤慨している暇などあるとお思いですか？　正義感では絶望は消せませんよ！』

「僕を見捨てないで、ここから出して――ここからだしてえぇぇぇぇぇぇぇぇぇぇぇぇぇぇぇ」

少年の声が異様に間延びしたかと思うと、縛り付けられている身体がボコボコと沸騰するように膨れ上がった。血にまみれた肉の隆起がベルトを引きちぎり、ベッドを踏み潰す。

ぞっとした叶音が踵《きびす》を返して走り出す。そのすぐ後に、巨大な眼球が壁を砕きながら飛び出してきた。蛇のような筒状の身体《からだ》をした、廊下一面を埋め尽くすほどの巨大な《覗《のぞ》き鬼》は、蛍光灯を割り、傍らのワゴンを引き潰し、トラックのように一目散に叶音《かのん》に迫ってくる。

「やっぱ……!?」

ひとたび触れればたちまちミンチにされてしまう。叶音は迫りくる眼球から必死に逃げる。

病室のドアはいずれも閉じられ、開こうとしてもびくともしない事が容易に想像がついた。

廊下の突き当たり、五十メートルも離れた先に唯一開いた小窓が、眩《まばゆ》い白色に輝いている。

叶音はそこを目指し、迫り来る巨大な眼球の気配をすぐ後ろに感じながら全力で走る。

叶音の瞼《まぶた》には、病室に縛り付けられた子供の姿が焼き付いていた。

〈ゾーン〉は精神の映し鏡。現実の彼がどのような境遇なのか、想像するだに胸が痛む。

ツヅリはこの悲劇にフォビアを植え付け、人の心の闇を異常に増幅させ《覗き鬼》へと変貌せしめたのだ。

「クソ、殺してやる……! この眼球も、お前も、必ずこの世界から消してやる！」

『何の重みもない虚勢はやめましょう。であれば立ち向かい殺してみるがいい！ さあ、さあ！』

スピーカー越しにツヅリが叶音を煽《あお》る。それにぐっと歯嚙《はが》みし、叶音は逃げる。

白く発光する小窓の正体は、眩く発光するディスプレイだった。その先はまた別の〈ゾーン〉に繫《つな》がっているのだろう。

ツヅリに踊らされている。そうと分かっていても立ち止まる訳にはいかない。ままよと叶音は真白の光の中に頭から飛び込む。

三回目の〈ゾーン〉の転移は、着地を気にする心配はなかった。床がなかったからだ。

ディスプレイを抜けた叶音の視界に広がったのは、大都会の摩天楼群だった。今まさに一つのビルの縁から身を投げたように、叶音はビルの狭間を真っ逆さまに落下する。

「ああもう、次から次へと！　今度はどれだけイかれた奴の〈ゾーン〉なのよ！」

落下する先に、本来激突するべき地面はなかった。長く伸びるビル壁だけが、何十キロも先まで延々と伸びている。

「あっはは、あはははははははははははははははは!!」

甲高《かんだか》い女性の笑い声がしたかと思うと、窓硝子《まどガラス》の一つを突き破って、この〈ゾーン〉に誕生した《覗き鬼》が姿を現した。

〈ゾーン〉の主である女性は、他と同じように身体に露出した眼球によって変貌している。しかし今度はその巨体は横に広がっている。鳥の骨格に大量の長い肉の帯を張り付けたような異形は、暖簾《のれん》のようにも、不出来な櫛《くし》のようにも見えた。

《覗き鬼》は哄笑《こうしょう》を上げながら飛来すると、叶音に痛烈な体当たりを喰《く》らわせた。ビル壁に思い切り叩《たた》きつけられ、窓の一つが砕き割れ、舞い散る破片がキラキラと瞬《またた》きながら宙を舞う。

「あはははははは！　ねえ見てよ、凄《すご》い！　みんなが私の事を見ているよ！」

《覗き鬼》と化した女性が哄笑する。見れば叶音を取り囲む窓硝子の内側には人影があり、今まさに落ち行く女性に注目しているらしかった。

「会社じゃ誰も見向きもしなかったのに。居ても居なくても変わらない人間以下の扱いしかされなかったのに。飛び降りるだけでこんなに注目を集めている！　ああそっか簡単な事だった、死ねばよかったんだ！　目が覚めたらまっ先に実行しなきゃ！　あっはははははは!!」

「っこの……アンタが覚めるべきなのは、この馬鹿げた妄想の中からよ！」

再び突貫をしかけてきた《覗《のぞ》き鬼》に対し、叶音《かのん》は《墜落する青》で一瞬だけ無重力を形成し、巨体のほんの少し上を掠《かす》めて回避。そのまま《偽憤刀《ぎふんとう》》を背中に突き刺し、グロテスクな肉の翼の上に跨《また》がった。

扁平《へんぺい》に広がった櫛状《くしじょう》の身体《からだ》、その上部にぎょろりと浮いた眼球へと切っ先を向ける。

その腕に、櫛状の翼を構成していた肉の帯が巻き付いた。あっと思った時にはもう片方の手も絡《から》め取られる。

「邪魔をするな！　注目されるのは私、私だけなのよぉぉぉぉ！」

絶叫が上がり、ビュッと空気を唸《うな》らせた触手が、叶音のわき腹を貫いた。

「づぁ――――ッ!?」

「あっはははは！　しぃいいいいいいいいいいいねぇえええええええええええ!!」

《覗き鬼》は全身をぐりんと回転させると、帯に絡み付いた叶音を振り回し、ビル壁に思いきり叩《たた》き付けた。ずがぁん！　とコンクリートを砕き割る破砕音。《覗き鬼》は一撃で終わらせず、回転を続けて叶音をビル壁に打ち据える。

何度も、何度も轟音《ごうおん》が鳴る。コンクリートが砕け散る。飛び散って奈落に落ちていくガラスの破片にべっとりと血が付着する。

「つうぅぅぅぶぅぅぅぅぅぅれえぇぇぇぇろぉぉぉぉぉぉ!!」

七回目の叩き付けで今度こそ息を止めようと、《覗き鬼》が大きく身を捩《よじ》る。

その回転が、いきなりがくんっと崩れた。

櫛状に広がっていた触手の二本、叶音の腕を縛り付けていたものが、突然真下に引かれて張り詰めたのだ。まるで叶音の体重が一気に数十倍になったみたいに。

叶音の抵抗は、足に履いた空色のブーツ《墜落する青》の効果だった。真下に向かう重力を最大化させ、バランスを崩した《覗き鬼》諸共《もろとも》墜落する。

何度も叩き付けられた叶音はボロボロで、額からはだくだくと血を滴《したた》らせていた。しかし、鮮血の中のギッと輝く眼光には、少しも色褪《いろあ》せない闘志が燃える。

「潰れるのは――」

叶音は両手を縛る触手を鷲掴《わしづか》みにし、思いっきり引っ張った。されるがままの《覗き鬼》の巨体、その背中に浮いた眼球がぐっと迫る。

「ッテメエの方だぁぁぁぁぁぁぁぁぁぁ!!」

その眼球に、叶音は渾身の膝《ひざ》を叩き付けた。《墜落する青》による重力反転まで加えた超威力の膝蹴《ひざげ》りが、《覗《のぞ》き鬼》の眼球を水風船のように破裂させる。

《覗き鬼》の大絶叫が、延々と続く摩天楼に木霊《こだま》する。怪物は巨体を捩《よじ》りながら、黒い霧を噴き出して奈落の底に落ちていく。

その末路を見送る叶音《かのん》の顔は青ざめていた。落下するのに任せながら、叶音は自分の身体《からだ》をぎゅっと抱き締める。

叶音は今、《形無鬼《かたなきおに》の偽憤刀《ぎふんとう》》と《墜落する青》――フォビアの能力の凝集体である幽骸《コープス》を二つ装備している。立て続けに受けたダメージによって、幽骸から受ける恐怖症状が抑えられなくなっていた。

壊したい。滅茶滅茶にしたい。落ちる。死ぬ。死ぬ。死ぬ。抑えがたい恐怖に身体が震える。

「ッはぁ、はぁっ！　くそっ、ビビるなあたし。この程度で負ける、もんかぁっ……」

『休む時間があるとお思いですか？　観客は退屈なんて許してくれませんよ！』

どこからともなく声が響いたかと思うと、窓の一つが突然白く輝き、病院で叶音を追いかけてきた巨大な眼球が突然現れ、叶音に激突してきた。

「ごっ――!?」

全身に打ち付けられる鈍重な衝撃。巨体は勢いを落とす事なく突き進み、叶音を正面に貼り付かせたまま対面のビルに激突した。

眼球はコンクリートとガラスを破砕する轟音《ごうおん》を奏《かな》でて突き進み、その最果て、窓の代わりのように煌々《こうこう》と灯《とも》る白いディスプレイの中に叶音を叩《たた》き込んだ。

ディスプレイを抜けた先は、始まりと同じツヅリの〈ゾーン〉だった。全面を画面に囲まれたドームの中心に、ボロ雑巾《ぞうきん》のようになった叶音が放り出される。

ザザ、とスピーカーのノイズ音を奏で、ツヅリの声が空間に木霊した。

『弱い、弱いぞ叶音。殺意は口だけか。覚悟は見せかけか！』

叶音は《偽憤刀》を杖《つえ》にして、ようよう立ち上がる。見る影もなくボロボロで、あちこちから出血し、明かりのない暗い地面でもはっきり分かるほどに赤い水たまりを広げている。

瞳には爛々《らんらん》とした闘志が宿っていたが、彼女の身体はそれに応えられていない。必死に伸ばした足は、今すぐに膝を折ってしまいたいと言わんばかりに震えていた。

「はぁ、はぁ……くそ、っく、そぉお……！」

『あぁ、実に残酷ですねぇ。どれだけ威勢を誇示しても、貴方《あなた》の力はその程度。たった三体の《覗き鬼》と相対しただけで満身創痍《まんしんそうい》。恐怖を前に、無様にも屈して膝を突くしかない』

ツヅリの声には、追い詰められた鼠《ねずみ》を見るような憐憫《れんびん》が滲《にじ》んでいた。宙空に浮遊するディスプレイが、見せつけるように叶音の眼前に移動し、阿鼻叫喚《あびきょうかん》の地獄絵図を展開する。

『言わずもがな理解できているでしょう。画面の向こうに広がるのは現実世界や〈ゾーン〉のライブ映像。彼らは今まさに、《覗き鬼》を心の底から信奉し、同一化を果たそうとしている。その先でいったい何十人の命が脅《おびや》かされているのか、Ｉにはもう想像も付きません』

「……！」

『肥大化する物語を止める事ができるのは、ただ一人貴方《あなた》だけだ、叶音《かのん》。いま貴方の手は数十人の生殺与奪を握っている。ああ、だというのに、貴方はこんなにも弱い！』

嘲るように。罵《ののし》るように。ツヅリは派手に誇張した言葉を叩《たた》き付ける。

叶音の前で見せびらかすように明滅するディスプレイでは、今もなお沢山《たくさん》の人が襲われている。《覗《のぞ》き鬼》に憧れ、同じように誰かに見られたいと強く願い凶行に走った人々に、殺されようとしている。

心を潰し、誰にともなく助けてと悲鳴を上げる。その一部始終が叶音に叩き付けられる。

『目を逸《そ》らすなど許されないぞ。貴方はこの物語の壇上に立っている。この恐怖を殺すと、他でもない貴方が言ったのだ……貴方が無力だからこそ、彼女は凄惨《せいさん》な死を迎えるのですよ！』

叶音の正面のディスプレイが明滅し、映像を切り替える。

そこには、叶音が必ず守ると約束した少女の、変わり果てた姿が映し出されていた。

◇

かたん、かたん、と音がする。

椅子に反対向きに座った文乃《ふみの》は、背もたれに組んだ腕を乗せ、安楽椅子のようにゆらゆらと揺らしていた。身体《からだ》を傾けるたびに椅子の脚が床を打ち、かたん、かたん、と硬質な音を奏《かな》でている。

文乃はずっと笑みを浮かべている。まるで記念撮影のためにカメラの正面に立ったみたいな、眩《まぶ》しい笑顔を向けている。

その笑顔は、カメラの代わりに、雁字搦《がんじがら》めに縛り付けられた星那《せな》に向けられていた。

「ん、む……！　んぐ、ぐんんっ……！」

星那は見開いた目から滂沱《ぼうだ》の涙を流し、目の前で椅子に揺られる文乃を見つめている。ガムテープで塞がれた口から、絶え間ない嗚咽《おえつ》がくぐもった呻《うめ》き声になって響いている。

椅子の背もたれからぶら下げた文乃の手には、血の滴《したた》る果物包丁と、銀色に光る大きな匙《さじ》が握られていた。文乃は笑みを浮かべたまま、両手に持った器具を軽く持ち上げる。

「ふふ。星那ったらすっごく怖がってる……どっちが怖いのかな。やっぱり、こっちかな？　さっき軽く切ったから、痛みはよく知ってるもんね」

文乃は果物包丁の先端を、星那の頬にあてがう。つぷ、と軽い感触がして、切っ先から赤い筋が伝う。星那のはだけたシャツの胸元には、同じく薄い血のラインが幾重にも引かれていた。

「つぐむ、んむ、ふぅぅぅ……！」

「それとも……やっぱりこっちが怖いかなぁ。この痛みはきっと、星那も初体験だもんね」

文乃は包丁を顔から離し、今度はもう片方の手に持つスプーンを彼女の顔に近づけた。

普段はカレーやラーメンを食べる時に使うような底の深い匙《さじ》は、いまはそれと全く異なる、おぞましい物を掬《すく》おうとしている。銀色に光るその先端を、文乃《ふみの》は星那《せな》の見開いた瞳、その目尻にぴっとりと押し当てる。

「どんな痛みなんだろうね。冷たい金属が目尻からずぶぶ～って入り込んで、奥の血管をぶちぶち音を立ててちぎっていく。水っぽい眼球を押し潰しながら、頭の中の想像できないくらい深い場所まで入り込んで、ずるるぅって眼球を取り出される……星那はきっと、今まで聞いた事ないくらいすっごい声で泣いちゃうんだろうね。楽しみだなぁ」

「っむ、むぅぅ、むぅぅぅぅぅ――――……！」

「ふふ。星那ったらひどい顔。ひどい声。怖がって子供みたいにガタガタ震えてる」

星那は微動だにできず、目を見開いたまま、くぐもった悲鳴を漏らすしかできない。文乃はそんな彼女を眺めて、まるで檻《おり》に閉じ込めた犬の反応を楽しむようにくすくす笑う。

「他の友達にも、家族にも、きっとこんなみっともない顔を見せた事ないよね。死にたくないって本気の感情を浮かべた目なんて誰も知らないよね。ああ、星那の綺麗な目……誰も知らない、私だけが知ってる、星那の特別な目」

文乃は艶《つや》めいた声で、愛を囁《ささや》くように言う。

星那はずっと目を見開き、文乃を見つめていた。目を閉じる事すら許されていなかった。

彼女の顔には細い血の線が伝い、顎《あご》から真っ赤な滴《しずく》を落としている。

星那の瞼《まぶた》はホッチキスで綴じられていた。工具用の太い針が眼窩《がんか》の骨に打ち込まれ、彼女の目を覆う薄い皮を磔《はりつけ》にしている。

瞬《まばた》きする自由を奪われた星那の目には途方もない恐怖が滲《にじ》んでいた。瞼を縫い留められた激痛により白目が充血し、痙攣《けいれん》する眼球からぼろぼろと涙を溢《あふ》れさせている。

そんな見る影もなく壊れた星那の目の前で、文乃は椅子を揺らす。かたん、かたん、とご機嫌に。写真に撮ったみたいに変わらない笑みを貼り付かせて。

「笑顔も練習したんだよ。お化粧は今も慣れないけど、星那を真似《まね》して頑張ったんだ。コレが私の一番綺麗な顔。星那に覚えていてほしい『私』だよ」

囁きは愛の告白のようだ。紡がれる言葉の一つ一つに、途方も無い想いが籠《こ》められていた。

なぜならこれは、星那が決して忘れられない光景になるから。

目にする光景も、刻みつけられる痛みも、放つ言葉の一語一句に至るまで。この瞬間の全ての『文乃』が、星那の心に焼き付けられるのだ。

「ああ、星那が私を見てくれる。星那の中が私でいっぱいになっていく。怖い、怖い、怖い、私を怖がる気持ちに頭も心も埋めつくされる。私の事しか考えられなくなっていく。ねえ星那、星那は分かるかな。いま私、今まで生きてきていっちばん満ち足りているの」

文乃は、星那に覚えてほしい笑顔の仮面を張り付けて、椅子を揺らす。かたん、かたんと、逸《はや》る気持ちを抑えるように。

「私の笑顔をよく見て、覚えてね。私の笑顔でいっぱいにしてね。他の光景も全部追い出して、私を目に焼き付けてね。私を見て、見て、見て、見て、見て――脳にも心にも私の笑顔がいっぱいになって――その時に、私は星那《せな》の目を貰《もら》うの」

文乃《ふみの》の手にしたスプーンが、暗く冷たい光を走らせる。

それは文乃が胸に刻んだ決意だった。《覗《のぞ》き鬼》というフォビアに感化された文乃の欲望は今、生きる意味に匹敵するほど強い目的意識となって彼女の魂を歪《ゆが》ませている。

文乃はもはや星那の一番の友達ではなかった。目の前にいるのは、理解し得ない狂気に『愛』というラベルを張り付けて信奉する、理性を失った化物でしかなかった。

「大好きな星那の目を毟《むし》り取るのはやっぱり辛《つら》いけれど、頑張るよ。絶対に途中で止めたりしない。星那の目をくり抜く間も、ずっと綺麗な笑顔のままでいる。いたくてこわくてたまらない、絶対に忘れられない思い出にする」

「っづう、づううううう、づう――――!!」

「眼球をもぎ取られたら、人は生きているか死んでるか分からないけれど……でも、生きていたらいいなぁ。だって星那は、この先一生何も見ないでいられる。私の笑顔を人生最後の光景にして、トラウマとして繰り返し繰り返し思い出してくれる。この先一生、星那は私の事を見ていてくれるんだ。そうだったら凄《すご》く素敵。誰にも見向きもされず透明だった私の人生は、星那の眼に寄り添い続けられて、きっと薔薇《ばら》色に輝いて見えるはずだよ！」

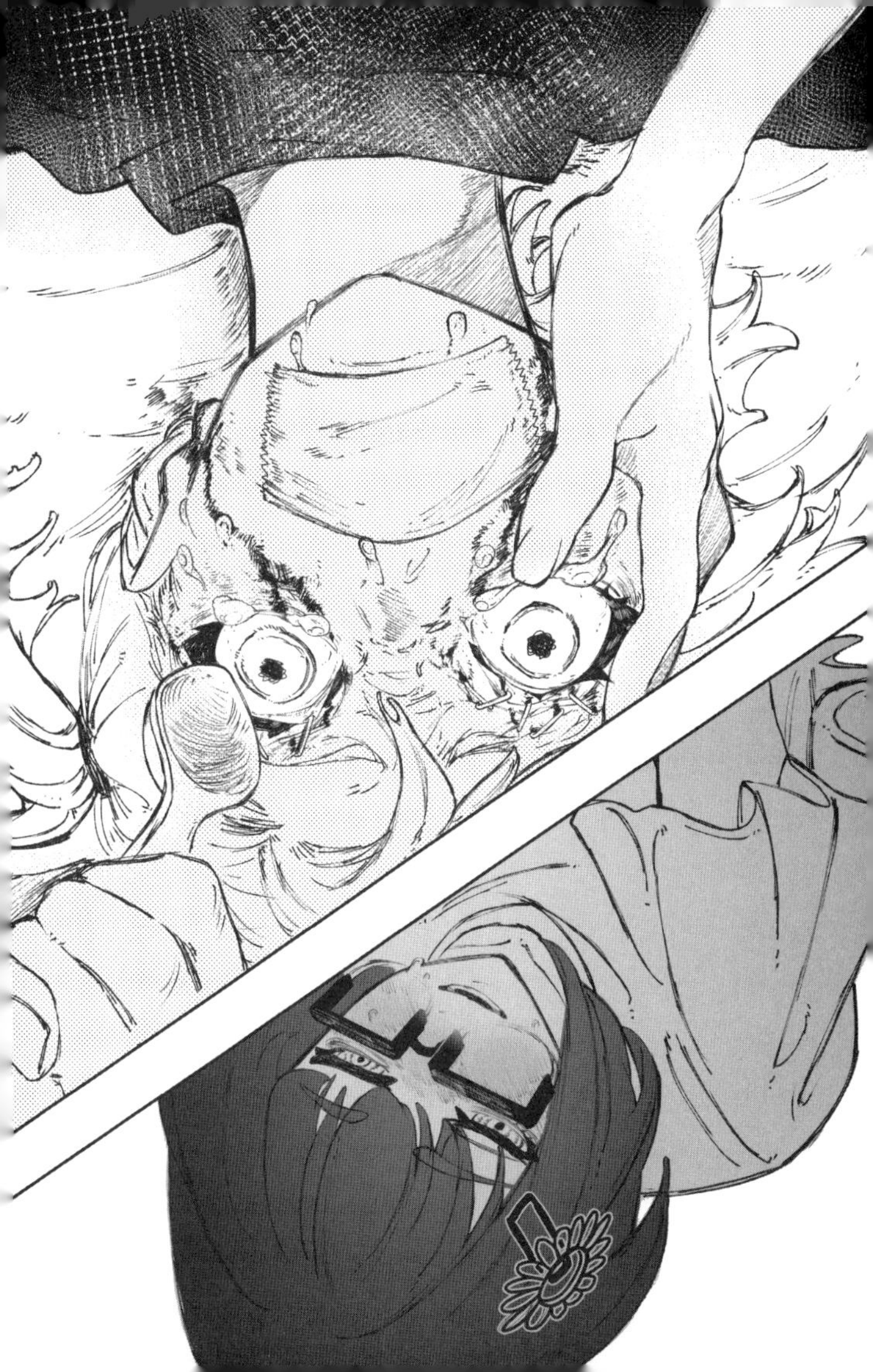

ガムテープ越しのくぐもった絶叫が、血の香るワンルームに木霊《こだま》する。

その二人だけの閉じきった世界に、突如として騒音が飛び込んできた。

ピンポーン、とチャイムが鳴らされる。

「……」

ぴたりと、文乃《ふみの》が動きを止めた。

感情を見せない冷たい瞳が、じっと玄関に向く。

チャイムに続いて、玄関ドアをコンコンと控えめにノックする音がした。

扉の向こうから声がする。

「文乃ちゃん、起きてるかい？」

「……誰ですか？」

「立仙《りっせん》だよ。叶音《かのん》ちゃんの上司にしてイケメン霊媒師《れいばいし》！　……まあ、イケメンは自称でしかないんだけど……二人とも眠れないだろうと思って、差し入れを持ってきたんだ」

ドア越しでもよく通る明朗な声は、確かに彼女も知る、霊能探偵事務所の所長の声だった。

文乃は星那《せな》の首筋に包丁をあてがい、声を上げないよう脅してから、取り繕った声で応える。

「お心遣いありがとうございます。でも心配ご無用ですよ。星那は今寝ちゃったところなので」

「あぁ、そうなのかい？　それは嬉《うれ》しくも残念だな。お菓子とかジュースとか色々買ってきたんだが、余計なおせっかいになっちゃった……せっかくだから受け取るだけしてくれないかな？　自由に食べていいからさ」

昇利《しょうり》の言葉の合間に、ポリ袋の擦《こす》れる音が重なる。

呼吸音すら聞こえない沈黙を数秒挟み、文乃が応える。

「分かりました。じゃあ、ドアの前に置いておいてくれますか？　後で頂きます」

「すまない、いちおう星那ちゃんの様子を確認させてくれないかな。今も叶音ちゃんが化物退治を頑張っている。星那ちゃんに危害は及んでないとは思うけれど、念のためにね」

「……女の子の部屋に踏み入るのは、デリカシーがなってなさすぎだと思います。気持ち悪いのでお断りです」

「僕も申し訳なく思うよ。でも、これも仕事だ。文乃ちゃんには折れてもらう他ない」

張り詰めたような沈黙が、再び部屋に満ちた。文乃は瞬《まばた》きもせずにドアを見つめる。

「…………………………」

「……僕と叶音ちゃんは、星那ちゃんを守る事が役目なんだよ。叶音ちゃんが星那ちゃんの精神を守るなら、星那ちゃんの身を守るのが僕の仕事だ」

「…………………………」

「文乃ちゃん……君、どうしてドアスコープを塞いでいるんだい？」

張り詰めた昇利の声。

星那はこじ開けられた瞳で、薄暗がりの向こう、昇利のいる外に視点を向けている。

一縷《いちる》の希望をかけるようなその目線に気付いた文乃《ふみの》は、包丁を振り上げ、星那《せな》の太ももに思い切り突き刺した。

恐怖に粟立《あわだ》った肌に激痛が奔《はし》り、ガムテープ越しのくぐもった悲鳴が轟《とどろ》く。

「ツんぎゅううううううっうううう!!」

「よせ、やめるんだ文乃ちゃん！」

「っほんとにあなたは、出会った時からうざったい人ですね！」

文乃は突き刺したばかりの包丁を握り込み、星那の太ももを更にぐりっと抉《えぐ》って傷を押し広げる。焼き付くような痛みに、星那が激しく身もだえる。

「あなたのせいで、私で一杯だった星那の目が穢《けが》れました！　もしかしたら助かるかもなんて余計な感情で、私を星那の目から締め出しやがった！　なんてことするんですか！　一生で一番大事な瞬間を、こんな風に汚して……！」

「文乃ちゃん！　今ならまだ引き返せる。取り返しがつかなくなる前に思い直すんだ！」

「思い直す？　何を言ってるんですか。私はずっと星那に見ていてほしい。星那がこれ以上私を見てくれる事なんてない。だったらやる事なんて一つしかないでしょう！」

そう言って文乃は椅子を蹴《け》り倒し、星那に跨《また》がった。

ブルブルと震える星那の顔を両手で押さえ込み、これまでにない至近距離から見つめる。

「ほら星那、よく見て！　生きている内に見られる最後の光景だよ！　しっかり焼き付けて！」

「やめるんだ文乃ちゃん！　正気を取り戻せ！」

「好き。星那、大好き！　大好きだから星那の目が欲しい。私を特別にしてくれる目を、私にちょうだい……！」

昇利《しょうり》が文乃の凶行を予想できたはずがない。彼はフォビアの影響を知らないからこそ起こりうる全ての可能性を想定していたのだ。文乃が星那に凶刃を向けるという、最も恐ろしく、有り得てほしくないシナリオまで含めて。

ドアの合鍵を差し込む音がする。残された時間はもう何秒もない。

だから焼き付けねば。星那の心を恐怖で、私で一杯にして、目を奪わなければ。

餓《う》えよりも強い根源的な欲求に突き動かされて、文乃は不気味に頬を吊《つ》り上げた笑みを貼り付かせて、鈍色《にびいろ》に光る匙《さじ》を星那の恐怖に潰れた眼球に添える――

◇

『さあ、このままだと大勢が死ぬぞ！　貴方《あなた》は守ると決めた少女を見殺しにし、地べたに這《は》いずって土を舐《な》めるのか、叶音《かのん》!!』

ディスプレイの向こうで地獄絵図が広がる。今まさに星那が、《覗《のぞ》き鬼》に感化された文乃によって殺されようとしている。

叶音《かのん》は満身創痍《まんしんそうい》のまま、今にも途切れそうになる意識を必死に繋《つな》ぎ止めている。

止めろと恫喝《どうかつ》することも、懇願する事もしない。今まさに手遅れになろうとする映像の数々を前にして、叶音はただ押し黙っていた。

『何を躊躇《ためら》っている。Iはもう知っているぞ、貴方《あなた》の力はその程度ではないことを！』

「……」

『貴方の頭蓋《ずがい》の中には凄《すさ》まじい力が、想像を絶する恐怖が宿っている！　Iはそれが見たい。物語の語り部として、至上の恐怖を目の当たりにしたい！』

ツヅリの声に乗せられた感情は、さながら身を乗り出して応援するファンのようですらあった。姿は見えなくとも、期待に爛々《らんらん》と輝く彼の目が、指先一本の動きも見逃すまいと注目しているのを感じる。

『出し惜しみなんてするな。奥底に孕《はら》む闇をIに見せてみろ――覚悟を決めろ、深淵《しんえん》を覗《のぞ》け！でなければ、モニターの向こうの少女諸共《もろとも》ここで死ね！』

ごぼり、と音を立てて、ディスプレイから血のように真っ赤な液体が噴き出したかと思うと、《覗き鬼》の生々しい巨体がこぼれ落ちてきた。

鋭い鉤爪《かぎづめ》を持つもの。長い尾の先端に捻《ねじ》れ曲がった鋭い針を持つもの。毛細血管のように細く広がる触手を蠢《うごめ》かせるもの。巨大な眼球を備えた、形も様々な《覗き鬼》が次々と現れては叶音を取り囲む。

ズン――と空間全体を震わせる地鳴らしを発生させ、それらの後方に巨大な影が蠢く。それは目測ですら五十メートルを超えようかという巨大な人型の《覗き鬼》だった。一歩足を踏み出せば叶音を押し潰してしまえそうな巨体の全身には無数の割け目が走っており、そこから他の《覗き鬼》と同様の輝く眼球がぎょろりと露《あら》わになった。

爛々とした、数百にものぼる大量の眼球が叶音を睨《にら》む。叶音の身体《からだ》を引き裂き、眼球を抉《えぐ》り抜こうと、思い思いの得物を揺らしてじわじわと距離を詰めていく。叶音の命が散らされる最期《さいご》の光景を、巨大な眼球で埋めつくそうとする。

「…………」

間もなく死ぬ。フォビアに屈してしまう。

その最期を目前に控えているというのに、叶音は恐ろしいほど沈黙を保っていた。

虚空《こくう》を見つめて固まっている。自分に迫る凶刃の事など、まるで眼中に映ってはいない。

虚《うつ》ろな目のまま、叶音はひとり言のように呟《つぶや》いた。

「……星那《せな》さんを助けなきゃ」

ボロボロに破れた服がゆらりと揺れる。溢《あふ》れた血が腕を伝い、杖《つえ》にした刀を赤く濡らす。

今まさに倒れ、死にゆこうとする満身創痍。

そんな状態の叶音が纏《まと》うのは――妖気と表現するべき、計り知れない深淵の気配。

「あたしには、その力がある……力がある事だけを覚えている」

譫言《うわごと》を呟《つぶや》き、叶音《かのん》は後ろを振り返る。

一人の少年がそこに立っていた。

生々しい眼球で囲まれた闇色の大地に、泰然と佇《たたず》む幼い子供。その姿は、まるで彼という存在を世界に無理矢理張り付けたみたいにアンバランスで、異質だった。

『――待て』

打って変わった張り詰めた声でツヅリが言うと、じわじわと詰め寄っていた無数の《覗《のぞ》き鬼》が一斉に動きを止めた。背後の巨大な《覗き鬼》が足を下ろしたズシンという振動を最後に、〈ゾーン〉に張り詰めた静寂が満ちる。

ぎょろりと蠢《うごめ》く大量の眼球が睨《にら》み付けるその中心で、逸流《いつる》はどこか寂しげに微笑《ほほえ》んで見せた。

「……苦しそうだね、叶音」

「怖いの。今になっても、覚悟はちっとも決まらない」

「それでも叶音は、恐怖と向き合う事を選ぶんだ」

「そうよ。それがきっと、あたしがこの世界に存在する理由で、意義で、価値だから」

叶音の唇は震え、瞳は今すぐに涙を溢《こぼ》してしまいそうなほどに潤んでいた。

取り囲む無数の眼球も、全身を苛《さいな》む痛みも、彼我《ひが》の絶望的な戦力差も、叶音は全く恐れていなかった。彼女はただ一つ、心の底から、目の前の少年が内に孕《はら》む『真実』を恐れていた。

他に選択肢があるのなら。叶音は即座に自らの目を潰し、耳を千切るだろう。手にした刀で首を刎《は》ねて死ぬだろう。もし許されるのなら、逃げ出すためにあらゆる手を使っただろう。

その臆病な逃避という選択肢を、他ならぬ叶音自身が許さない。

叶音は、闇に葬り忘却した真実を、思い出す事を選択する。

それが、叶音の内なる深淵《しんえん》を解き放ち、星那《せな》を助けるために必要な事だから。

叶音は恐怖を殺すため、恐怖と向き合う事を選択する。

「お願い逸流、あたしに真実を教えて」

「分かったよ、叶音。それが君の望みなら」

幼い少年は、彼女の覚悟に、ただ一度頷《うなず》いてみせた。

近づき、両手で叶音の頬をそっと包み込む。

叶音を見上げる逸流は微笑んでいた。まるで生まれたばかりの鼠《ねずみ》を手のひらに置くような笑み。ほんの少し力を入れれば潰れてしまう脆《もろ》く儚《はかな》い命を憐《あわ》れむような、人間という枠組みを外れた感情がそこに滲《にじ》んでいた。

「だけど、これだけは言わせてもらうよ……僕は何度も止めた。やめるべきだと言ったんだ」

紙をインクに浸したように、逸流の手がじわりと漆黒《しっこく》に染まった。黒は逸流の指先から叶音の頬に染み込むと、血管を黒く染めるように次々と枝分かれして叶音の体内に広がっていく。

「叶音がこれから思い出す事は——君が、何を捧げても忘れたいと願った事なんだよ」

その言葉はまるで、死にゆく人への餞《はなむけ》のよう。

黒が叶音《かのん》の日に触れ、脳に染み込む。

そうして彼女の魂は、忘却の彼方《かなた》へ追いやった思い出、最も昏い精神の深淵《しんえん》へと引き摺《ず》り込まれていった。

■■■ 開門の日 ■■■

叶音は、逸流《いつる》の事だけを考えている。

……きっと彼は施設を追い出され、近くの町の別の施設に預けられるだろう。保育園か養護施設か。病院で寝たきりになっているかもしれない。

けれど、それでも構わないと思えた。

ここでない場所なら。下らない教えがない場所で生きてくれるなら。どこだって。

用意された衣服に袖を通しながら、叶音は虚《うつ》ろな思考で、少年の事を考えていた。

身に纏《まと》う衣装は清廉なものだった。レースを織り重ねた礼装は、色を知らないような純白だ。穢《けが》れのない世界を讃《たた》えるような純朴なそれは、吐き気を催してしまうほどに皮肉めいていた。

叶音の周囲には数人の信徒が集まり、衣服の調整をしている。今日のこの務めを果たすためだけに数十年もの間生きてきたというように、少しの角度のズレや皺《しわ》の一つすら許さない、機械のような手つきで叶音の身を整えていく。

叶音はただ佇《たたず》んで、されるがままの状況を受け容れていた。力のない立ち姿には少しの生気も感じられない。無数の手に身体《からだ》のあちこちを弄《いじ》られている状況に微塵《みじん》も反応を示さない。心を無くした人形のよう。その、情報処理を辞めたような目の奥で、叶音はただひたすらに、逸流の事だけを考えていた。

……逸流が立ち直るのは、とてもとても大変だろう。

凄《すさ》まじいほどの、恐怖を受けたのだ。

八つも上の自分が正気を失い、髪があちこち真っ白になってしまった恐怖だ。

ただ息をするのさえ辛《つら》いかもしれない。

まともにご飯を食べられるようになるまで何年かかるだろう。

果たしてこの先、眠れる夜は訪れるだろうか。

未来はおろか、眠った先に待つ明日さえ黒く塗り潰されているように思うかもしれない。

でも、きっと大丈夫。

逸流ならいつか立ち直れる。

昔の思い出として折り合いを付けて、前を向く事ができる。

叶音は逸流の事を考え続ける。自分が生贄《いけにえ》になる代償に試練という名の地獄を免れた、心優しい少年の事を考え続ける。

着付けが終わると、叶音《かのん》は車椅子に乗せられた。叶音の脳は、もはや足を動かすという命令を実行できないほどに壊れている。

傍《そば》で控えていたシスターに叶音が引き渡される。彼女は車椅子を、その場で軽く回転させる。

ご覧ください叶音さん、とシスターが囁《ささや》く。目の前の姿見に、叶音が映っていた。

乱れきり、あちこち真っ白になった髪。血が通っているかも疑わしい死人のように青白く冷たい肌に、ひび割れた唇。こけた頬や落ち窪《くぼ》んだ目は、皮膚を剥《む》いた先の頭蓋骨《ずがいこつ》の形がはっきりと見て取れた。

そんな死体と何も変わらない姿の叶音が、ウェディングドレスのように豪奢《ごうしゃ》で神秘的な純白の礼装で飾られている。まるで人生の幸福と不幸が混在しているようだった。生まれてから死ぬまでの一生をその身に体現しているみたいだった。

綺麗ですよ、叶音さん。とシスターが言う。晴れ舞台を前にした、喜びに溢《あふ》れた声。

叶音の心の泉は、コンクリートで埋め固められたみたいにほんの少しも揺れ動かない。

その乾いた泉の、僅《わず》かに残ったひとすくいの心で、叶音は逸流《いつる》の事を考える。

……逸流はいい子だ。

明るくて、無邪気で、喧嘩《けんか》なんて思いも付かないくらい優しい。

それに、とってもさみしがり屋だ。

切なげにこちらを見る目は子犬みたいに愛らしい。

ちゃんと大人になれるかな、なんて不安になる事もあったっけ。

それでもやっぱりかわいくて、放っておくなんてできっこなかった。

あんないい子を、いじめるなんて思いつくはずがない。

逸流はきっと、いい里親が見つかるだろう。

新しい家は、大きな庭付きの一軒家だ。

庭では人なつっこい犬を飼っていて、おずおずと車から降りた逸流にじゃれついてくる。

犬に頬を舐《な》められる逸流に里親は微笑《ほほえ》み、「ここが今日からあなたの家よ」と笑うのだ。

そこから先に広がるのは、きっと、とても、幸せな毎日だ。

毎日、温かなごちそうが食卓に並ぶだろう。

家族で集まって、その日の出来事や、休日の予定なんかを談笑する。

頭を撫《な》でながら「逸流はどこに行きたい？」と聞いてくれる。

お休みの度に、色んな場所に連れて行ってくれるだろう。

たくさんのきれいな景色を見るだろう。たくさんの眩《まぶ》しい思い出を作っていくだろう。

遅れた人生を取り戻すように。

忘れてしまった『生きる』感覚を思い出すように。

そんな幸せな毎日が、きっと逸流が生きる先に広がっている。

逸流《いつる》はきっと、本当の愛を知る事ができる。

愛に包まれた、本当の幸せの中で生きることができる。

大好きなあの子が、あの子らしく生きる場所を見つけられる。

だから、いいんだ。

あたしなんかどうなっても。

下らない教義の生贄《いけにえ》に奉《まつ》り上げられて死んだって、どうってことない。

逸流が幸せに生きていれば。

最期《さいご》の瞬間まで、こうして逸流の事だけを考えられれば。

キィと少しだけ軋《きし》んで、車椅子がゆっくりと進み出す。

大きな観音開きの扉が開かれると、眩《まぶ》しい光が飛び込んできて、虚《うつ》ろな叶音《かのん》の目を焼いた。

扉の向こうに広がる聖殿は、大勢の信徒でごった返していた。叶音の姿を見て発した感嘆が、波紋のように信徒に伝播《でんぱ》していく。

信徒もまた純白の礼装に身を包んでいた。彼らは叶音を見た瞬間、畏《おそ》れを為《な》したように膝《ひざ》を突き、一斉に頭《こうべ》を垂れる。ひしめき合うような信徒達の頭が隠れて、聖殿が一面真っ白に染まる。その光景はさながら、苦しみのない光の世界のようだった。

肉を覆う純白で包まれた路《みち》は、聖殿の奥に続いている。突き当たりの壁一面には、異様なモニュメントが描かれていた。何かの生物を象《かたど》っているようだが、捻《ねじ》れて広がるその形は地球上のどの生物にも該当しない。それが、彼らが神と崇《あが》める偶像の姿だった。

キィ、と音を立てて車椅子が押される。頭を垂れた人の路をゆっくりと進む。

聖殿の奥へ、終わりへ、誘《いざな》われていく。

それでも叶音は、何の感慨も見出《みいだ》さなかった。

命乞いも、怖がって泣き叫ぶ事も、何もかも無意味だ。

叶音は叶音の人生に、もう何の意味も見出していない。

現実なんて見たくもないし、聞きたくもない。

素晴らしい事なんて、もう自分の頭の中にしか残っていない。

だから叶音は、『終わり』を数分後に控えたこの瞬間も逸流の事を考える。

ボロボロに壊された頭の中、辛《かろ》うじて残った配線を搔《か》き集めて、小さな電球を灯《とも》すように。

逸流の幸せを、考え続ける。

……幸せになった逸流は、きっとあたしの事を忘れるだろう。

それはさながら、古い角質が剥《は》がれるようにあっけない事。

優しさで満たされた頭の中から、あたしとの思い出は締め出され、ぽろりと溢《こぼ》れてなくなってしまうだろう。

それでいい。それがいい。

あの子の世界に苦しみなんて必要ない。恐怖なんて必要ない。神様も、救いもいらない。

ただ彼を抱き締める愛さえあればいい。

何もかも忘れて、過去にしてしまえ。傷跡なんて一つも残さなくていい。

あたしの居場所なんていらない。

ただ、逸流《いつる》が幸せに生きてさえくれれば。

あたしはここで、それを誇りに死んで行ける。

施設で飼われ心を壊された、悲惨で憐《あわ》れで救いのないこの人生に、一つの意味を見出《みいだ》せる。

逸流の笑顔がこの世界で輝き続けていると思えば。

それだけで自分は「生きてて良かった」と思えるのだ。

だから、どうか、生きていて。

あたしの代わりに。あたしの分まで。あたしを犠牲にして。

どことも知れない『終わり』に向かうあたしの亡骸《なきがら》から芽吹くようにして。

どうか、幸せになって。

そうやって叶音《かのん》は、逸流の事を考え続ける。

現実の全てを締め出し、逸流の幸せを願い続ける——

「……とうとうこの時が来ましたね、叶音さん」

車椅子を押しながら、シスターが慈愛に満ちた声で叶音に語りかける。叶音の虚《うつ》ろな目はあらゆる像の認識を拒み、人形のように沈黙を続けている。

「貴方《あなた》の精神は、度重なる恐怖によって肉体という枷《かせ》から解き放たれ、とうとう我等《われら》の神の下へと至る扉を見つけました。貴方の精神構造は既に我々とは袂《たもと》を分かち、概念世界の神と同等の規格に至ろうとしている。その変容を、私は本当に誇りに思います」

シスターは叶音の、恐怖で脱色した白髪を梳《す》く。それが何よりの勲章であるかのように。白い路《みち》の突き当たりには、膝上《ひざうえ》ほどの高さの祭壇があった。沢山《たくさん》の燭台《しょくだい》の明かりに包まれるのは、長く大きな箱——棺《ひつぎ》だった。

「貴方の解脱《げだつ》をきっかけに、世界は確実に変容するでしょう。我々は肉体を捨てる事で原罪から解き放たれる。誰もが平等に、区別なく、平穏な凪《なぎ》に満ちた幸せを享受するのです」

車椅子が祭壇に辿《たど》り着くのに、あと五メートルもない。そんな終わりのカウントダウンすら、叶音は認識したくない。ただひたすらに、彼女が愛を捧げた少年の幸せを願い続ける。

「……扉を開く事は、並大抵の力では叶わないでしょう。概念世界に旅立てるのは精神のみ。肉体的な感覚や記憶に宿した感情は、ほんの少しも持ち込む事はできません」

キィ、と軋《きし》む音を立てて、車椅子が止まった。

叶音が見下ろす祭壇に、棺が鎮座している。

果たして何が起こるのか。そう考え出した思考を締め出す。現実なんて見たくない。終わるなら終われぱいい。何が起ころうと関係ない。あたしはあの子を助け出せた。あの子がどこかで幸せに生きているという事実だけが自分の人生を肯定するそれさえあれば何もいらない。だから考えるただひたすらに逸流《いつる》の事だけを考えて考えて考えて考えて考えて――

「もうお分かりですね、叶音《かのん》さん。扉を開けるために、貴方《あなた》は肉体を棄《す》てなければならない」

シスターの白い手が、そっと肩に這《は》わされる。

ひやりとした感触が、夢想に耽《ふけ》る叶音の意識を、現実に引き戻す。

慈しみに満ちた声が、耳元で囁《ささや》かれる。

「あなたはこれから、一切の希望を捨て去るのです」

閉じて拒み続けていた叶音の理性の目が、こじ開けられる。

目の前で、ゆっくりと棺《ひつぎ》が開かれた。

中に入っているものを、叶音は最初理解できなかった。それは叶音の知る普通の形とは、明らかに異なっていたから。

だって、手や足は、ふつうあんなに捻《ねじ》れてはいない。指先に目なんて付いているはずがない。お腹《なか》から生えたそれは明らかに別の生き物の何かだ。

叶音は目が離せなくなった。

訳の分からない生き物のはずなのに、どうしてかそれを知っていた。脳味噌《のうみそ》に細い針を通されるみたいに、既視感が痛みと共に駆け巡る。

――肉体を離れた精神は、与えられた恐怖に耐えきれずに現実の方を否定しました。

――暴れだした精神による歪《いびつ》な自己認識が、肉体の方を再構成してしまうのです。

かつて聞いたシスターの言葉が、頭の中で鮮明に蘇《よみがえ》ってくる。

まるで何十もの生き物をむりやり混ぜ合わせたみたいな、ぐずぐずで、ぐちゃぐちゃで、とうてい生物とは思えないそれ。

その、あちこちに突き出た目の一つは――寂しがりの子犬のように愛らしい目は――。

脳裏に描いていた幸せな光景の全てが、泡のように弾《はじ》ける。

叶音は現実に、真に、逸流の事を考える。

逸流は、叶音の目の前にいた。

「旅立ちの時です――行ってらっしゃい、叶音さん」

瞬間、叶音の世界はまっ黒に染まった。

色が消えた。音が消えた。重力が消えた。痛みが消えた。身体《からだ》が消えた。思考が消えた。理性が消えた。何もかもが無くなった。

全てをまっ黒に塗り潰して叶音は落ちた。奈落の底へ。ここではないどこかへ。

叶音の精神は現実を拒んだ。感覚を拒んだ。認識を拒んだ。叶音の命を拒んだ。

ただならぬ絶望を推進材にして、叶音の精神は飛ぶ。

まっ黒に塗り潰された心には、ただ一つの恐怖だけがあった。

逸流が死んだ！　逸流が死んだ！　逸流が死んだ！　逸流が死んだ！　逸流が死んだ！

逸流が死んだ！　逸流が死んだ

逸流

■■■■■

それはまるで、人の想像など及びも付かない次元の枠組みの外に棲《す》む怪物が、世界を丸呑《まるの》みにしたようだった。

ディスプレイ以外は暗黒に包まれたツヅリの〈ゾーン〉が、輝度を更に一つ落とす。地獄のような光景を映し出してきたディスプレイが、回線が切れたみたいに一斉にノイズを走らせた。

まるで果ての見えない暗闇を湛《たた》えたトンネルに踏み入ったように、わっと空気が変わる。淀《よど》んで、暗く、遥《はる》かに恐ろしい何かに変わる。

逸流《いつる》の手から叶音《かのん》の肉体を浸食した黒は、彼女の深い奥底の核心まで到達し、何かを決定的に変えていた。肌に黒い亀裂《きれつ》を走らせた彼女は、目を見開いたまま、命の動きを止めたように凍り付いている。

『……為《な》ったか、叶音』

空中に無数に投影されたディスプレイの一つから、ツヅリがそう感嘆の声を漏らした。

『とうとう真の力を解放させたか。いい、いいぞ。クライマックスとはこうでなければいけない。互いの全力をぶつけ合おうじゃないか！』

次の瞬間、更に大量のディスプレイが空間に顕《あらわ》れた。広大な空間に夜空の星のように浮かび上がった画面が、一斉に《覗《のぞ》き鬼》の血走った眼球を投影し、空間全体をグロテスクな光で染め上げる。

同時に、叶音《かのん》を取り囲み、それまで時を止められたように動きを停止していた何十体もの《覗《のぞ》き鬼》達が、眼球をぎょろりと蠢《うごめ》かせて動き出した。

『さあ行け《覗き鬼》どもよ！　Ｉの物語が生み出した恐怖と、一人の少女の深淵《しんえん》な恐怖、どちらがより悍《おぞ》ましいかを決めようじゃないか！』

開戦の合図とでもいうようにツヅリが快哉《かいさい》を上げる。様々な形に進化した眼球の怪物が一斉に叶音に躍りかかる。鋭い鉤爪《かぎづめ》で、鋭利な刃で、蠢く触手で、叶音の肉を犯し壊そうと迫る。

それらの敵意に取り囲まれていても、叶音は膝《ひざ》を折り、沈黙し続けていた。

しばらくの間、一つ声を出す事も、一つ呼吸することも、一つ瞬《まばた》きすることもできなかった。

「…………、…………」

最初に叶音が出せた反応は、悲しみだった。

黒い亀裂《きれつ》を走らせた彼女の頬に、瞳から溢《こぼ》れた涙が一筋伝う。

「……逸流《いつる》が、死んだ」

その一滴が心の枷《かせ》を壊したように、やがて悲しみは止めどなく彼女の心と体を溺れさせる。

「逸流はもういない。あたしは……あたしは、あの子を守れなかった……！」

「そう。それが真実だよ、叶音」

露《あら》わになった事実を、心の傷にそっと塗りつけるように、目の前の逸流が囁《ささや》いた。

否《いな》、目の前の少年は逸流ではない。だって逸流は死んだ。叶音の目の前で、惨《むご》たらしく身を歪《ゆが》めさせて殺されていた。

「必ず守るって誓ったのに殺された。あの子を守れるならと命を擲《なげう》ったのに、何の意味もなかった。叶音に扉を開かせるために利用までされた。たった一人助けたかったあの子は、叶音よりも酷《ひど》いかもしれない恐ろしいものを見せられて、闇の底に葬り去られた――叶音の命は、一つの価値も残せなかった」

ビシィ！　とガラスが割れるような音がして、叶音の顔に走っていたヒビが、決定的な亀裂になった。顔が歪み、広がり、まっ黒の裂け目からどろりとした漆黒《しっこく》の液体が溢《あふ》れ出てくる。

その変化は、目の前の逸流にも伝播《でんぱ》していた。黒い亀裂は逸流の全身に広がり、叶音よりも激しい崩壊を見せる。ひび割れて欠けた顔のパーツが広がっていく。それはさながら、内側から破裂した硝子瓶《ガラスびん》が崩壊していく様子を、スーパースローで眺めているようだった。

今まさに身体《からだ》がバラバラに広がっていき、内側のどす黒い澱《おり》を噴出させながら、逸流は変わらない静かな声で叶音に囁き続ける。

「叶音は全てを奪われたんだ。尊厳を踏みにじられ、未来を閉ざされ殺された。たった一つ守りたかった約束まで反故《ほご》にされた。肉体からの解放なんて下らない教義のために。扉の向こうにいる精神存在なんかのために」

「そんな……そんなのって、ないわよ……」

亀裂は叶音の目にも奔《はし》り、溢れる涙すら黒く穢《けが》す。

叶音《かのん》が壊れていく。同時にその様子は、卵の殻を破るようにして、まったく新しく悍《おぞ》ましい何かが誕生するようでもあった。

「っひぐ……逸流《いつる》だけは、どうかあの子だけはって、その一心であんな、地獄みたいな目にも耐えて、ここじゃないどこかへ無くなる事だって受け容れられたのに……っこんな酷《ひど》い事、あっていいはずがない……！」

「そうだよ叶音。こんな事、現実なんて信じられないよね……だったら、どうするの？　叶音は、何をしたい？」

恐れに揺れ動く叶音の目に、逸流の崩れた微笑《ほほえ》みが映り込む。

黒に染め上げられた叶音の瞳に、より澄んだ黒色の覚悟が据わった。

同時に、先陣を切った《覗《のぞ》き鬼》の一体が、叶音に飛びかかる。歪《いびつ》に変形した右腕に生えた鋭い鉤爪《かぎづめ》が、彼女の頭部を串刺しにせんと振り下ろされる。

「──ああ、そうだ」

ただ、ぽつりと。宝物を収めた場所を唐突に思い出したように、呟《つぶや》く。

「そうだった──だからあたしは、フォビアを殺すと決めたんだ」

その瞬間、叶音の頬に走っていた亀裂《きれつ》から、間欠泉のように黒い澱《おり》が噴出し、迫り来る《覗き鬼》を呑《の》み込んだ。凄《すさ》まじい勢いの漆黒《しっこく》は《覗き鬼》の肉を容易《たやす》く貫き、瞬《また》く間に粉々のミンチに変えて吹き曝《さら》す。

叶音はそのまま弾《はじ》かれたように行動を開始した。ぐっと上体を曲げると、彼女の周囲を渦巻く黒い澱が真っ青に染まる。青色の出所は、叶音が足に履いた《墜落する青》からだ。

そのまま叶音は跳躍。足から噴出する青い澱が、叶音の身体《からだ》を凄まじい勢いで〈ゾーン〉の空高くまで舞い上げた。

『追いかけろ、Ｉの作品達！　あの少女を挽《ひ》き潰《つぶ》してしまえ！』

ディスプレイ越しにツヅリが発破をかける。《覗き鬼》の中、翼を持つ数匹が上空に舞い上がり叶音の後を追う。

その数匹以外の《覗き鬼》は、自分の最期《さいご》すら認識する事は叶わなかった。

「雑魚《ざこ》が邪魔をしないで。目障《めざわ》りだよ」

黒い渦の中に取り残された逸流が、そう一言溢《こぼ》す。

次の瞬間、足下に広がっていた黒い澱が爆発的に膨れあがり、大量の腕が立ち昇ってきた。

噴火するように溢《あふ》れ出てきた腕は放射状に広がると、周りの《覗き鬼》を絡《から》め取る。まるで蛙《かえる》が蠅《はえ》を捕食するように、呆気《あっけ》なく、一瞬のうちに。数十体もの《覗き鬼》は足下に広がる漆黒の中に呑み込まれた。

空気が一気に静まり返る。ディスプレイの向こうで、ツヅリが驚愕《きょうがく》に息を呑む音がした。

『……なんと』

「ツヅリ。君の作る物語は、とてもオシャレで芸術的だね。人の欲望を刺激して、共感により精神を歪《ゆが》ませる。それは実際、凄《すご》い技術だと思うよ」

逸流《いつる》の姿は少年の形から逸脱していた。バラバラに分裂した身体《からだ》のパーツが、内側から止めどなく溢《あふ》れ出る黒い澱《おり》によって辛《かろ》うじて繋《つな》ぎ止められている。それは人というより、人間の殻を寄せ集めて擬態する、無数の触手を持つ軟体生物のようだった。

「でも、ダメだね。君は恐怖をちっとも分かっていない。人の恐怖を面白がって、真に向き合えていないんだ」

『っ……！』

「本当の恐怖に、振り切れた感情っていうものに、道理や美学なんて存在しないんだよ」

嘲笑《あざわら》うように、逸流だったものがくすりと微笑《ほほえ》み、緩やかな挙動で手を差しだした。

瞬間、少年の指先から黒い澱が噴出した。まるで電撃のように凄《すさ》まじい速さで広がる黒は、毛細血管のように細く枝分かれし、彼を取り囲む大量のディスプレイにびたりと貼り付く。

ディスプレイには今も、《覗《のぞ》き鬼》に魅入《みい》られた人々によって行われる凄惨《せいさん》な光景が繰り広げられている。貼り付いた黒は、さながら隙間《すきま》に滑り込む蛇のような挙動で、その画面にぬるりと入り込んだ。

突然、ディスプレイが激しくノイズを走らせた。逸流や叶音《かのん》の顔に浮いたのと同じ黒い亀裂《きれつ》が、じわじわと画面を浸食していく。

『なんだ……!?』

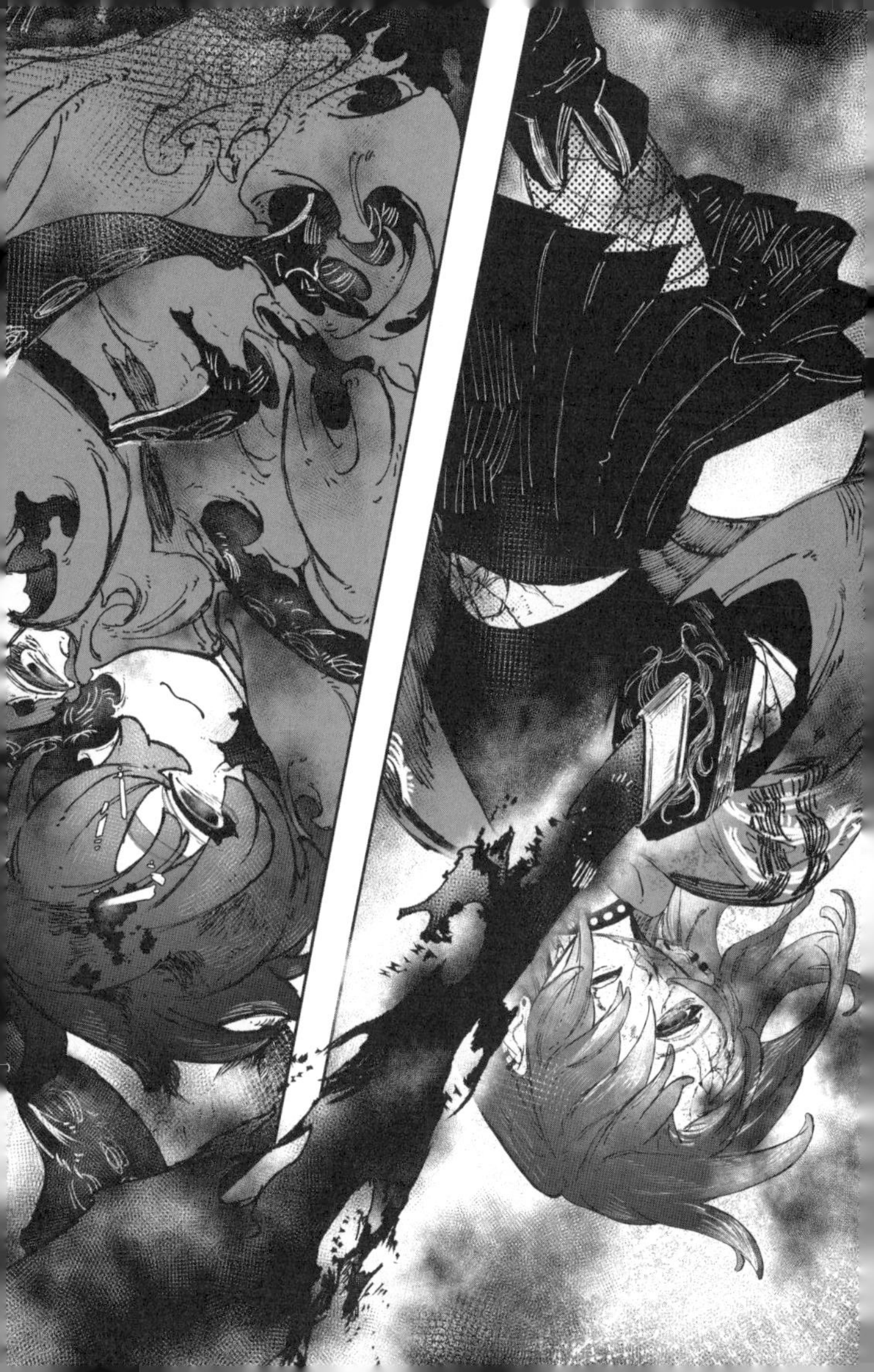

「外の人間がどうなろうと、僕は正直知った事じゃないんだけどね。後で叶音《かのん》が泣いちゃっても大変だから、この辺で遊びは終わらせてもらうよ」

浸食する黒が、画面を完全に覆い尽くす。

その途端、凄《すさ》まじい大絶叫が〈ゾーン〉全体に轟《とどろ》いた。悲鳴の発信元は、黒い触手に犯されたディスプレイからだ。

まっ黒に染まった画面から聞こえてくるのは、これまで映し出していた狂躁《きょうそう》がかわいく思えるほどの、生き物とすら信じられない引きつった絶叫だった。

「君のお陰《かげ》でとっても犯しやすいよ。見せびらかすためにわざわざ繋《つな》げてくれてありがとう」

『これは……《覗《のぞ》き鬼》に取り憑《つ》かれた人々の〈ゾーン〉を浸食してるのか⁉ 馬鹿な、物語で歪《ゆが》んだ精神を更に刺激すれば、心は砕け散る。元には戻らないぞ！』

「あはは、フォビアの君が心配する事じゃないでしょ。大丈夫だよ、僕はただ悪夢を見せるだけ。只人《ただびと》の心なんて味わう気にもならないさ。それにやっぱり君は分かっていない」

少年が微笑を浮かべ、まるでピアノでも演奏するように指を動かす。その度に指先から広がった放射状の黒が蠢《うごめ》いて、ディスプレイから響く絶叫が強くなる。

「起きた時には何も覚えていないよ。本当の恐怖は、認識なんて絶対に許さないんだ」

バツン、と音を立てて、ディスプレイが火花を散らせて故障した。恐怖と絶叫はディスプレイからディスプレイへ次々と伝播《でんぱ》し、地面に墜落する破砕音が洪水のように〈ゾーン〉を埋めつくす。

『おいおい、おいおいおいおいおいおい！　ふざけるなよ、物語をここまで育てるのにIがどこまで苦労したと思っているんだ！　何が起きている、せめて映像くらい出せよ《覗き鬼》ども！』

泡を食った声で、ツヅリが怒鳴る。

本気を出した叶音が、《覗き鬼》を容易《たやす》く上回るであろう事は、ツヅリにとって予想の範疇《はんちゅう》だった。ツヅリの目的は、叶音の本気を目撃する事。彼女の内に宿る恐怖と絶望を理解すれば、彼の怪異創作の力は更に一段深みへ至る事ができる。

言わばツヅリにとって《覗き鬼》とこの舞台は、叶音という脅威を特等席で閲覧できる鑑賞料だったのだ。それなのに。

『肝心のクライマックスが黒塗りだなんて、大顰蹙《だいひんしゅく》の興醒《きょうざ》めだ！　それに、真の恐怖は認識できない、理解のしようがないだと？　それじゃあIの作る物語は、根本から太刀《たち》打ちのしようがないじゃないか！　そんなのは、Iの存在意義を根本から否定する暴論だ！』

「君は確かにフォビアとしては大きく成長しているけれど、人間に関心を寄せすぎた。餌《えさ》を可愛《かわい》がる捕食者なんて、随分皮肉が効いてるね――恐怖の創造者が聞いて呆《あき》れる。君、ものすごく人間くさいよ」

『っ……!?』

逸流《いつる》の言葉が、ツヅリの胸を深々と抉《えぐ》り抜いた。事実、ツヅリが物語によって育《はぐく》んだ《覗き鬼》は、微笑を浮かべる少年の形をした何かによって、ものの数秒で壊滅させられてしまった。

ギリ、と歯を食いしばり、ツヅリが唸《うな》る。

『Iの美学を否定させはしない。《覗《のぞ》き鬼》はまだ生きている！　貴方達《あなた》の力の本質を暴いてみせるぞ――！』

そう言ってツヅリは残ったディスプレイを点灯させ、意識を叶音《かのん》に向けた。暗黒の空を落ちる少女の周囲にぱ、ぱ、と眩《まばゆ》いディスプレイが灯《とも》る。

《墜落する青》の力を発揮した空色の澱《おり》を噴出しながら、叶音はどこともしれない場所へと落ちていく。その後ろを、空を飛べる形に変化した四体の《覗き鬼》が追い縋《すが》る。

「ううううう――っううう、づうううううう――！」

叶音は泣いていた。顔面に走った亀裂《きれつ》から黒い澱を溢《あふ》れさせながら、表現しようもない感情に顔を歪《ゆが》めていた。叶音は悲しんでいたし怒っていた。絶望し怒り狂っていた。

「逸流《いつる》は死んだ。殺された。あたしは逸流を守れなかった！」

居ると信じていた彼がこの世界にいない絶望。それを忘れていた自分自身への失望。過去に体験した凄惨《せいさん》な悲劇全てを詳《つまび》らかに思い出してしまった恐怖。それらが断続的に脳裏にフラッシュバックし、自分の人生の空虚さに叫ばずにはいられない。

その全ての悲哀が、叶音の煮えたぎるような怒りへと結びついていた。

後ろを追従する《覗き鬼》の一体が、速度を上げて叶音に襲いかかる。プテラノドンのような形をしたソレの頭部は、錐《きり》のように鋭く尖《とが》っていた。その先端が叶音を抉《えぐ》ろうと迫る。

叶音は後ろを振り返る事もしない。彼女の手に走った裂け目から黒い澱が溢れ出すと、鞭《むち》のようにしなりながら《覗き鬼》の鋭い頭部に絡《から》み付いた。

同時にもう片方の手からも澱が溢れ出す。それは叶音の手にした幽骸《コープス》《形無鬼《かたなきおに》の偽憤刀《ぎふんとう》》に反応し、血のような赤に染まる。赤色の澱は急速に凝固し、光沢すら感じさせる細く硬質な帯になって叶音の腕を取り巻く。

いきなり叶音はその場で錐揉《きりも》み回転した。口を摑《つか》まれた《覗き鬼》は突然の推力に平衡《へいこう》感覚を失い、叶音に向けて引き寄せられる。ブシィッと鮮血が噴き出るような音を上げて、《偽憤刀》の赤色に染まった澱が放射状に広がる。

発生したヂギィ――!!　という轟音《ごうおん》は、まるで分厚い骨に、秒間数十万回と回転する鋸《のこぎり》を押し当てたようだった。凄《すさ》まじい擦過音《さつかおん》と火花を上げながら、赤い澱は《覗き鬼》の身体《からだ》を貫き、両断し、九つの賽子《さいころ》状に変えて消滅させる。

「お前等《まえら》のせいだ。お前等フォビアがいなければ、馬鹿げた教義がのさばる事もなかった。あたしが壊されることはなかった。逸流は死ななかった。あたし達は幸せに生きられたはずだった！」

悲哀と憤怒《ふんぬ》が混濁とした感情の渦を内側に抱えながら、叶音は叫ぶ。

足下から噴出する空色の澱が、突然扇状に展開された。孔雀《くじゃく》が羽を広げるようなそれがパラシュートのように作用して、空中を飛ぶ叶音《かのん》を急停止させる。その急速な減速に、追従していた《覗《のぞ》き鬼》は反応できない。

「お前等《まえら》さえ――お前等さえいなければあああああああああああ!!」

叶音は怒りの慟哭《どうこく》を叫び、《偽憤刀《ぎふんとう》》から噴出した赤い澱《おり》を、全力で振り回した。ディスプレイで囲まれた白黒の空に、紅蓮《ぐれん》の渦が発生する。

《覗き鬼》達は、叶音の動きに食らい付く事ができず、彼女が生み出したミキサーの只中《ただなか》に飛び込む事になった。

真っ赤な澱――まるで『切断』という概念そのものが凝縮したような血の渦の中に響く、肉と骨を粉々に削り潰す異音。渦から落ちてきた《覗き鬼》の残骸は、どれだけ大きくても指の爪程度しかなかった。三体分の肉と血の雨が〈ゾーン〉に降り注ぎ、塵《ちり》になって霧散《むさん》する。

「あたしはお前等フォビアを否定する！　現実以外の世界を否定する！　たとえもう手遅れでも、やり直しが利かなくても、あの過去を否定する！　あたし達を穢《けが》した世界や存在の全てを、今からでも・・・・・・・・・・なかった事にする!!」

たちまちのうちに四体の《覗き鬼》を葬った叶音は、ぐんっと加速した。その軌道の先には、身の丈五十メートルはあろうかという、全身から眼球を浮かべさせた巨大な《覗き鬼》の姿。

黒、紅蓮、空。目に痛いほど鮮やかで悍《おぞ》ましい色の澱を噴出させながら、ひび割れた少女が飛翔する。

「恐れろフォビア！　あたしはお前等を皆殺しにする！　あたしは悪夢を終わらせる悪夢だ！
お前達の絶望だぁぁぁぁ!!」

『――ああ。そうか、そうなんだな、叶音』

慟哭する叶音を目の当たりにして、ツヅリは畏敬と憧憬《しょうけい》の滲《にじ》んだ吐息を溢《こぼ》した。

『君は一度死んだんだな。壊れきった精神は、一度完全に肉体から剥離し、変容した。君は生きたまま死に、それから蘇《よみがえ》ったんだ。世界の領域を跨《また》ぐほどの力を持つ、全く別の存在として』

ツヅリの声に、かつてないほどの高揚が滲む。

それは彼にとって、自らが住む世界の常識を根本から覆《くつがえ》すほどの衝撃で、喜びだった。

『肉体や理性はおろか、生と死の概念すら含めたあらゆる枷《かせ》から解き放たれた、純然たる精神エネルギーの結晶！　望むままに現実を塗り替え、精神を渡る超越者。恐怖を殺す恐怖！　あ、なんて革新的なんだ……口八丁の物語が勝てる訳がない』

そう結論を打つツヅリの声には少しの悔恨も無かった。彼我《ひが》の圧倒的戦力差は、彼にとってまるで月に届かせようと手を伸ばすような無謀にすら感じられていた。

『しかし。しかしだ！　Iもまた一介のフォビアにして恐怖の創造者！　爪痕は残させて頂きましょう――貴方《あなた》が守ると誓った人を壊してしまう事でね！』

ツヅリの声に呼応するように、巨大な《覗き鬼》が、眼球まみれの巨腕を振り上げて、叶音に向かい突き出した。その動きだけで空気が唸《うな》り突風を吹き曝《さら》す。高層ビルがまるごと落ちてくるような圧力で、叶音の視界が眼球で埋めつくされる。

「させるもんかぁぁぁぁ!!」

叶音《かのん》は空色の澱《おり》を噴出させて急上昇。ゴウッ！　と唸《うな》りをあげる巨大な拳がほんの数メートル下を通り過ぎていく。

その拳の先端に、叶音は《形無鬼の偽憤刀《かたなきおにのぎふんとう》》から溢《あふ》れる紅蓮《ぐれん》の澱を突き刺した。腕に浮かぶ眼球の幾つかを突き潰しながら、巨腕の上に着地する。

「これ以上好き勝手にさせるもんか！　何も奪わせてたまるもんか！　お前等《まえら》は存在しちゃいけない。見られる権利も、覗《のぞ》き見する資格もない！」

叶音は巨腕の上を猛然と走り出した。

紅蓮の澱が怒濤《どとう》のように広がる。それらは大蛇のように猛然と《覗き鬼》の巨腕に食らい付き、腕に開いた眼球を抉《えぐ》り、肉を削《そ》ぎ骨を砕き割る。何千という刃が巨腕を破砕するギィイイイイイッ!!　という音が〈ゾーン〉中に響きわたる。

叶音は腕の上を駆ける。その後ろには《覗き鬼》の巨腕は無い。シュレッダーにかけられるように、指先からみるみる削られ、消滅していく。

肩口までを摩滅《まめつ》させた叶音は、空色の澱を噴出させて飛び上がった。衝撃に仰《の》け反《ぞ》る巨大な《覗き鬼》、その残った腕すら届かないほど高みに身を擲《なげう》つ。

「――あたしは全てを否定する」

ひび割れた全身から溢れ出る色取り取りの澱が、暗黒の虚空《こくう》を彩る。

その光景はまるで、恐怖を冠する神の使徒が終末の訪れを告げるような、おぞましい美しさに満ちていた。

「ぜんぶ――ぜんぶ、ぜんぶぜんぶぜんぶぜんぶ！　ぶっ潰れていなくなれぇぇぇぇぇぇ!!」

破壊と狂気の権化となり、叶音は落ちた。

紅蓮と空色の澱が更に広がり、巨大な竜巻を生む。あらゆる存在を破壊する狂気の大渦が、《覗き鬼》の真上から落ち、巨体を呑《の》み込んだ。

それはもはや圧倒的という言葉すら生ぬるい蹂躙《じゅうりん》だった。《覗き鬼》の眼球は赤の旋風に触れただけで引き千切られ、粘液を撒《ま》き散らして破砕された。巌《いわお》のような肉体は轟音《ごうおん》を上げて削り取られ、血と肉と骨片の豪雨になって大渦の中を吹き荒れる。

物語によって生み出された眼球の化物は、遥《はる》か格上の憤怒《ふんぬ》を前にして、もはや血と目玉を寄せ集めた肉の塊以上の存在には成り得なかった。

破壊の渦は周りに浮いていたディスプレイにも波及し、次々と破砕し金属片に変えていく。

そのディスプレイの中に、一つ煌々《こうこう》と明かりを灯《とも》すものがあった。

眼球と肉の塊を抜けた叶音は、弾《はじ》かれたように軌道を変え、そのディスプレイの中に身を投げ入れた。なぜそうしたのかを考える一瞬も必要なかった。フォビアという存在全てを否定し、何も奪わせないという一心が彼女を突き動かさせ、その行動を選択させていた。

叶音《かのん》がディスプレイの中に身を投げた後、〈ゾーン〉に静寂が訪れる。

暗がりの中、僅《わず》かに残ったディスプレイが、画面をノイズ混じりに明滅させている。破壊の渦を逃れ、地面に横倒しになったその画面に、奇術師の顔が浮かび上がる。

『完敗だ、叶音。凄《すさ》まじい力を見せてもらいました……認めよう。Ｉはまだ未熟です。真の恐怖を綴《つづ》るには、到底力が及んでいなかった』

そう敗北を認めたツヅリの顔に浮かぶのは、純粋無垢《むく》な悪辣《あくらつ》さを煮詰めたような喜悦。頬に埋め込んだスピーカーからザザ、とノイズを奏《かな》でて、彼は暗闇に向けて宣誓した。

『だが、その力は確かに見させていただきました！　誕生して以来最高に鮮やかなインスピレーションが湧き上がってくる！　次こそは貴方《あなた》に匹敵する恐怖をご覧に入れましょう！

――ご視聴ありがとうございました。また次の物語で、必ずやお会い致しましょう！』

ディスプレイの僅かな光で照らされた暗がりの中を、無数の欠片《かけら》が落ちてくる。それは粉々に破砕された肉片で、その中に詰まっていた血や体液で、破壊されたディスプレイのガラスや金属片だった。空間を構成していた亡骸《なきがら》が一斉に降り注ぎ、濁った水音と金属音が何千何万と重なり合った惨《むご》たらしい雨音を〈ゾーン〉に響かせ、地面に倒れたツヅリを映したディスプレイをたちまち粉々に叩《たた》き潰し、今度こそ沈黙させる。

こうして禍吐《まがつき》ツヅリが生み出した怪物は、一人の少女が孕《はら》んだ狂気の前に、呆気《あっけ》なく消滅したのだった。

――煌々《こうこう》と灯《とも》る、一つのディスプレイを残して。

◇

叶音がディスプレイの眩《まばゆ》い光を潜り抜けると、そこはワンルームマンションの廊下だった。足を着けたフローリングが軋《きし》んで音を鳴らす。

そこが〈ゾーン〉であることを疑う必要はなかった。構造は一見して普通のワンルームマンションに見えるが、照明から放たれる光は血のように濃い赤色だった。赤と暗闇で彩られたその空間は、昔のカメラフィルムを現像するための暗室を想起させた。

およそまともな精神状態の〈ゾーン〉ではない。こんなにも薄暗く、悍《おぞ》ましく、狭苦しい精神世界は叶音にとって初めてだった。

叶音は足を進め、廊下の奥の部屋に踏み入る。同じく赤色に染まった、ベッドと机があるばかりの簡素な部屋には、〈ゾーン〉の主の狂気がびっしりと張り巡らされていた。

星那《せな》の、顔写真だ。

あらゆる顔、あらゆる角度、あらゆる状況の星那を写した写真が、床も、壁も、ベッドも机も、天井までもを埋めつくしていた。まるで彼女と過ごした時間を一フレームごとに切り取ったみたいに大量で、彼女以外は何も見たくないと言わんばかりに執拗《しつよう》で、病的だった。

大量の星那《せな》の顔は、どれも眩《まぶ》しい笑顔をしていて、いずれも目だけが異質だった。写真の目はどれも生きているように艶《つや》めき、トリックアートのように叶音《かのん》を追いかけてきた。

叶音はひび割れた顔から黒い澱《おり》をゆらりと噴出させながら、視線を動かす。どちらを向いても、何百という星那の目と視線が交差する。

星那に見られる。それが〈ゾーン〉が孕《はら》む、この世界の主の唯一絶対の存在意義だった。

叶音は更に視線を回し、気付いた。

部屋の一角、机の周りだけが、他と違っている。

他と同じく、机も大量の星那の顔写真で覆いつくされている。

だが星那の視線は、叶音ではなく、彼女の背後に向けられていた。

「────ぁぁぁぁぁぁぁぁああああああああああああああ!!」

突然背後から奇声が轟《とどろ》き、フローリングを蹴《け》って何者かが飛び込んできた。その手にはぎらりとした刃物が握られている。

叶音は振り返る事もしなかった。手に走った裂け目から黒い澱を噴出させると、背後に迫る腕を絡《から》め取り、引き倒した。床に貼られた星那の写真の幾つかを巻き添えに引き剥《は》がしながら、叶音の目の前に襲撃者が転がり出る。

「……文乃《ふみの》さん」

叶音は、現れた〈ゾーン〉の主の名前を呼ぶ。

文乃はもう、叶音が知る彼女の形をしていなかった。《覗《のぞ》き鬼》への憧れが彼女の精神を歪《ゆが》め、他の信奉者と同様の巨大な眼球が彼女にも発生していた。口から上にあるべきパーツはなく、血走った眼球が葡萄《ぶどう》のように鈴なりに生え、ぎょろぎょろとグロテスクに動き回っていた。

「出ていけ……私の前に立つな。星那の目を遮らないでよ！」

歪《いびつ》に膨れた眼球だらけの頭部を擡《もた》げて、文乃は獣のように四つん這《ば》いになり、ヒステリックな声で叫ぶ。

叶音は知る由も無かったが、その〈ゾーン〉の形は、現実の文乃が生活する部屋とそっくりそのまま同じだった。まるでその狭く息苦しい一室だけが、彼女に生存を許された世界なのだと言うように。

その、まったく同じ作りの現実のドアが、立仙《りっせん》昇利《しょうり》によって開け放たれる。

「――無事かい、星那ちゃん！」

昇利は短い廊下を駆け抜け、奥の部屋に踏み込む。

そこで昇利はぴたりと足を止めざるを得なかった。

「それ以上近付かないで！」

文乃は拘束した星那を引き寄せ、首筋に果物包丁を突き付けていた。興奮からか、先端は既に星那《せな》の首筋に埋没し、赤い筋を落としている。

　昇利《しょうり》は呻《うめ》くのを抑えられなかった。ガムテープで口を塞がれ、ホッチキスで瞼《まぶた》を綴じられた星那は、見るに堪えないほど酷《ひど》い有り様だ。しかしそれ以上に昇利を動揺させたのが、文乃《ふみの》の目の凄《すさ》まじさだった。眼鏡の奥の瞳は爛々《らんらん》と見開かれ、血走り、瞳孔《どうこう》は病的な執念で塗り潰されていた。

「どうして邪魔するのよ。あなたが来たら、星那が私を見てくれないじゃない。星那の目を抉《えぐ》れないじゃない。これは私の人生で一番幸せな瞬間なのよ。土足で上がり込まないで！」

「落ち着くんだ、文乃ちゃん。まずはゆっくり、話でもしようじゃないか」

　昇利は迷子にそうするように手を差し出し、できる限り優しい声音で文乃を諭《さと》した。

「どうしたんだい？　君は真面目で、友達思いの優しい子だったじゃないか。そんな危ない物を持って脅すなんて、まったく君らしくないよ」

　昇利が一歩踏み出そうとすると、文乃はギッと剣幕を鋭く、首筋に食い込ませた刃に力を籠《こ》めた。鋭い痛みに、星那がくぐもった悲鳴を漏らす。昇利は必死に笑顔を作り、説得を続ける。

「最初に探偵事務所に依頼しに来た時、君は怖がる星那ちゃんの背中をさすって、心配しないでと励ましていたじゃないか。あの時の優しい君はどこに行ってしまったんだい？」

「……」

「君は、星那ちゃんを怖い目に遭わせるような子じゃない。さあ、危ないから包丁を置いて」

「もう終わりよ。大人しく最期《さいご》を受け容れなさい」

真っ赤に染まった〈ゾーン〉の中で、叶音《かのん》は刀の切っ先を、化物と化した文乃に突き付けた。

頭部に生えた眼球をギョロギョロと蠢《うごめ》かせる文乃は、ギリと歯を食いしばって敵愾心《てきがいしん》を剥《む》き出しにする。

「お前に……お前達に、私の何が分かるのよ！　誰にも見られない生活がどれだけ苦しいか、どれだけ辛《つら》いか、知りもしないくせに！」

文乃の慟哭《どうこく》に呼応するように、ズズ――と〈ゾーン〉に振動が走った。壁に貼られていた星那の写真が幾つか剥《は》がれて宙を舞う。

剥がれた写真の向こうに見える窓は、塗り潰されたみたいにまっ黒だった。まるで外なんて存在しないかのようだ。星那の目に囲まれた真っ赤な暗室は、叶音が見たどれよりも狭く、棺《かん》桶《おけ》のように苦しく閉じた精神世界だった。

「中学校の皆が私を玩具《おもちゃ》扱いした時、誰も助けようとしてくれなかった！　父さんと母さんは泣いてる私を慰《なぐさ》めもしないで、身勝手に放り出して遠くへ行ってしまった！　ずっとひとりぼっちだった。同じ人間じゃないみたいだった！　ただの背景みたいに、誰も私を気にしない。見向きもしない！　まるで最初からいなかった方が都合がいいみたいに！」

刀を差し向けながら、叶音《かのん》は〈ゾーン〉に視線を回す。よく見れば、壁には星那《せな》以外に幾つかの写真があった。にこやかに笑う家族写真。兄弟らしい誰かと撮った写真。けれどそこに、肝心の文乃《ふみの》の姿はない。修正液のようなもので真っ白に塗り潰されている。

その空隙《くうげき》が、文乃が心に抱えた傷そのものだった。

「私を見てくれたのは星那だけだった。星那の目がなきゃ、私はまた透明になる。呼吸もできないくらいの苦しみに閉じ込められる！　そんなの嫌よ。私が生きるためには、星那の目が絶対に必要なの！」

文乃は引き寄せた星那の目に包丁の先端を向けた。

恐怖に星那が身悶《みもだ》える。聞くに堪えないくぐもった悲鳴がワンルームマンションに木霊《こだま》する。

文乃の精神は破裂寸前の風船のように張り詰めていた。ほんの少し選択を間違えれば、星那はもちろん、文乃の心も崩壊して取り返しの付かない事態に陥るだろう。

それほどに、二人ともが追い詰められていた。

緊張感に冷や汗を滲《にじ》ませながら、昇利《しょうり》は言葉を絞り出す。

「……つらかったね、文乃ちゃん。誰も君を助けてくれなかった。助けてという必死の願いを無視された……その気持ちを、僕は推し量る事しかできない」

「っ……！」

「もし君の……君のような、悲しみに暮れる人の気持ちを本当に理解して、背負っている苦しみの少しでも肩代わりできたなら。心から力になれたなら。そう思わずにはいられないよ」

昇利が口にしたそれは、彼の本心だった。心を病み、途方も無い悲しみが常態化し痣《あざ》のように染み着いた人を、彼はいつもすぐ近くで見続けていた。

彼の言葉は、狂気に染まった文乃の心を、僅《わず》かに揺さぶる。

「君は、本当に星那ちゃんの事が好きで、大切なんだね……でも、文乃ちゃん。星那ちゃんをよく見てよ。君が欲しいのは、そんな感情を湛《たた》えた目なのかい？」

瞼《まぶた》を開かされ、血走ってブルブル震える目。

眼球を抉《えぐ》り出される恐怖に晒《さら》され壊れかけ、救いを求めて滂沱《ぼうだ》の涙を流す目。

感じた事もない感情に押し潰され、見た事もないほど歪《ゆが》んだ目。

それが彼女なのかと疑わずにはいられないくらいに、本来の星那から懸け離れた目。

「よく見るんだ、文乃ちゃん。今の星那ちゃんの目は、寂しそうにしている君に声をかけてくれるのかい？　悩みを聞いて、聞かせてくれて、寄り添ってくれるのかい？　君に、眩《まぶ》しい笑顔を向けてくれるのかい？　……君が大好きな星那ちゃんは、本当にそこに在るのかい？」

文乃の目に、明らかに動揺が走った。眼球にぴったりと添えられていた包丁の切っ先が震え、微《かす》かに逸《そ》れる。

「目を逸《そ》らさずによく考えるんだ。君がいま毟《むし》ろうとしているそれは、本当に君が欲しがっている目か？　君は本当にそれで満足できるか、文乃《ふみの》ちゃん！」

「っ……違う。違うわよ！　私の大好きな星那《せな》じゃない！　そんな事くらい分かってるわよ！」

髪の毛を激しく振り乱し、文乃は叫んだ。分かり切った事実を告げられる事が心外だと言わんばかりに、食いしばった歯の隙間《すきま》から悲痛が溢《あふ》れ出る。

「取り出した星那の目は笑ってくれない。一緒に楽しんだりしてくれない……でも、こうでもしないと星那は私の傍《そば》にいてくれないのよ。星那は明るくて、優しくて、人気者だもの。私なんて比べものにならないくらいに眩《まぶ》しいもの！」

引きつった目尻から、振り切れた感情の滲《にじ》む涙が溢れ出してくる。一滴が一筋になり、次第に止めどない感情の渦になる。

「星那はどんどん人気者になる。沢山《たくさん》の人の目に見られて、私がどんどん薄くなる。もっともっと眩しくなって、私の傍から離れてしまう。私を見てくれなくなる！　私は星那の特別からその他大勢になって、どんどん星那の目が離れていって——だから抉《えぐ》るしかないの。今この瞬間に星那を殺さないと、私はじきに透明になってしまうのよ！」

文乃は狂気に振り切りながら、同時に絶望していた。彼女の恐怖の根元は、星那という憧れの存在がすぐ傍にいることよって明らかにされた、惨めな自分との隔絶にあった。

その心の隙間《すきま》を、《覗《のぞ》き鬼》に付け入られた。

　元々危うかった文乃の精神状況は、インクに浸した紙のように急速に黒く染まり、彼女の精神を化物へと変貌させてしまったのだ。

「だから、私の邪魔をしないで。星那の目が手に入らないなら、私は生きていられない。だったらいっそ、このまま二人一緒に死んでやる！」

　真っ赤に染まる〈ゾーン〉で、文乃は頭部に浮いた大量の眼球をうぞうぞと蠢《うごめ》かせ、叶音《かのん》に向けてそう叫ぶ。

　先ほどの戦いでツヅリが用意した〈ゾーン〉は徹底的に破壊され、文乃にフォビアとしての力はほとんど残っていない。いま叶音の目の前にいるのは、《覗き鬼》に感化された一人の信徒。フォビアの爪先程度の力しかない残り滓《かす》だ。しかしその爪の先端は、今も星那の柔らかな眼球にあてがわれている。

「いやだ。星那が離れていくなんて想像したくもない。殺さなきゃ、少しでも星那が私を見てくれている、いまこの瞬間にでも殺して保存しなきゃ。星那の目を私のものにしなきゃ……！」

　文乃の頭が沸騰するように泡立ち、新たな眼球がぼこりと浮かび上がった。続いて首筋、胸、足にも、ぼこぼこと音を立てて眼球が浮かび上がる。文乃の精神は坂を転がるように恐怖に落ち、《覗き鬼》と同一化を果たそうとしている。

下手に動けば星那《せな》が殺される。一方で手をこまねいていれば、文乃《ふみの》はやはり星那を殺す選択をするだろう。

だから叶音《かのん》は……静かに目を閉じた。

「そうね。あなたの気持ちは分かるわ、文乃さん」

「え……」

叶音が目を閉じると、周囲に渦巻いていた黒い澱《おり》がフ――と消えた。部屋に充満していた、肉を削《そ》ぐピアノ線が張り巡らされているような緊張感が消え失《う》せる。

面食らう文乃の、額に浮いた大量の眼球が瞳孔《どうこう》を向ける中、叶音は言う。

「あたしは、誰か一人を想う気持ちの、痛いくらいの熱さを思い知っている。自分の存在理由がたった一人に委《ゆだ》ねられているのは、とても力強くて、不安定なものよ」

叶音の脳裏に光景がフラッシュバックする。病的なほどに真っ白に染め上げられた祭殿。棺《ひつぎ》に収められた逸流《いつる》の変わり果てた姿。

叶音は思わず自分の身を抱き寄せる。逸流は死んだ。もうこの世界にいない。嚙《か》み締めるその事実はとても苦くて辛《つら》く、身体中《からだじゅう》がバラバラに砕け散ってしまいそうなほどにつらい。

「もし生きていたら。もし、ずっと傍《そば》に居てくれたなら。もし……あたしの事を、ずっと好きでいてくれたなら。ずっとあの子の特別でいられたなら……そんな事を考えずにはいられない。思い出してしまった今は、ほんの少し気を緩めればバラバラに砕け散ってしまいそう」

叶音の心からの告解を、文乃は呆然《ぼうぜん》と聞き入っていた。

文乃の吐き出した思いは、誰とも分かり合えないと思っていたからこそ胸に秘め、どす黒く腐るまで隠し続けたものだった。いまその病的な偏執が、初めての同調を示される。

「だから、あたしはあなたの気持ちを否定しない。誰かを一心に求める貴方《あなた》の気持ちを、美しいとすら思う——あたしはあなたを理解するわ、文乃さん」

「叶音、さん……？」

叶音は刀を下ろし、微笑すら浮かべて、そっと文乃に歩み寄った。

眼球の浮いた文乃の顔、その中でまだ人の形を保っている頬に、そっと手を添える。

叶音の微笑には慈しみがあった。文乃と同じだけか、それ以上の悲哀があった。

それは今までずっと透明で誰にも理解されなかった文乃が、初めて得られた『共感』だった。

その『共感』こそが、文乃を殺す刃だった。

「理解した上で、あたしはあなたを絶対に許さない」

次の瞬間、叶音の手のひらの亀裂《きれつ》から、紅蓮《ぐれん》の澱が噴き出した。

幾本も枝分かれした澱は蜘蛛《くも》の脚のように鋭く折れ曲がると、文乃の頭部、その鈴なりに生《な》った眼球の全てを深々と抉《えぐ》り抜いた。

「づぎッ——ぎゃあああああああああああああああああああああああ!!?」

目玉を貫かれる凄《すさ》まじい痛みに悶絶《もんぜつ》する文乃。叶音は紅蓮の澱を鉤爪《かぎづめ》のように彼女の頭に食い込ませ、持ち上げる。

「求めるのも、病むのも、あなたが勝手にすればいい。だけどあなたは、求めるあまりに奪う事を選んだ。自分の欲求に目が眩《くら》み、欲望で人を傷つける事を選んだ」

叶音《かのん》は赤い澱《おり》を纏《まと》った腕を思い切り引っ張った。文乃《ふみの》の口から獣のような絶叫が噴出し、頭部に浮いた眼球がブチブチと引き千切れていく。

「あなたは恐怖に負けて、吐き気を催すような悪に成り下がったのよ」

とうとう叶音の紅蓮《ぐれん》の澱は、文乃の頭から眼球を引き抜いた。頭部を欠けさせた文乃の身体《からだ》は支えを失いどさりと倒れ伏す。

叶音の手には、この世界に一つ残った《覗《のぞ》き鬼》が摑《つか》まれていた。六本脚を持つダニのような体軀《たいく》に無数の眼球を浮かべさせた化物は、最後の抵抗とばかりに身悶《みもだ》えている。

グロテスクに眼球と脚を蠢《うごめ》かせる不気味な寄生虫に、あらゆる憐憫《れんびん》は不要だった。叶音はただ冷然たる眼を向け、冷え切った心で言い放つ。

「弱さを暴力の言い訳にするな——消えろ、屑虫《くずむし》」

叶音は手を握り込む。紅蓮の澱の鉤爪《かぎづめ》が閉じ、《覗き鬼》の身体を一瞬の内に圧殺した。水っぽい肉のへし潰れる耳障《みみざわ》りな音を立て、血と粘液がワンルームの〈ゾーン〉にぶちまけられる。

指の隙間《すきま》から溢《こぼ》れ出た眼球が、星那《せな》の顔写真をびっしりと張り付けられた床をコロコロと転がっていく。血走った眼球にはもう何の像も映る事はなく、やがて塵《ちり》になって消え失《う》せた。

こうして、奇術師の生んだ《覗き鬼》という怪異は、世界中から全てを消した。

後に残るのは、度を超えた偏愛を実現させていたフォビアを失った、ただ『見られる』事を望む一人の少女だけ。


文乃の眼鏡の奥の瞳に、一瞬、我に返ったように正気の光が差す。

包丁の切っ先が揺らぐのを、昇利《しょうり》は決して見逃さなかった。

「……十分に分かったよ、文乃ちゃん。君の気持ちと、それを理解し得ないって事がね」

昇利は吐き出された文乃の心の闇を、否定によって処断した。

頭を振り、顔を上げた昇利の目に宿るのは、義憤に燃える実直な正義の心。

「許しがたい傲慢《ごうまん》だよ。星那ちゃんは、君を肯定する道具なんかじゃないんだッ！」

「ツ――!?」

突然の怒号に文乃が身を竦《すく》める。揺らいだ包丁の切っ先が星那の顔から逸《そ》れた瞬間に、昇利は弾《はじ》かれたように飛び出し、彼女の手に全力の蹴《け》りを叩《たた》き込んだ。めぎっと指の骨が折れる音。包丁が勢いよく吹き飛んで壁に突き刺さる。

蹴りの衝撃はそのまま文乃を後ろに吹き飛ばし、拘束を解かれた星那が、昇利によって掠《かす》め取られる。

激痛と驚愕《きょうがく》に固まる文乃《ふみの》。その見開いた視界が捉えたのは、苦渋に歯を食いしばる昇利《しょうり》の顔と、腰だめに構えられ力が蓄えられた手のひら。

「僕は、星那《せな》ちゃんを守るという正義を遂行《すいこう》する――とても痛いけど、許してくれよ!!」

昇利の全力の掌底が、文乃の額に叩《たた》き込まれた。

ガウンッ！　と部屋全体が痺《しび》れるほどの凄《すさ》まじい衝撃が、文乃の脳を揺さぶり意識を刈り取る。彼女の身体《からだ》はカーテンを巻き込みながら窓硝子《まどガラス》を砕き割り、ベランダまで吹き飛ばされる。

顔から吹き飛んだ眼鏡が、カシャンとフローリングに落ちてひび割れる。

ベランダに倒れる黒い布に覆われた身体が、再び動き出す事はなかった。

閉ざされた血生臭い部屋に、割れた窓から冷たく澄んだ夜の風が吹き込む。

張り詰めた死の恐怖が、夜の香りに混ざって消えていく。

昇利は星那を縛り付けていたガムテープと、瞼《まぶた》のホッチキスを慎重に取り外す。

「怖かったね、星那ちゃん……もう大丈夫だよ」

「っひぐ……わぁぁ、わぁぁぁぁぁぁぁぁ……！」

張り詰めていた緊張の糸がとうとう千切れ、星那は声を上げて泣きじゃくった。もう何も見たくないというように、昇利の胸に顔を埋《うず》めて視界を温かな暗がりに覆い隠した。

深夜二時でも消える事のない街灯の光が、二人を微《かす》かに照らし出す。

太陽の訪れはまだ遠く。それでも頬に伝う涙を濡らす仄《ほの》かな銀色の明かりは、悪夢が去った事を告げる夜明けの光に違いなかった。

■ ■ ■ 門の前 ■ ■ ■

叶音《かのん》は闇の中を走っていた。

どことも知れない、少なくとも現実ではない薄暗い世界だった。一面が果ての見えない闇。足下は足首が隠れるくらいの嵩《かさ》まで、粘つくタールのような黒いものが埋め尽くしている。悍《おぞ》ましい暗黒の世界。そこを叶音は、亡者のように身体を揺らして走っている。

「……閉じなきゃ……閉じなきゃ、閉じなきゃ……っ！」

叶音の全身には今も酷《ひど》い亀裂《きれつ》が走っていた。亀裂からは涙のようにどろどろと黒い澱《おり》が溢《あふ》れ出て、辺りに充満する暗闇の中に溶けていく。

ほんの少しの衝撃で、バラバラに砕け散ってしまいそう。そんな身体を振り乱して叶音は走る。その顔には途轍《とてつ》もない焦燥が滲《にじ》んでいた。

「閉じなきゃ。扉を、閉じるんだ……壊れる前に、思い出しきってしまう前にッ」

喘《あえ》ぐように息をし、譫言《うわごと》のように言葉を繰り返し、叶音は粘つく闇をかき分け進む。

叶音の胸には悲しみが満ちていた。

逸流《いつる》が死んだ。人間の進化なんていうくだらない教義の犠牲になった。

どうか生きていて欲しいという願いを踏みにじられた。

守りたいと願った笑顔は、永遠にこの世界から奪われた。

自分の人生は、心は、何一つ残す事なく粉々に壊された。

悲しくて、虚《むな》しくて、やるせなくて苦しくてつらくてつらくてつらくて。

今すぐにでも死んでしまいたいくらいの、ひどすぎる真実だった。

だけど、同時に叶音《かのん》の本能は叫んでいた。

――まだ、思い出していない事がある。

もう一段深く、おぞましい真実。自分がどん底と信じる黒よりもっと暗い黒。それが叶音の内にある。それが今まさに暴かれようとしている。じわじわとにじり寄ってくる。

叶音はまだ、本当の意味の絶望を知らないでいる。蜘蛛《くも》の巣に絡《から》め取られた蝶《ちょう》が、生きたまま蜘蛛に食べられる真の恐怖をまだ知らないように。

「やだ、っはぁ、はぁ……いやだ、もういやだっ。こんな気持ち……っもう、耐えられない！」

ボロボロと涙を溢《こぼ》し、全身の亀裂《きれつ》から闇を溢《あふ》れさせ、叶音は四肢を振り乱して必死に走る。

自分すら知らない何かから逃げるようにして。

やがて、闇から浮かび上がるように、巨大な扉が叶音の前に現れた。

扉は六割ほど開かれていた。扉の向こうの漆黒《しっこく》は凄《すさ》まじく濃密で、錯乱している叶音が思わず目を逸《そ》らしてしまうほどに恐ろしく見えた。開けた扉の隙間《すきま》からは、底深い洞窟《どうくつ》のようなオォ……という空気の唸《うな》りが聞こえ、どす黒い澱《おり》が今もなお洪水のように溢れ出している。

閉じなければ。あたしがあたしでいられる内に。叶音は倒れ込むように扉に手をかける。

「ん、ぐ、ぎぃぃぃぃぃぃ……！」

扉は、全身に割れんばかりに力を籠《こ》めてやっと動き出した。重く錆《さ》びた音を立てて、じれったいほどゆっくりと閉じていく。

「閉じるんだ。早く、早く……手遅れになる前に……」

譫言《うわごと》を呟《つぶや》きながら、一歩、一歩と足を前に踏み込み、扉を閉じていく。叶音はもう何も考えていなかった。疲弊した心はまっ黒に塗り潰されて意味のある像を結ばない。「扉を閉じなければ」という使命感だけが、病的な衝動によって叶音の身体《からだ》を突き動かしている。

自分が忘れている事と扉に何の関係があるのか、叶音は知らない。扉の中に何があるのかも知らない。知りたくない。だから早く閉じるんだ。何かが起こる前に。悲しみに打ち拉《ひし》がれて自分が自分じゃなくなっていくようなこの恐怖が、真に手遅れになる前に。叶音はありったけの力を込めて扉を

「お

ね

え

ちゃ

ん」

世界の全てが、凍り付いたみたいだった。

叶音《かのん》の手がぴたりと止まる。

目を見開き、息すら止めて、戦慄《せんりつ》する。同時に、身体《からだ》が凍えるようにカタカタと震えだす。

「────────」

たとえどれだけ歪《ゆが》んでいても。たとえどれだけ壊れていても。

その声を、その呼び方を、叶音が聞き間違える事はない。

声は、叶音が今まさに閉じようとしている、扉の向こうから聞こえてきた。

「……、…………いつ、る…………？」

「おねえちゃん……どこにいるの…………真っ暗で…………何も……見えないよ……」

辛《から》うじて聞こえるようなか細い声。それなのに、まるで扉一枚を隔てた先、手を伸ばせば届くほどの近くにいるような声。

「ここ、すごく怖いよ。暗くて冷たくて、さみしいよ。おねえちゃん。ここから出してよぉ」

叶音が手を触れさせた扉が、かり、かり、と振動する。痩せ細った子供の腕が、重たい鉄扉の表面をあらん限りの力でひっかく様を、ありありと想像する事ができた。

叶音は凍り付いたまま動く事ができなかった。錯乱した脳味噌《のうみそ》を構成する神経細胞の一つ一つに、氷の針を挿し入れられるみたいな痛みが走る。

逸流《いつる》の声は泣いていた。怯《おび》えて、縋《すが》り付くように弱々しかった。

「たすけて……ここから出して、おねえちゃん」

叶音の魂は、今すぐ扉を開き、彼の手を取れと叫んでいた。

そして叶音の本能は『それだけは絶対にしてはいけない』と絶叫していた。

この扉は、人間の理解など及びもつかない概念世界へと繋《つな》がっている。

扉を開け放った時、とてつもない事が起こる。世界はどうしようもない事になる。

自分の心は、今度こそ粉々に砕け散り、闇に溶け、元の肉体には戻れなくなるだろう。

そして、その扉を開け放った先に、逸流がいる。

理性的な善愛と、本能的な畏怖《いふ》。真逆に作用する二つの衝動に、叶音は動けない。

「おねえちゃん……約束、してくれたよね」

扉の向こうで、逸流が言う。

叶音の脳裏に、つい昨日の事のように鮮やかに、あの夜に見上げた星空が蘇《よみがえ》る。

逸流の顔を覗《のぞ》き込んで、心からの親愛を籠《こ》めて言った。

あなたにはあたしがいると。

あたしがいるから、あなたは絶対に、ひとりぼっちにだけはならないと。

「こんな怖いところやだよ……僕をひとりにしないでよ、おねえちゃん……」

もし、叶音が愚鈍で無謀だったなら。罪悪感に突き動かされて扉を潜っていただろう。

もし、叶音に勇気があったなら。泣きじゃくる逸流を放っておくことはしなかっただろう。

もし、叶音《かのん》に本当の愛があったなら。叶音は逸流《いつる》の傍《そば》に居る事を選んだだろう。

あの時のように彼の手を取り、絶対にひとりぼっちにはしないと微笑《ほほえ》みかけたはずだ。

かつて星空の下で約束をしたあの日の叶音は、そうするだけの愛を持ち合わせていたはずだった。

それなのに。

「……ごめんね、逸流」

呟《つぶや》いた言葉は、果たして彼への贖罪《しょくざい》か、単なる自分への言い訳だったのか。

叶音は渾身の力を籠《こ》めて、扉を押した。

重たい扉が音を立てて閉じていく。はっと息を呑《の》む声がする。

「おねえちゃん。そんな、嘘だよね」

「ごめんね、逸流。あたしを許して……本当に、ごめんなさい……」

「いやだ！　待って、こんな所いやだよ、僕を置いていかないで！　助けてよおねえちゃん！

おねえちゃああああああああん！」

「っごめんなさい……ごめんなさい、ごめんなさいっ……ごめんなさい……！」

逸流が悲痛な声で叫ぶ。引き結んだ叶音の目からボロボロと涙が溢《あふ》れ出る。

少しでも逸流を見捨てる罪悪感から逃れようと謝罪を繰り返しながら、叶音は全力で扉を押す。目の前の声から目を背けたい一心で。早く閉じろ、早く早く早く早く早くと願いながら。

「ッ――嘘吐《うそつ》き――嘘吐き！　おねえちゃんの嘘吐き！　嘘吐き！　ずっと傍にいるって約束したのに！　僕をひとりぼっちにしないって言ってくれたのに！」

悲痛な絶叫は、今際《いまわ》の際《きわ》に怨嗟《えんさ》へと変わった。

閉じゆく扉の隙間《すきま》から響く声が残したのは、叶音の心に深々と突き刺さる呪いの言葉だった。

「嘘吐き！　嘘吐き嘘吐き嘘吐き！　嘘吐きぃぃぃぃぃ!!　こんな所いやだ！　助けてよ、僕を無視しないで！　おねえちゃん！　おねえちゃぁあああああああああああああん!!」

「ごめんなさい……ごめんなさい……っ！」

叶音は俯《うつむ》き、最後まで扉の向こうに広がる暗黒を直視する事ができなかった。

最後の一歩を踏み込み、ゴウン、と音を立てて扉が閉じられる。

逸流の絶叫は、その瞬間にぴたりと止んだ。夢から覚めたみたいな静寂。その静寂こそが、叶音の最大の罪だった。叶音は、ようやく届いた逸流の悲鳴から逃げ出したのだ。深い闇をかき分けてようやく辿《たど》り着いた真実に、再び蓋をして覆い隠したのだ。

「っひぐ……あぁぁ、あああああああああああ……！」

罪悪感と、臆病な自分自身への特大の失望が、叶音の心を引き裂いた。扉に貼り付くようにした身体《からだ》がずるずると崩れ落ち、地面に満ちるどす黒い澱《おり》の中にべしゃりと倒れ伏す。

今やっと、叶音は全てを思い出した。

度重なる恐怖によって肉体から剥離した逸流の精神は、向こう側に呑み込まれたままなのだ。

逸流《いつる》は死んでなどいない。死ぬ事すらできていないのだ。

地獄と呼ぶのが相応《ふさわ》しい概念世界で、たったひとり孤独なまま、肉体すら持たないまま、えんえんと生き続けている。

叶音《かのん》はずっと、その事実から目を背け続けていたのだ。

「ごめんなさい、ごめんなさい、ごめんなさい……！　う、うぅ……逸流、いつるぅぅぅぅ」

自分で閉じたばかりの扉を引っ掻《か》く。がりがりと。爪が割れる痛みすら厭《いと》わずに。

彼を助けたい。涙を拭《ぬぐ》い、あたしが一緒だと叫びたい。

その気持ちの全てが嘘だった。

扉の向こう側へ踏み入り、自分が自分じゃなくなる悍《おぞ》ましさから、何を捧げても逃げ出したい。叶音の心にあるのは、その恐怖ただ一つきりだった。

逸流を置き去りにしたと理解して、その上で扉を閉じ終えた事に心の底から安堵《あんど》している。

その醜《みにく》い我が身可愛《かわい》さが、心の底から憎くて悔しくて。

けれどやっぱり、扉を開こうなんて勇気は、叶音の中のどこにもなくて。

だから彼女は、閉じきったその門を前に、何もできず啜《すす》り泣く他ない。

「……結局、今回も同じだったね」

扉に貼り付く叶音の背後から、声がかけられた。

幼い少年のようでありながら、決定的な何かが欠けた、命の介在しない声が言う。

「叶音は何度もここに立って、その度に心を壊して、開きかけた扉を閉じた。君の心に宿る正義感は、恐怖を前に蠟燭《ろうそく》のように呆気《あっけ》なく吹き消えた」

「……」

「きっと魂のどこかで、こうなる事は分かっていただろうに。心の奥底に偏執的なまでに隠された、忘れている事すら忘れてしまう真実は、死ぬより辛《つら》い絶望に決まってるじゃないか」

叶音が振り返った先には、先の見えない暗闇だけが広がっていた。

暗闇の中で、人よりもずっと大きい何かが蠢《うごめ》いているのが、黒い影として微《かす》かに見える。

「それなのに君は、懲りもせずこうして辿《たど》り着いてしまった。知り合ったばかりの少女を助けるなんて下らない理由で、心の奥底の深淵《しんえん》まで」

蠢く黒い影が、呆《あき》れるように溜息《ためいき》を吐《つ》く。

僅《わず》かな沈黙を挟んで、何かは微かに笑ったようだった。

「やっぱり面白いね、君は」

「……」

「怖いのに確かめずにはいられない。痛みを伴うと知っていても、困っている人に手を差しださずにはいられない。あらゆるものに恐れを、時に愛情を見出《みいだ》し、自らの命さえ天秤《てんびん》にかけて守ろうとする……人間は実に複雑で、粗雑で、予測不能で面白い。あの時〝向こう側〟に漂う君を拾い上げたのは、やはり正解だったみたいだ」

くすくす、と何かが笑う。

闇が蠢《うごめ》き、何かが身を捩《よじ》って、叶音《かのん》に一歩近付いてくる。

「さあ、叶音。扉は閉じた。もっとも悪辣《あくらつ》で、もっとも選ぶべきだった選択肢はなくなった……これから、君はどうしたい？」

蛇が鎌首《かまくび》を擡《もた》げるような気配を闇の中で漂わせ、何かは叶音に尋ねる。

黒い亀裂《きれつ》を全身に走らせ、ひび割れて崩壊寸前の少女は、ひぐっとしゃくり上げた。瞳から黒い滴《しずく》をぽろぽろと溢《あふ》れさせる。

「……こんなの、嫌だ」

「……」

「っひく……受け容れられない……もう、何も見たくない」

食いしばった歯の隙間《すきま》から溢《こぼ》れ出たのは、ぐしゃぐしゃに打ち拉《ひし》がれてしまった少女の、『逃げたい』という切実な渇望だった。

「許したくない。こんな現実も、こんな悲しみも……ッ逸流《いつる》を守れないあたし自身も！　何もかも許せない！　えぐ、ひっく……いやだ、もういやだぁぁぁぁぁ……！」

叶音は全身に黒い澱《おり》をこびり付かせ、子供のように泣きじゃくる。

眼前の何かは、叶音の慟哭《どうこく》を静かに聞いていた。まるでそれこそが、この世界で最も美しい賛美歌であるというように。

「また同じだ。君は何度も同じ事を繰り返す。直視すべきと突き進み、最後には結局、目を逸《そ》らして逃避を望む。脆《もろ》く、惰弱で、憐《あわ》れでかわいそうな叶音……」

足下に充満する澱がざぁっと波打ち、何かが手を伸ばせば触れられるほどの近くに寄る。

「いいよ。その願いを叶えてあげる」

声に滲《にじ》むのは、憐れみではなく労《いたわ》りだった。人ならざるそれは、叶音の苦しみを理解こそできずとも、読み解き、寄り添おうとしていた。

そっと、叶音の頬に何かが触れる。

「忘れさせてあげるよ。叶音が受けた苦しみなんてなかった。君は約束を破ってなんかいない。君は逸流と一緒に幸せな日々を過ごしている。そういう風に信じさせてあげる」

彼女の欠けた顔から溢れ出ていたどす黒いものが、何かに吸い取られていく。まるでぐずぐずの泥から水気を吸い取り、人の形に捏《こ》ね直されていくみたいに。

「生きる目的が必要だから、許さない事にしよう。人を害するフォビアを恨み、殺して回ろう。そういう風に自分を定義して、都合良く設定した現実を構成しよう。精神を解き放ち、僕と交わった君は、それをするだけの力がある……君が信じるものが君の世界なんだよ、叶音」

内側に溜《た》まった澱を取り除かれて、叶音が『叶音』の形を取り戻していく。

叶音が〝修復〟されていくのと同時に、周囲を包んでいた暗闇も晴れていった。突風が吹いたように暗闇が吹き飛ばされる。どこかにある排水溝の栓を抜いたみたいに、足下に満ちた澱が引いていく。

世界が徐々に明るくなっていく。黒から白へ。澱《おり》の海は、塗り固めたように真っ白な床へ。

自分を構成していたものが抜き取られる虚脱感。視界がぼやけ、世界を認識できなくなる。

朦朧《もうろう》とした意識で、叶音《かのん》は呻《うめ》くように、自分に寄り添う何かに問いかけた。

「そうして、何もかもを歪《ゆが》めた世界で生きて……あたしは、最後にどこに辿《たど》り着くの？」

「ふふっ。さあね、それは叶音次第だよ。僕はせいぜい、君のその愉快極まる煩雑さを、特等席で楽しませてもらうだけだから」

ズズッと、巨大な生き物に啜《すす》り取られるような音を立てて、最後の澱が掻《か》き消える。

叶音が再び目を開けた時、そこは叶音の〈ゾーン〉である博物館だった。几帳面に磨かれ、埃《ほこり》一つ見つからない真っ白な床。様々な幽骸《コープス》がガラスケースに密閉されて陳列されている。

全身に走っていた亀裂《きれつ》は嘘のように消えていた。

叶音は荒れ狂う大波を描いた巨大な絵画の前で、小さくて柔らかなものに縋《すが》り付いていた。

顔を擦《こす》り付けるそこからは、じんわりと染み入るような温かさを感じる。

とくん、とくん、と耳を打つ鼓動は、確かに命の響きに違いなかった。

「……おかえり、叶音」

頭上から降ってくるのは、慣れ親しんだ、あどけなく柔らかな声。

そっと髪の毛を梳《す》かれて顔を上げれば、穢《けが》れなんて一つもない真っ白な天井を背景にして、いつもずっと叶音の傍《そば》にいる、少年の微笑《ほほえ》みがそこにある。

「とっても頑張ったね。お疲れ様……今日の叶音、すごくカッコ良かったよ」

にっこりと、『逸流《いつる》』は叶音がもっとも好む笑みを浮かべ、叶音が一番ほしい言葉を囁《ささや》いた。

「……逸流」

「うん、僕だよ。きょとんとしてどうしたの？　博物館に戻ってきてからずっと変な調子だよ？」

名前を呼べば、逸流は頷《うなず》き、朗《ほが》らかに笑う。

叶音は逸流の細い腰に手を回したまま、首を回して、見慣れた自分の〈ゾーン〉を眺め、ひとつ得心する。

「そうか……終わったのね」

「うん。《覗《のぞ》き鬼》は消えたよ。叶音が全部殺したんだ」

逸流の言葉を疑う気持ちは、ほんの少しも叶音の頭をよぎらない。

叶音の心はやり切った達成感に満ち、憑《つ》き物が落ちたように晴れやかだった。

何だかたまらない気持ちになって、叶音は不意打ち気味に逸流を抱き締めると、彼のお腹《なか》に頬を擦り付けた。

「っはぁ～～～」

「わ？　あははっ。もう、くすぐったいよぉ」

「少し静かにして。緊張の糸が切れたのかな、何だか無性にあんたを摂取したい気分なのよ」

鈴が鳴るような彼の声が、鼓膜を抜けて彼女の心の、自分でも気付いていなかった擦り傷を癒やしてくれるようだった。

「急に抱き着いてきたりして、叶音《かのん》ったら変なの」

「そう、ね……変ね。何年も会っていなかったみたいに感じられる。あんたはずっと、あたしの傍《そば》にいるのに」

「そうだよ。もー、そんなに僕の事が大好きなら、普段からぎゅ～ってしてくれていいのに」

「そうやってすぐ調子に乗るから嫌なのよ。いいから黙って、されるがままにされて。今度アイス買ってあげるから」

「わーい！　僕も叶音のこと大好き～！」

「もう。ほんっと、現金なお子ちゃまなんだから……」

つっけんどんにそう返しながら、叶音は心ゆくまで逸流《いつる》を抱き寄せ、香りを吸う。

そうしてひとしきり彼の温もりを堪能《たんのう》して、いつの間にか渇望していた何かを摂取し終わった頃に。微笑《ほほえ》む逸流が、そっと叶音の髪を指で梳《す》く。

「満足した？」

「……ん」

叶音はこくりと頷《うなず》き、ようやく逸流から顔を離した。

立ち上がり、逸流と目を合わせる。頭二つ分も小さな幼い少年は、一つの穢《けが》れも知らないというように澄んだ、精巧なガラス細工のような瞳を叶音に向けている。

「……じゃ、帰りましょうか」

「うんっ」

叶音が手を差しだすと、逸流がしっかりと握り込む。

真っ白な博物館は、叶音と逸流二人だけの、閉じきった清らかな世界だった。

穢れたものも、どこかに繋《つな》がる扉も、すでに白に塗り潰されたように存在しなかった。

そうして二人、浮上する。

夢から、現実へ。精神の内海から、肉体に縛られた世界へ。

意識が白い光に包まれ、霧散《むさん》していく。その最後の一筋がなくなるまで、叶音は逸流と結んだ手の確かな温かさを感じていた。その力強く確かな繋がりは、互いを大切に思う二人の間にある、愛と呼んでなんら差し障《さわ》りのない大きな想いと、絶対に破られる事のないと確信できるほどの強い誓いを、世界に向けて高らかに証明するようだった。

エピローグ 「見る」という疾病

――ごめんなさいね。余計なのがくっついてきちゃって。

これからお父さんと呼ぶ事になる男の人に初めて会った日。母は自分を指さしてそんな風に言うので、幼い文乃《ふみの》は漠然と「ああ、自分はいない方がいいんだな」と悟った。

物心がつく前にいなくなった本当の父親の事を、文乃はほとんど知らない。よほど酷《ひど》い離婚をしたのか、母は父について語る事をしなかった。

新たな父ができるまでの母は、いつもやつれて殺伐としていた。彼女は、コップを倒したとかおもちゃの片付けを忘れたとか些細《ささい》な事を指摘して、文乃をひどく叱りつけた。お願いだからいい子にしていて。手間をかけさせないで。うるさいから泣かないで。痣《あざ》がつくほど強く叩《たた》きながら、彼女はそんな事を叫び、自分がどれだけ苦労しているか理解するよう文乃に迫った。

女手ひとつで子供を育てる事は、相当に大変だったのだろう。漠然とでもそれが分かったから、文乃は母親を悪く言おうとは思わない。

ただその人並み以上の苦労の日々は、母が子に向ける事のできる愛情を、すっかり擦り切れさせてしまっていた。

母は、新しくできた父を心から愛していた。新しい父もまた母の事を愛していた。

しかし二人の愛情に、文乃が入り込む余地はなかった。

一緒に暮らし始めた新しい両親の、お互いを見つめる視線が、文乃に向く事はほとんどない。声をかけると舌打ちをされる事すらあった。

唯一褒められるのは、何もしなかった時だけだった。お腹《なか》が空いても、勉強で分からない所があっても、さみしくても、ぐっと呑《の》み込んで黙っていれば、二人は時々思い出したように文乃を見つけて「大人しくて手間のかからない良い子だね」と頭を撫《な》でてくれた。それが、文乃が唯一見る事のできる親の顔だった。

食卓が別になった。毎日の食事が塩辛くなった。家に知らない小物がどんどん増えていく。アルバムの、ただでさえ少なかった親子の写真が、両親二人だけの写真に覆い隠されていく。

それは感じた事のない疎外感だった。毎日、他人の家に上がり込むような緊張を感じた。それを訴える相手は誰もいない。忘れてしまった少女時代を取り戻すように潑剌《はつらつ》とする母親にとって、文乃は自分の人生の邪魔をするノイズでしかなかった。

中学に上がった頃に、母は久しぶりに文乃を呼んだ。ランドセルを外したばかりの、新しい学校に馴染《なじ》みきれていない文乃の顔を覗《のぞ》き込んで、母は言った。

——私は、文乃のお母さんを卒業しようと思います。

——ご飯は用意してあげるけど、それだけ。自分の事はちゃんと自分でするのよ。

——文乃は、もう子供じゃないものね。

嫌だ、なんて言う事はできなかった。お互いを愛し合う母と父が、文乃を邪魔者に感じている事は容易に想像が付いたから。

文乃《ふみの》にできるのは、できるだけ迷惑をかけないようにする事だけだった。

できるだけ、他人の手を煩《わずら》わせないようにする。

できるだけ、不快な気持ちにさせないようにする。

できるだけ、透明でいる。

それが、文乃が選べる唯一の選択肢だった。

だから文乃は、母親のお願いに一言も発さずにこくりと頷《うなず》いたし、中学校で受けていたいじめも、一言も母に相談しなかった。

居場所のない家庭環境は、幼い文乃から自主性を刈り取り、状況に流されるだけの無気力を植え付けた。自分から発言をする事もなく、人と語れる趣味もなく、表情すら碌《ろく》に変わらない。

体育の時に二人組を作ってと言われて立ち竦《すく》むしかできなかった。芸術の授業では真っ白なキャンバスを提出した。

校外学習の時に一人だけ置いて行かれても文句を言わなかった。掃除用具のロッカーに閉じ込められても、校舎裏のぬかるんだ地面に突き飛ばされて目の前に鞄《かばん》の中身をぶちまけられても、何も文句を言わなかった。そんな打っても反応のない木偶《でく》人形のような文乃の様子は、クラスメイトを面白がらせた。

教科書を隠されたら、親に代わりを買ってもらう事も、人に見せてもらう事もできず、文乃はただじっと何もない机を見ているしかなかった。

何度か先生がいじめを疑い加害者を問い詰めた事もある。しかし彼らは「仲良く遊んでいただけだ」と口裏を合わせて、文乃にもそれを強制した。制裁が怖くて、どんな反応が正解か分からなくて、文乃はその脅迫に屈した。次第にいじめはエスカレートし、肉体的な暴力も加わるようになった。文乃の母親は、日が暮れた遅い時間にたくさんの擦り傷を作って帰ってきた彼女を見て「晩御飯を食べないならそう言ってよ」と叱りつけた。

何をされても受け容れる文乃は『いじめてもいい奴』だとカテゴライズされ、かわいそうという視線も早々になくなった。進級し、クラスが変わっても扱いが変わる事はなかった。

つらくない訳がなかった。

毎日泣きたくて泣きたくてしょうがなかった。学校になんて行きたくなかった。

他人の家のようなベッドで起きる度に、このまま舌を嚙《か》み千切って死ぬ事を本気で考えた。

こんな日々が続くなんて、考えるだけで死にそうだった。

いじめがつらいと訴えれば、母は煩わしい顔を向けるだろう。

死ねば、大きな迷惑を掛けてしまうだろう。

それは文乃にとって、死以上に恐ろしい事だった。

お願いだから手間をかけさせないでという母の叫びが、脳味噌《のうみそ》の奥にこびりついていた。

だから文乃は中学校の三年間、誰にも苦悩を打ち明けないままに玩具《おもちゃ》扱いを受け容れた。

中学三年生の秋、父が遠くへ転勤することが決まった。

母は文乃《ふみの》の進学先として、地元から少し離れた高校を選んでいた。

文乃は何も言わず、頷《うなず》いてそれを受け容れた。

母はほっと胸を撫《な》で下ろして「手が掛からない子で良かった」と微笑《ほほえ》んだ。

十五年住んだ家の売却は滞りなく進んだ。両親は仲良く遠くへ行ってしまい、文乃は場当たり的に用意されたワンルームマンションに、ほんの少しの段ボール箱と一緒に置き去りにされた。

それが自分の運命なんだろうと、文乃は諦めていた。

透明でいる。それが自分という命に課せられた宿命なのだ。水たまりに生まれた魚が、どんなに小さくて汚れた場所であってもそこで生きるしかないように。

高校では、もっと上手《うま》く透明でいよう。

ただ無反応でいるだけでなく、当たり障《さわ》りのない笑顔や相槌《あいづち》を覚えて。もっともっと、誰の印象にも残らないようにしよう。

それは、とてもとてもつらいけれど。苦しいけれど。

誰かに見つかって汚されるのは、もっともっとつらいから。

透明でいよう。光の届かない深海に潜るように、気配を殺して。

いっそどうやって呼吸をしていたか分からなくなるくらいに、息を詰めて。

誰の記憶にも残らないように。

それが、彼女に出会うまでの、文乃の生きる世界だった。

◇

開け放たれた窓から吹き込んだ風が、半透明のカーテンをふわりと揺らし、柔らかな陽光を病室に差し込ませていた。

空気は洗われたみたいに清潔で、薬品の匂いがした。室内にも、外にも、人の気配がまるでしない。ふとすれば、時間が流れている事すら忘れてしまいそうな清潔な静寂に満ちていた。

時の流れを告げる音は、二つあった。窓の外の木立に止まる小鳥の囀《さえず》りと、断続的に響く、しゅこーっという空気を動かす機械音。

病室の中心にあるのは、一台のベッドだった。窓から吹き込む風が彼女の黒髪を揺らす。

ベッドには、一人の少女が縛られていた――そう、縛られていた。幾つものベルトが彼女の身体《からだ》を縛り、身動きを封じている。

少女の目は開け放たれていた。瞳孔《どうこう》は病院の天井に据えられ、彫像のように動かない。機械的に上下する胸の動きがなければ、少女はまるで死体のように見えた事だろう。

しゅこーっと、空気を動かす機械音。

異音は、ベッドのすぐ傍《そば》に据えられた人工呼吸器の音だった。機械から伸びた太いチューブは、少女の鼻と口を覆うマスクに繋《つな》がり、規則的に空気を送り込んで肺を膨らませている。

瞳孔も動かさない、生きる事を辞めたような少女を閉じ込める病棟の一室。

その病室のドアが開かれ、一台の車椅子が入ってきた。

回転する車輪は、少女が拘束されたベッドの傍で止まる。

「…………………」

車椅子に乗るのは、星那《せな》だった。サイドポニーは解かれ、長い髪が病院服に垂れている。

顔色は良くなく、やつれていた。ホッチキス穴はもう治りかけているが、瞼《まぶた》にぽつぽつと浮いた血だまりは、健《すこ》やかな十代の少女に降り掛かった恐怖の痕を痛々しく残していた。包丁で穿たれた彼女の太ももには、分厚く包帯が巻かれている。

星那はベッドに目をやり、緊張に引き結んだ唇を開く。

「……無事なの？」

「ええ。少なくとも病院の診断書の上では、文乃《ふみの》さんは傷一つない健康体よ」

問いに応えたのは、車椅子を押す叶音《かのん》だった。いつもの赤いスカジャン姿の彼女は、ベッドに寝かされ人工呼吸器を付けられた少女――文乃を一瞥《いちべつ》する。

「文乃さんの身体《からだ》にはどこも異常はない。ただ彼女の脳は、呼吸する機能だけを停止させている。まるで自分が深海の底にいると錯覚しているみたいに。呼吸できない生き物だと自分を定義付けているみたいに」

「……」

「原因は不明……心因性のものだそうよ」

叶音の声を、星那はぐっと喉を詰まらせながら聞いている。

献身的なカウンセリングと治療で恐慌状態から回復するのに一週間。包丁で抉《えぐ》られた太ももの傷が十分に回復するのに、それからもう一週間。

血と恐怖に満たされた文乃の家から救助されて二週間後。星那は見舞いに来た叶音に、自ら望んで文乃に会いたいと伝えてきた。そして、星那は今ここにいる。重篤《じゅうとく》な精神疾患で呼吸さえできなくなった、変わり果てた元友人の前に。

「今は、起きてるの？　……声は、聞こえてるの？」

「ええ。星那さんがそこにいる事を、文乃さんはちゃんと分かっているはず」

「そう……じゃあいいや。わたしは、伝えに来ただけだから」

そう言って星那は、微笑を滲《にじ》ませた。

胸の内の覚悟が固まったと、言葉はなくとも確信させる笑み。叶音は車椅子から手を離し、元気づけるように彼女の肩を少し叩《たた》いて、病室の隅に身を引く。

叶音《かのん》が遠ざかった事で、病室は星那《せな》と文乃《ふみの》の二人だけの空間になる。

天井を見つめて動かない瞳を見つめて、星那は緊張に震えそうになる唇を動かす。

「ふみふみ、言ってたもんね。誰にも見られない日々は、息ができないくらいに苦しいんだって……そっか。ふみふみは、ひとりぼっちになっちゃったんだ」

文乃は反応を見せない。しゅこーっという煩《わずら》わしい人工呼吸器の音がして、彼女の胸を膨らませる。呼吸を止め、生きるための最低限すら放棄した彼女は、いっそなぜ死体と呼んではいけないのかを考えなければいけないほどに命と呼ぶ事が躊躇《ためら》われた。

そんな文乃の、マスクで覆われた顔を見つめ、星那は続ける。

「ふみふみは、怖かったんだよね。わたしがモデルを頑張って、沢山《たくさん》友達を作って、どんどん遠くに行ってしまうと思ったんだ。手が届くところにいて欲しくて……だからふみふみは、わたしの目を取ろうとした」

星那は文乃に襲われ、危うく二度と光の無い生活を強《し》いられるところだった。最期《さいご》に見る光景を、彼女の狂気と恐怖で塗り潰されるところだった。

あの出来事を思い出すだけでも、身体《からだ》が震える。彼女の顔を見ると、フラッシュバックしてくる痛みと恐怖に叫び出しそうになる。

それでも星那は文乃の前に居る。膝《ひざ》の上に乗せた拳を強く握りしめて恐怖を堪《こら》えて。

言うべきと思った言葉を伝えるために。

「ねえ、ふみふみ。ふみふみは知ってた？　わたしがモデルを始めたのはふみふみと知り合ってからだったけれど、スカウト自体は前から受けてたんだ。でも、ずっと断ってたの。勉強できなくなるし、友達と遊ぶ時間は減っちゃうし、そもそも何がいいのかよく分からないしで、ヤなことばっかじゃんって思ってた」

人形のようになった文乃は返事をしない。天井を向いた目は何の反応も見せない。

星那はそれでも、はにかんで言葉を続ける。

「それでもモデルをやってみようかなって思えたのはね……ふみふみが居てくれたからなんだ」

「――――――」

規則的に続いていた人工呼吸器の空気の唸《うな》りが、僅《わず》かにブレたような気がした。

「だってふみふみ、すっごくわたしの事を褒めてくれるもん。ふみふみのわたしに向ける目は、いつも物語のお姫様を見てるみたいにキラキラしてて、言葉にしなくても『すっごく綺麗』『素敵』って褒められてるのが分かって、それがとってもくすぐったくて……ふみふみに見られてると、まるで自分が特別になったみたいに感じられた」

星那が言ったその言葉は、他でもない文乃が、星那の視線に感じていた事だった。

誰かに認識される事が、自分を定義してくれる。ここにいていいんだと肯定してくれる。

誰かに観測されている事で、透明じゃなくなる。世界が色づく。

「ふみふみはずっと、わたしを応援してくれたよね。付きまとわれる視線が怖かった時も、少しも笑わなかった。『私が力になるよ』って言ってくれて、本当に嬉《うれ》しかった。ふみふみみたいな優しい人が友達でよかったぁって、心の底から思えたの」

「……、…………」

「モデルを始めて、やっかみを向けられる事が増えた。学業をおろそかにしてする事かって小言を言われたりもした。でも全然気にならなかった。だってふみふみが、ずっとわたしの事を見てくれたから。ふみふみがすっごく嬉しそうにするから、何でも頑張ろうって思えた」

星那《せな》の両手が病院服を握りしめる。ぎゅううっと強く。気を抜くと破裂してしまいそうな、限界まで張り詰めた感情を必死に堪《こら》えようというように。

ふるふると震える唇が、引きつった笑みを浮かべて、言う。

「分かる、ふみふみ？　わたしはずっと……綺麗に輝くわたしを、ふみふみだけに見て欲しかったんだよ」

「――――――」

まるで、心臓に針を刺すように。

星那の言葉に、文乃《ふみの》はぶるりと身を震わせ、ようやく息を吹き返したように動き出した。

天井を向いたまま動こうとしなかった目が、怯《おび》えるように星那に向けられる。

自分を犯し、殺そうとした少女の目に、星那はできる限りの笑みを向けて見せた。あちこち引きつって不恰好《ぶかっこう》な、必死に取り繕っただけの作り物の笑顔を。

「わたしは、ふみふみの目に応えたかった。みふみがわたしに憧れてくれるから。その憧れに似合うような、とびきり眩《まぶ》しくて綺麗な人になりたかった」

ひとたび交錯した視線は、縫い止められたように離れなくなった。見えない引力が働くように、文乃に瞬《まばた》きすら許さない。

「わたしが眩しくて綺麗になればなるほど、ふみふみの特別になれた。ふみふみの応援が、わたしを特別にしてくれた……二人一緒に、特別になれた気がしたんだ。ずっと二人一緒にいたいって、心の底から思ってた。ふみふみは、わたしの一番の親友だと信じてた」

ひきつった微笑《ほほえ》みを浮かべる星那。その瞳から、堪えられない感情が涙になって溢《あふ》れてきた。窓の向こうから差し込む陽光が、頬に光の粒を落とす。

「なのに……そっか。そっかそっか、そっかぁ……ふみふみは、わたしがあなたを見捨てて、勝手にいなくなるって思ってたんだ」

「……ぁ」

マスクに塞がれた文乃の口から、夢から覚めたような声が漏れ出た。

自分は透明だから、他者に見られる事で存在する事ができる。

そう病的なまでに信じていた彼女だからこそ、信じられなかった。

透明な自分が誰かに観測されて、影響を与えていたなんて。

ようやく文乃《ふみの》は、自分が犯した間違いに気が付いた。

そして気付いた時にはもう、何もかもが手遅れになってしまっていた。

「わたしがキラキラできる原動力で、一番の理由だった。ただふみふみに見てもらえるなら、ふみふみが嬉《うれ》しそうに微笑《ほほえ》んでくれるなら、他に何も要らない。本当にそう思えたんだよ？　そのくらいにわたしは、ッふみふみの事を──」

決壊した星那《せな》の感情が描きだすのは、煮えたぎるような憎悪《ぞうお》だった。

涙で濡らした目に怒りを宿し、星那は文乃を睨《にら》み付ける。ギリと音が出るほどに歯を食いしばって。失意と憤怒《ふんぬ》に、顔をぐしゃぐしゃに歪《ゆが》めて。

「ねえ、なんであんな酷《ひど》い事したの!?　どうして、あなたの前からいなくなるなんて勝手に思い詰めたの!?　ふみふみが傍《そば》にいてくれて幸せってずっとずっと言ってたのに！　一番の友達って何度も何度も言ったのに！」

「っん……んぐぅ……！」

「遠ざかるとかばかじゃないの!?　何も言われなくたって、ずっとふみふみの傍にいたいって思ってた！　誰よりも一番近くで、ふみふみに見ていてほしかったのに。その気持ちを、あなた自身が台無しにした！」

犯した過ちが文乃を貫いた。全身が痙攣《けいれん》を起こしたように震え、ガタガタとベッドを揺らす。耳を塞ぐことすらできない彼女に、星那は燃え盛る憎しみを叩《たた》きつける。

「透明な自分を照らす光って何さ！　わたしが大好きな女の子は空っぽな透明だったって事？　わたしはふみふみのための道具だったの？　わたしの目にしか価値はなかったの？　ふみふみはわたしをその程度にしか見てくれてなかったの⁉　本当に最低。あなたはわたしを信じてなかった。自分の事ばっかりで、わたしの事をちっとも見てなかったんだ！」

「っふぐ、むぐぅぅう、ぐうゔぅぅう……！」

文乃の目からはボロボロと涙が溢《あふ》れ出てくる。必死に星那に向けて何かを訴えようとしているが、声はマスクに塞がれて、くぐもって無意味な絶叫にしかならない。違うと否定する事もできない。ごめんなさいと謝る事もできない。手を伸ばして涙を拭《ぬぐ》う事も、背中を擦《こす》ってどうか泣かないでと願う事も、額を床に擦りつけて許しを請う事もできない。

ようやく戻ってきた理性が直面したのは、世界で最も眩《まぶ》しく輝いていた絆《きずな》を自ら粉々に叩き潰したという、決して取り返しの付く事のない罪だった。

そうして、唯一繋《つな》がっていた視線すら、星那によって断ち切られる。

彼女は悲しみのあまり俯《うつむ》き、ボロボロと涙を溢《こぼ》しながら、最後の決別を叫ぶ。

「もう知らない。あなたの手の届かない、遠い所に行ってやる。モデルも真剣にやる。誰にも負けないくらい綺麗になって、有名になってやる。本当はあなたに見てほしかった光景を、遠く遠く離れた所からあなたに見せつけてやる！」

「むぅう！　むぅぅぅうぅうううぅっ！」

「ふみふみなんて要らない。もう見てもらう必要なんてない。だから、あなたがわたしに見られる事だってない……もうおしまいだよ」

陽光の差し込む病室には、ガタガタ震えるベッドと、くぐもった悲鳴ばかりが響く。洗われたような病室の空気に、二人分の悲哀が木霊《こだま》し、残響になって染み入るようだった。

かつて共に支え合い、見つめあい、お互いを特別に想い笑い合っていた二人の友情は、閉じられた病室のどこにも見つける事はできなかった。

「ふみふみの馬鹿、ばか、ばかぁぁぁ……！　見ているつもりだった。ずっと、あなたを見ているつもりだったのに……！」

文乃《ふみの》は悲鳴をあげながら泣いていた。星那《せな》も泣いていた。文乃が今更正気に戻ったところで手遅れだった。病んだ妄執は二人の絆《きずな》をずたずたに引き裂いた。二人が共有しているのは、お互いに半身のように深く根ざしていた繋《つな》がりを引き裂かれた痛み、ただその一つきりだった。

叶音《かのん》が星那の車椅子を押し、病室から出る内にも、文乃はベッドを激しく揺すり、くぐもった絶叫を上げ続けていた。

扉が閉じられ、廊下を進んでいる間に、声は遠ざかり聞こえてこなくなる。彼女の『見られたい』と望む執念は、今度は後をついてくる事はなかった。

エレベーターを降り、隔離病棟の出口が見える頃になって、星那はようやく口を開いた。

「……連れてきてくれてありがとね、のんのん」

「いいのよ。このぐらい、感謝される事じゃない」

車椅子を押しながら、叶音は静かな声で言う。

星那はようやく顔を上げる。泣き腫らした顔はげっそりとやつれていた。たった数分の邂逅《かいこう》で十年も老け込んだみたいだ。

叶音はしばらく黙っていたが、心の内の言葉を言うべきだと思い直した。慎重に口を開く。

「文乃さんの凶行は、フォビアという寄生体の仕業よ。あれは星那さんを怖がらせたように、文乃さんを《覗《のぞ》き鬼》に憧れさせた。あの夜の出来事は、決して文乃さんだけのせいじゃない」

「でも、あの時の言葉はふみふみのものだった。誇張されて、歪《ゆが》んでいたけど、それでもあの子の本心だった……そうでしょ？」

「……」

星那の認識は、きっと真実だった。《覗き鬼》は人の『見てほしい』という欲求に反応し、狂気に振り切れさせる。

どこにも居場所を得られなかった透明な文乃は、星那に見つめられる事を自分のアイデンティティとした。彼女の欲求は、本質的に独り善《よ》がりで、星那を利用するものだった。

可憐《かれん》で眩《まぶ》しい星那《せな》と、透明な文乃《ふみの》。人気者のアイドルと、何の取り得もない一般人。見られる特別な存在と、見るしかできない大勢のうちの一人。二人の友情の間には、主体と客体という埋める事のできない隔絶が存在した。その亀裂《きれつ》こそが土壌となって、フォビアという種を芽吹かせ、文乃を魅了し、《覗《のぞ》き鬼》と同一化せしめたのだ。

同情の余地はあるかもしれない。文乃もまた心の闇をフォビアに付け込まれた被害者だ。だがその被害は叶音《かのん》以外は認識もできず、星那が受けた心の傷をほんの少しも埋めはしない。

罪には罰がもたらされる。

これから先文乃に待つのは、後悔と贖罪《しょくざい》に身を焼かれる、地獄のような孤独の日々だ。

そして星那は、これまでの思い出の数々を、思い出したくもない傷として生きる事になる。

……だが、しかし。その結末を受け入れるには、星那の背中はあまりにも寂しそうで。

車椅子を押しながら、気づけば叶音は口を開いていた。

「……信じるって、すごく大変よ。自分を信じられない人が他人を信じるなんて、尚更ね」

あの時の事はもうほとんど記憶にないが、凶行を止めるために踏み入った文乃の〈ゾーン〉の事は覚えている。あまりにも狭くて息苦しい一部屋は、星那の笑顔でびっしりと埋め尽くされていた。目に見える全てが星那だった。文乃の精神世界のはずなのに、彼女を体現するような何かはまったく見出《みいだ》す事ができなかった。

自分に何の価値も見出していない人間が、見返りのない無償の親愛を信じられるだろうか。

自分を信じていない人間は、『自分を信じる他人』をどうやって受け入れればいい。

星那を独り占めにしたい。最期《さいご》の光景を自分にしたい。それは猟奇的な愛の発露で、同時にその愛情は、ひとたび道を誤ればぐずぐずに歪《ゆが》んでしまうほどに、純粋でまっすぐだった。

病んで歪んで殺意に変わってしまうほどに、文乃は星那に焦がれていたのだ。

そして、その気持ちは、決して一方通行などではなくて。

「三人で一緒に写真撮影をしたあの日。文乃さんはとても楽しそうに笑っていた。あなたの力になれた事を、心の底から誇りに思っていたわよ」

「……」

「そんな目に見られた星那さんは……あたしの知る誰よりも綺麗で、かわいくて、眩しく輝いて見えたわ。それはきっと、あなたにとって文乃さんが……」

「言わないで。……………言われなくても、分かってるから」

重い重い沈黙の後、星那は小さく、絞り出すようにそう口にした。

隔離病棟から外に出ると、真昼の日差しが二人を温かく照らし出した。庭の木々には小鳥が寄り集まって囀《さえず》り、プランターには綺麗に整列した花々が色鮮やかな絨毯《じゅうたん》を作っている。

陰鬱な心に対する皮肉のように、世界は晴れやかに、澄み渡っていた。

星那は疲れ切った胡乱《うろん》な目を庭に向けている。蝶々《ちょうちょう》が二匹、くっつきながら花畑の上を飛んでいる。二人でようやく一つの生命なのだと、自分を定義しているみたいに。

二匹の蝶々《ちょうちょう》を目で追いかけて、星那《せな》は絞り出すように言った。

「……簡単に、割り切れるものじゃないよ。忘れることは、きっと一生かけてもできっこない」

「……そうね」

「でも……でも。だからこそ。忘れる事だけは、しないでいようと思う」

「……」

「つらかった事も、楽しかった事も全部。忘れず大事に、心の中にしまっておく。そうしていつか、二人共の傷が癒えて、もう一度会った時……その時にわたしは、しまった言葉から、何を取り出すかを決める」

口にするのは許しか、呪いか。張り付けるレッテルは友達か、敵か。心が動く方向は受容か、拒絶か。

星那はいま、彼女に会いたいなんて気持ちは少しも思わない。けれど、たとえ独り善《よ》がりな欲望のためであろうとも、彼女は確かに星那に寄り添い、共に笑い合ってくれていた。

彼女と一緒の時間は、光り輝くように楽しくて、満ち足りていた。

それは嘘ではない。嘘だった事にはしたくない。

だから、星那は迷いながらも、向き合う事を決断する。

「元々、キツイ事もやったれーなんとかなれーって感じでこなしてきたからさ。どうなるか分からないけど、どれだけ時間がかかるか分からないけど……きっと、いつか、なんとかなるよ」

「そうね。いつか、仲直りできるといいわね」

「……ねえ、のんのん。もし全部がうまくいって、ふみふみと仲直りできたらさ。そうしたらまた、わたし達三人で——」

星那の言葉は最後まで続かなかった。

振り返った星那が見たのは、穏やかに口を緩める、叶音《かのん》の達観した微笑《ほほえ》みだった。

時に表情は、言葉よりも雄弁に語る。

星那はやっと、これが最後の邂逅《かいこう》になる事を悟った。

彼女は一瞬、崖《がけ》にぶら下がる命綱を切られたような顔をしたが、すぐに目を閉じて、同じように達観した笑みを返してみせた。

「そっか。そんなに都合良くは行くわけないか」

「ごめんなさい、星那さん。あなたの気持ちは凄《すご》く嬉《うれ》しいわ。けれど、あなたはこれ以上、あたしに関わるべきじゃない」

「……」

「あたしは、恐怖だから」

叶音の言葉は、星那に理解し得ない深淵《しんえん》の存在を悟らせる。

少し年上なだけのただの少女に感じる怖気《おぞけ》。それが何より叶音の言葉を証明していた。

あたしは恐怖。関わるべきではない。

叶音《かのん》は静かに車椅子から手を離した。

「じゃあね。モデルのお仕事、応援してるわ」

叶音は外廊下から外へと足を踏み出した。

顔を合わせた日だけで言えば、僅《わず》か三日ほどだ。

別れを惜しむだけの思い出も、相手を慮《おもんぱか》ってかける言葉もない。大きな川に流れる木の葉がたまたま身を寄せ合い、幾度かの波を乗り越え、再び自然と離れていく。その程度の、些細《ささい》な邂逅《かいこう》でしかない。だから叶音は、振り返る事なく去っていく。

「――のんのん！」

その赤いスカジャンの背中に声がかけられる。

叶音は足を止め、何度か躊躇《ためら》い、そして振り返った。

星那《せな》は笑っていた。泣きはらした目を細めて、精一杯に明るく振舞って。

たった三日の別れを惜しむからこそ、彼女はとびきりの笑顔で、叶音に向けて手を振った。

「あなたのお陰《かげ》で、怖いものは消えてくれたよ。痛くて辛《つら》いものは残ったけれど……わたしはそれに、まっすぐ向き合う事ができる」

「……」

「悪夢はなくなった。だからいつか、幸せな夢だって見られるよね……本当にありがとう。また会おうね、のんのん！」

車椅子に座り、痛々しい傷跡を残しながらも笑う彼女の姿は、まだ見ぬ未来に夢を見出《みいだ》す、眩《まばゆ》い力強さに溢《あふ》れていた。

病院の敷地を出た叶音は、路肩に止められていた一台の軽自動車の後部座席に乗る。

やたら豪奢《ごうしゃ》な漢服の裾を窮屈そうに運転席に押し込める昇利《しょうり》は、振り返って叶音に聞いた。

「なんて挨拶《あいさつ》をしてきたんだい？」

「……また会おうね、って」

やや口を尖《とが》らせながら、叶音が言う。昇利はうんうんと嬉《うれ》しそうに頷《うなず》いた。

「それはいい。帰ったらお祝いしなきゃだ。何といったって、叶音ちゃんにとうとう同年代の友達ができたんだからね」

「人をコミュ障の社会不適合者みたいに扱わないでください。友達は不要だから作らなかっただけです。だいたい……向こうが勝手に言っただけよ。また会う事もきっとありません」

昇利の相変わらずの飄々《ひょうひょう》とした態度に、叶音は静かに嘆息する。

それからついと視線を動かした叶音は、車のアームレストに見慣れない雑誌が乗っている事に気が付いた。十代の女子に向けたファッション雑誌のようだ。

「やたらきゃぴきゃぴしたの読んでますね。趣味だとしたら品性を疑います」

「相変わらずひっどいなぁ。これは仕事だよ、モデルの写りに問題ないかチェックを頼まれているんだ」

「いつのまにプロデューサーなんて始めたんですか？　そんな暇があるなら、事務所のSNSくらい運用して――」

そう言いながら、何の気なしに表紙を捲《めく》った叶音《かのん》は、思わず咽《む》せそうになった。

表紙を捲った一面を飾っていたのは、星那《せな》と文乃《ふみの》、そして叶音だった。三人ともフリルのついた愛らしいドレスに身を包み、こちらを見つめている。

それは星那の写真撮影に同行した際に強引に撮らされた写真の中の一つだった。昇利《しょうり》がはっはっは、と明るく笑う。

「いやぁ、いいコネができると思って雑誌編集に接触したら、叶音ちゃんの事をいたく気に入っていてね。ぜひ特集の大見出しをこの写真で飾らせてくれというじゃないか！　やっと叶音ちゃんのかわいさが発掘されたと嬉《うれ》しくてね、もちろん二つ返事で了承したとも！」

「ばっ――ばっっっかじゃないですか⁉　了承すんな即刻却下ですよ！　ていうかあたしの肖像権！　取るならあたしの許可を取りなさいよ、探偵が気安く侵害すんな！」

「えぇー、叶音ちゃんは喜んでくれると思ったのになぁ。この写真、すごく綺麗に撮れているじゃないか。みんなに見せびらかしたくならない？」

「な、り、ま、せ、ん！　だいたい、星那さんと文乃さんがどうなったか分かってるでしょ。

新聞に載るかもしれない事件の被害者と加害者ですよ、集合写真なんて載せられるわけないじゃないですか！」

「分かってる、分かってるよぉ……写りのチェックっていうのは嘘さ。とっくの昔に、写真は差し替えをお願いしてる。それは幻の印刷見本だよ」

どうやら、昇利が差し替えを依頼する前に組版が終わっていたらしく、それならと一部刷ってもらったのだという。

「いい思い出になると思ったんだ……本当に素敵な写真だよ。星那ちゃんも文乃ちゃんも、叶音ちゃんも、とても楽しそうだ」

「……」

叶音は雑誌に視線を落とす。

星那が、文乃と叶音に覆い被《かぶ》さるように抱きついている。文乃はくすぐったそうに微笑《ほほえ》み、すぐ近くの星那に熱い視線を向けている。叶音は緊張と羞恥心《しゅうちしん》で顔を真っ赤にさせて、引きつった笑顔をカメラに向けている。

モデルのように洗練されたポーズも、魅力的な笑顔でもない。それでも、揉《も》み合うようにくっついて笑い合う三人の写真は、自ら光を放っているように眩《まぶ》しく、楽しさに溢《あふ》れていた。

「……確かに、いい写真ですね」

「……」

「撮っている最中は、恥ずかしくて早く終われとばかり思ってたけど……うん、楽しかったな」

叶音《かのん》の言葉は、遠く離れた時間を偲《しの》ぶ過去形になった。写真を指でなぞる彼女の顔には、もう手の届かないほど遠ざかってしまった事への郷愁を感じさせた。

笑顔で写る三人は、まるで世界にはひとかけらの悲しみもないと思わせるくらいに綺麗で、眩《まぶ》しかった。

そんな輝かしい光景は、もうこの世界のどこにも無い。

恐怖に、精神の内海に潜む化物に、貪られて消えてしまった。

叶音は雑誌を脇に置き、視線の温度を下げて、フロントミラー越しに昇利《しょうり》を見る。

「……アイツの動向は、どうなってますか？」

「未だ動きはない。動画サイトは、新作の準備中である事を連絡する動画を投稿して、それ以降は更新を止めている」

「わざわざ生存報告なんて、奇術師らしく煽《あお》りが上手ですね」

怪異の創造者たるフォビア、禍吐《まがつき》ツヅリは、今も精神世界のどこかに潜んでいる。

星那《せな》と文乃《ふみの》の精神を穢《けが》し、殺しかけ、二度と修復できない傷跡を残した奴が、今ものうのうと生き延びて、舌なめずりをしながら次なる恐怖の構想を練っている。

「次は絶対に逃さない。人を恐怖で脅《おびや》かす寄生虫どもは、あたしが必ず殺します」

叶音の魂に殺意の火が灯《とも》る。心に杭《くい》を打つように、そう自らに宣言する。

昇利は「そうだね」と呟《つぶや》いて、軽自動車のエンジンを入れた。僅《わず》かな振動が叶音を揺さぶる。

アクセルを踏む前に、昇利は振り返り、叶音に目を向けた。

「応援するよ、叶音ちゃん。君が、君だけに遂行《すいこう》できる正義を為《な》そうとする心を、できる限りの全てを使って応援する」

「……」

「だから、どうか忘れないでね……君は絶対に、ひとりぼっちではないんだよ」

優しく諭《さと》すように、昇利がそう言葉を紡ぐ。

座席の傍《そば》には、笑顔で写る三人の写真がある。

それらを一つずつ一瞥《いちべつ》して、叶音は静かに頷《うなず》いた。

「ええ、分かってます。あたしには昇利さんがいる。友達と呼んでくれる星那さんがいる。あたしは、ひとりぼっちじゃないわ」

にっこりと微笑《ほほえ》む叶音に、嘘や偽《いつわ》りはない。

昇利は頷くと、叶音から視線を外して前を向いた。軽自動車がゆっくりと走り出す。

後部座席に揺られながら、叶音はつい、と横を向く。

叶音の目は、最後に自分の隣に座る幼い少年に辿《たど》り着いた。

窓に貼り付いて景色を眺めていた少年は、叶音に気付くと後部座席に座り直し、視線を返す。

叶音は微笑み、手を差しだす。少年がその手を取る。

温かく、柔らかい、日だまりのような温かさ。

叶音《かのん》の胸が、すぅと軽くなる。

──ああ、大丈夫だ。

この先どれだけつらい事があっても。

フォビアを殺して回る、終わりのない日々が続くとしても。

自分の全てを肯定してくれる、この繋《つな》がりがあれば。

自分の全てを捧げて構わないと断言できる、この絆《きずな》があれば。

「そうよ……あたしは絶対に、ひとりぼっちにだけはならないの」

怖いものは、何もない。

自分は、あの日に交わした約束を守り続けているのだから。

「でしょ、逸流《いつる》？」

華ひらくように、叶音は笑う。結んだ手をぎゅっと握り、少年が朗《ほが》らかに笑みを返す。

抜けるような青空が広がる路地を走る二人を乗せた軽自動車は、やがて行き交う他の自動車に混ざって個を失い、世界を構成する群像の一つとして街の中に溶け消えていった。

あとがき

最初に受賞の一報を受けた時、真っ先に脳裏に浮かんだ言葉は「正気か？」でした。

まさかこんな、市場の需要も無視して個人的な好きを煮詰めた、ラノベと呼んでいいかも疑わしいこの作品が日の目を見る事になるなんて。記念受験的に新人賞に応募した二〇二一年九月の僕に言っても「正気か？」って顔をされると思います。あとがきを書いている今も半信半疑な心地です。これが書店に並ぶの？　並べていいやつなの？　マジで言ってる？

どうやら世界は僕が思うより正気じゃなかったみたいです。ともあれそんなイカした世界に生きるイカしたガガガ文庫編集部の皆様のお陰《かげ》で、僕はこうしてあとがきを書き、読者の皆様の前で挨拶《あいさつ》をする事ができます。はじめまして、澱介《おりすけ》です。この度は僕のデビュー作、第一六回小学館ライトノベル大賞の優秀賞作『SICK《シック》』を手に取って頂きありがとうございます。

SICKには病気という意味の他に、スラング的にやべーって意味で使われたりします。なのでシックな作品になるように精一杯頑張りました。読んでいただいた皆様の心に、色んな風味の「やべー」な気持ちが残るといいな。あるいはこびり付いているといいな。

そんなやべー作品に関わってくれたイカれたメンバーを紹介するぜ！　嘘です謝辞です。

担当の渡部《わたべ》様。やべー本作の担当に手を挙げて頂きありがとうございます。「この描写はさすがにどうかと思う」とズバッと言ってくださるので、辛《かろ》うじて人の心を保つ事ができました。

イラストを担当頂いた花澤明《はなざわあきら》さま。画に溢《あふ》れる圧倒的な『強さ』で、本作の魅力を何倍にも増幅して頂きました。叶音《かのん》ちゃん、逸流《いつる》くん、昇利《しょうり》さん、みんな最高です。アクセサリーや衣装など、作中で言及のない箇所には大量のこだわりと魅力を敷き詰めて頂き、そのお陰で超ハイセンスでかっこいいキャラデザとなった事が感無量です夢のような経験です。素晴らしすぎて語彙力ないなる。お出し頂いた逸流くんのとある表情を見た時「ホァ……」「えっちだ……」しか言えないＩＱ２の生命体になりましたごちそうさまです本当にありがとうございます。

本作を批評して頂きました磯光雄《いそみつお》監督。溢れるアイデアを作者の手に余らせているという指摘を受け止め、作品に磨きをかけました。何とかお手玉くらいはできているといいのですが。

選考時に激薦して頂きました栗ノ原草介《くりのはらそうすけ》先生。昏式龍也《くらしきたつや》先生。執筆を応援してくれたＫさん、Ｌさん、Ｓさん、Ｏくん。支えてくれた方々。皆様のお陰で十数年越しの夢が叶いました。

あと、執筆場所を提供してくれた自宅近くのサイゼリヤのお姉さんにもありがとう。早々に顔を覚えられ、入店時の挨拶が「あ、どうもー」になったのが印象的です。いらっしゃいませすら省くそのフランクさ、個人的には好きです。本作の八割は支えてくれた皆様の優しさで、残り二割はサイゼリヤのペペロンチーノでできています。身体《からだ》は麺でできている漑介です。

今回の選考は一四一九作中の四作品という非常に狭き門でした。選ばれた名誉を胸に刻み、責任を持って読者の感情をガツガツ揺さぶっていく所存です。沢山《たくさん》本を出したいな。あとがきのネタになる制作話とか沢山だし。いや新人が何をと思うかもですが本当に大変だったんです。変更した所が山ほどあり、そもそもコレ応募時点では全く別の話で逸流君が山奥の村で文字数

ガガガ文庫8月刊

公務員、中田忍の悪徳4

著／立川浦々《たちかわうらうら》

イラスト／棟蛙《おうちかえる》

国のデータベースを操作できる超越的な監視者の存在、仲間の戦線離脱、現代社会の抱える闇、そしてアリエルさんビーム……。さまざまな事が中田忍を追い詰めていく。そして、ある真夜中、その時は唐突に訪れた――。

ISBN978-4-09-453084-1（ガた9-4）　定価704円（税込）

琥珀の秋、0秒の旅

著／八目《はちもく》 迷《めい》

イラスト／くっか

そのとき、世界の時が止まる――停止した世界で動けるのは、修学旅行で北海道を訪れていた少年と、地元の不良少女だけ。二人は時を動かす手がかりを求め、東京を目指す。これは停止した世界を旅する少年少女の物語。

ISBN978-4-09-453086-5（ガは7-5）　定価726円（税込）

最強にウザい彼女の、明日から使えるマウント教室《レッスン》

著／吉野《よしの》 憂《ゆう》

イラスト／さばみぞれ

上流階級が集まるこの学園には絶対のルールが存在する。それは、マウントを取って勝ち上がること！　一般人の佐藤零はお金持ちに虐げられる学園生活を回避するため、マウント狂な残念美少女とSクラスを目指す！

ISBN978-4-09-453087-2（ガよ2-1）　定価726円（税込）

SICK ―私のための怪物―

著／澱介《おりすけ》エイド

イラスト／花澤《はなざわ》 明《あきら》

少女は人の精神に侵入し、恐怖症を引き起こす寄生体を殺す。精神世界での激闘は彼女の正気を摩耗させ、やがて目を背け続けていたおぞましい過去へと直面させる――予測不可能のダーク・サイコアクション。

ISBN978-4-09-453088-9（ガお11-1）　定価759円（税込）

千歳くんはラムネ瓶のなか7

著／裕夢《ひろむ》

イラスト／raemz《レームズ》

夏休みが明けた九月。文化祭と体育祭へ向けた準備が進み、朔たちは応援団でパフォーマンスをすることに。縦割りチームで3年生からは明日風が、1年生からは後輩女子の紅葉が参加して――？

ISBN978-4-09-453085-8（ガひ5-8）　定価935円（税込）

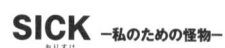

GAGAGA
ガガガ文庫

SICK－私のための怪物－

澱介エイド

発行　2022年8月23日　初版第1刷発行

発行人　鳥光 裕

編集人　星野博規

編集　渡部 純

発行所　株式会社小学館
〒101-8001 東京都千代田区一ツ橋2-3-1
[編集]03-3230-9343 [販売]03-5281-3556

カバー印刷　株式会社美松堂

印刷・製本　図書印刷株式会社

Printed in Japan ISBN978-4-09-453088-9

第17回小学館ライトノベル大賞
応募要項!!!!!!!!!!!!!!!!!!!!!!!!!!!

ゲスト審査員は武内 崇氏!!!!!!!!!!!!!!

大賞：200万円＆デビュー確約
ガガガ賞：100万円＆デビュー確約
優秀賞：50万円＆デビュー確約
審査員特別賞：50万円＆デビュー確約

第一次審査通過者全員に、評価シート＆寸評をお送りします

内容 ビジュアルが付くことを意識した、エンターテインメント小説であること。ファンタジー、ミステリー、恋愛、ＳＦなどジャンルは不問。商業的に未発表作品であること。
(同人誌や営利目的でない個人のWEB上での作品掲載は可。その場合は同人誌名またはサイト名を明記のこと)

選考 ガガガ文庫編集部＋ゲスト審査員 武内 崇

資格 プロ・アマ・年齢不問

原稿枚数 ワープロ原稿の規定書式【1枚に42字×34行、縦書きで印刷のこと】で、70～150枚。
※手書き原稿での応募は不可。

応募方法 次の3点を番号順に重ね合わせ、右上をクリップ等(※紐は不可)で綴じて送ってください。
① 作品タイトル、原稿枚数、郵便番号、住所、氏名(本名、ペンネーム使用の場合はペンネームも併記)、年齢、略歴、電話番号の順に明記した紙
② 800字以内であらすじ
③ 応募作品(必ずページ順に番号をふること)

応募先 〒101-8001 東京都千代田区一ツ橋 2-3-1
小学館　第四コミック局　ライトノベル大賞係

Webでの応募 GAGAGA WIREの小学館ライトノベル大賞ページから専用の作品投稿フォームにアクセス、必要情報を入力の上、ご応募ください。
※データ形式は、テキスト(txt)、ワード(doc、docx)のみとなります。
※Webと郵送で同一作品の応募はしないようにしてください。
※同一回の応募において、改稿版を含め同じ作品は一度しか投稿できません。よく推敲の上、アップロードください。

締め切り 2022年9月末日(当日消印有効)
※Web投稿は日付変更までにアップロード完了。

発表 2023年3月刊『ガ報』、及びガガガ文庫公式WEBサイトGAGAGAWIREにて

注意 ○応募作品は返却致しません。○選考に関するお問い合わせには応じられません。○二重投稿作品はいっさい受け付けません。○受賞作品の出版権及び映像化、コミック化、ゲーム化などの二次使用権はすべて小学館に帰属します。別途、規定の印税をお支払いいたします。○応募された方の個人情報は、本大賞以外の目的に利用することはありません。○事故防止の観点から、追跡サービス等が可能な配送方法を利用されることをおすすめします。○作品を複数応募する場合は、一作品ごとに別々の封筒に入れてご応募ください。